PERSÖNLICHE *Geheimnisse*

THE *Personal* SERIES

K.C. WELLS

Persönliche Geheimnisse

Dies ist eine erfundene Geschichte. Namen, Figuren, Orte und Begebenheiten entstammen entweder der Fantasie der Autorin oder werden fiktiv verwendet. Ähnlichkeiten mit lebenden oder verstorbenen Personen, Firmen, Ereignissen oder Schauplätzen sind vollkommen zufällig.

Originaltitel: Personal Secrets
Island Tales Press
Copyright © 2014 by K.C. Wells
Übersetzt von Feliz Faber
Umschlaggestaltung: Meredith Russell
Foto: Ron Amato
Cover-Modell: Dirk Caber
ISBN: 978-1-915861-55-9

Die Abbildungen auf dem Umschlag dienen lediglich illustrativen Zwecken. Alle auf dem Umschlag abgebildeten Personen sind Models.

Alle Rechte vorbehalten. Jede Vervielfältigung oder Weitergabe dieses Buchs in elektronischer oder mechanischer Form, einschließlich der Weitergabe durch Fotokopie, Tonaufnahme oder jegliche Art von Datenspeicherung und -verarbeitung bedarf der schriftlichen Genehmigung des Verlages, sofern gesetzlich nicht anders vorgesehen.

Widmung

Gewidmet Max Vos, der darauf bestand, dass ich Eds Geschichte aufschreibe und mich unterstützt hat, während ich daran arbeitete:
indem er DAS Foto gefunden hat, das mir erlaubte, Ed ganz klar zu sehen;
indem er gemeinsam mit mir Bilder durchgeackert hat, um den perfekten Ed und den perfekten Colin für das Cover zu finden;
indem er einfach da war.

Max – du bist der Beste.

Mein Dank gilt wie immer meinen wunderbaren Betalesern und -leserinnen:
Tina, Lara, Mardee und Will.

Bestätigung
Die Autorin bestätigt, dass es sich bei den in diesem Roman erwähnten Wortmarken um urheberrechtlich geschützte Warenzeichen handelt, die im Besitz folgender Firmen stehen:

Coke: The Coca-Cola Company
Facebook: Facebook, Inc.
Dornröschen: The Walt Disney Company
Harley: Harley-Davidson
Doc Martens: Dr. Martens
Levis: Levi Strauss & Co.
Legends: Legends Hotel - Brighton
Jägermeister: Mast-Jägermeister SE
Gay Hussar: The Gay Hussar restaurant, Soho
Johnnie Walker: Johnnie Walker
Etch-a-Sketch: Etch A Sketch
Doctor Who: Doctor Who, BBC

Kapitel 1

Mit Ed Fellows stimmte eindeutig irgendwas nicht.

Okay, er hatte zwar nichts gesagt, aber seitdem er vorhin kurz zum Telefonieren draußen vor dem *Elephant & Castle* gewesen war, wirkte Ed geistesabwesend. Dass er ständig auf sein Handy schaute und wieder und wieder seine SMS checkte, war Colin genausowenig entgangen wie Eds Stirnrunzeln, während seine Finger sich mit der virtuellen Tastatur abmühten. Anfangs hatte Colin in sich hineingekichert, als er die häufigen geflüsterten Flüche hörte, wann immer Ed sich vertippte.

SMS schreiben muss wohl ganz schön schwierig sein, wenn man besoffen ist.

Doch was wusste Colin schon. Er war stocknüchtern.

Blöde Antibiotika. Er brauchte sie nur noch einen Tag lang zu nehmen, aber das bedeutete trotzdem, dass er sich heute Abend mit Coke begnügen musste.

Die reinste Folter. Er wusste nicht, warum er überhaupt nach dem Spiel noch mit ins Pub gegangen war. Seine Mannschaftskameraden ließen sich schon seit Stunden volllaufen, und Colin saß daneben, nippte an seiner Coke und lächelte über feuchtfröhliche Witze und gelallte Sprüche.

Komm schon. Du weißt, *warum du mitgegangen bist. Der Grund sitzt direkt neben dir.*

Colin seufzte innerlich. Ed saß vornübergebeugt da, die trüben Augen auf sein Handy geheftet; Gott sei

Dank ahnte er nichts von Colins Schwärmerei. Colin blickte sich in dem gemütlichen Pub unter seinen Mannschaftskameraden um und achtete darauf, seine Aufmerksamkeit nicht ganz und gar auf Ed zu konzentrieren. Er hatte festgestellt, dass Ed seit dem Telefonanruf langsamer trank, und er sah auch unvermindert besorgt aus.

Als es halb elf wurde und die Mannschaft so langsam Anstalten machte, das Besäufnis zum Abschluss zu bringen, hielt Colin es nicht mehr aus. Er zupfte Ed am Ellbogen.

„Kannst du mir mal sagen, was los ist?"

Ed verdrehte sich auf seinem Stuhl, um ihn anzusehen. Seine Stirn glättete sich fast sofort, und er setzte ein strahlendes Lächeln auf. „Was los ist? Nix is' los." Er lallte ein bisschen.

Colin schnaubte. „Jaja, das kannst du deiner Großmutter erzählen, Kumpel. Mir machst du nichts vor."

Für einen Moment starrte Ed ihn schweigend an, dann stieß er einen tiefen Seufzer aus. Die Maske rutschte von seinem Gesicht. „Okay, mein Boss Blake und sein Mann erwarten 'n Kind, ja?", sagte er in seinem breiten Cockney-Dialekt. „Also, vor ungefähr vier Stunden hat Blake mich angerufen und Bescheid gesagt, dass ihre Leihmutter drei Wochen zu früh Wehen gekriegt hat."

Colin war beeindruckt. „Er muss ja ein verdammt guter Boss sein, wenn du dir solche Sorgen um ihn machst." Besser so zu reagieren als auf die Offenbarung einzugehen, dass Eds Boss nicht nur auf

Männer stand, sondern sogar mit einem verheiratet war.

Ed lachte gackernd. „Ach Gott, ich und Blake, wir kennen uns schon *ewig*. Wir waren zusammen auf der Schule.“ Sein Blick kehrte zu seinem Handy zurück. „Bloß, dass ich ihm ständig SMS schreib’ und der Blödmann antwortet nich’.“

„Vielleicht gibt es nichts Neues“, schlug Colin vor. „Andernfalls würde er sich doch sicher melden.“

Ed schaute niedergeschlagen drein. „Du hast seine Stimme nicht gehört, Col. Der Mann hatte richtig Angst.“

Colin konnte fast spüren, wie Wellen von Besorgnis von seinem Freund ausströmten. Und ganz plötzlich wollte er derjenige sein, der ihm half. Er stand auf und zerrte Ed von seinem Stuhl hoch.

„Komm schon“, sagte er zu seinem verdutzten Mannschaftskameraden. „Ich fahr’ dich ins Krankenhaus. Du weißt ja wohl, in welches wir müssen, stimmt’s?“

Eds erleichterter Gesichtsausdruck ließ Colin innerlich erzittern. *Du hast verdammt noch mal keinen* Schimmer, *was du mir antust, oder?*

„Im Ernst?“

„Na, von den anderen Schnapsnasen hier fährt dich bestimmt keiner.“ Colin grinste. „Klar ist das mein Ernst. Also los, gehen wir, damit du beruhigt sein kannst, okay?“

Eds Miene wurde sanfter, als ein Lächeln sein Gesicht erstrahlen ließ. „Danke, Kumpel“, flüsterte er.

In diesem Moment war es ein verdammt gutes Gefühl, derjenige zu sein, auf den der Mann sich verließ.

Colin war immer noch ganz taumelig vor Schreck, wobei er sich die allergrößte Mühe gab, sich nichts anmerken zu lassen. Sie waren direkt zum St. Mary's Hospital nach Paddington gefahren und hatten nach einigem Herumirren schließlich Eds Boss Blake und dessen Ehemann gefunden. Und da hatte Colin dann zweimal hingucken müssen.

Oh mein Gott – das ist Will Parkinson. Er kannte dieses Gesicht von seinen häufigen Besuchen auf Wills Facebook-Seite, wo Colin immer nachlas, was sein Lieblings-Autor gerade so trieb. Doch dann hatte er rasch wieder ein unbeteiligtes Gesicht aufgesetzt. Denn Will schrieb schwule Liebesromane, und preiszugeben, dass er das wusste, hätte womöglich zu unbequemen Fragen geführt, die Colin im Moment nicht beantworten wollte. Nicht jetzt, und nicht hier – und nicht etwa, weil er Bedenken hatte, sich Ed gegenüber als schwul zu outen.

Blake war offensichtlich überrascht, sie zu sehen und wollte den Grund dafür wissen. Erst da kam es Colin wieder in den Sinn, wie sie aussehen mussten. Sie trugen beide immer noch ihre Rugby-Montur, die mit dem Schlamm des halben Spielfelds überzogen war. *Gott, wir sind vielleicht ein Anblick!*

Die beiden werdenden Väter führten Colin und Ed in einen kleinen Warteraum, der mit einem Sofa und zwei Sesseln ausgestattet war. Colin musste sich schwer beherrschen, um in Wills Gegenwart nicht zum hysterischen Fan zu werden. Anscheinend besaß er unentdeckte schauspielerische Fähigkeiten, denn Will schien nichts zu bemerken. Andererseits hatte der arme Kerl im Moment genug andere Sachen im Kopf.

Ed ließ sich in einen Sessel plumpsen und sagte zu Blake: „Also, ich hab' dir jede Menge SMS geschickt und verdammt nochmal keine Antwort gekriegt, da hab ich mir 'n bisschen Sorgen gemacht." Er deutete mit einer Handbewegung auf Colin. „Das da ist Colin, einer von meinen Rugby-Kumpels. Er hat den ganzen Abend bloß Cola getrunken, weil er unter Antibiotika steht, und da hat er sich bereit erklärt, mich herzufahren." Er musterte Blake. „Sei doch so lieb und besorg' mir 'nen Kaffee, ja? Mir pocht der Schädel." Er stockte für ein, zwei Sekunden. „Wenn ich's mir recht überlege – du könntest nicht zufällig 'n paar Aspirin auftreiben?" Er warf Blake einen hoffnungsvollen Blick zu.

Blake kicherte. „Mal sehen, was ich tun kann." Er ging auf die Tür zu.

„Ich *hab'* dir doch in letzter Zeit mal gesagt, dass ich dich liebe, oder, Boss?" Ed klimperte mit den Wimpern.

Blake lachte. „Jedesmal, wenn ich morgens schon Kaffee gemacht habe, wenn du kommst, ja." Beim Hinausgehen bebten seine Schultern vor Lachen.

Will sah Ed fassungslos an. „Wart ihr die ganze Zeit im Pub? Seit Blake dich angerufen hat?“

Colin schnaubte. „Das ist noch gar nichts. Als wir gegangen sind, waren die anderen noch gut dabei.“ Er schüttelte den Kopf. „Ich hätte sie einfach alleine gehen lassen sollen, statt gequält rumzusitzen und zuzugucken, wie sie eine Halbe nach dem anderen kippen, als würde das Bier demnächst rationiert.“ Er setzte sich auf das Sofa und ließ sich nach hinten sinken. „Und es ist ja nicht so, als hätte der da“ – er wedelte mit der Hand in Richtung Ed – „noch fahren können, in *dem* Zustand. Obwohl“, fügte er widerwillig hinzu, „er hat von eurem Anruf an wirklich nicht mehr so schnell getrunken.“

Ed warf ihm eine Kusshand zu. „Muah! Du weißt, dass du’s nur tust, weil ich so verdammt charmant bin, Col.“

Bei der beiläufig hingeworfenen Bemerkung, so typisch für Ed, setzte Colins Herz einen Schlag aus. *Du hast ja* keine *Ahnung*. Ed war schnodderig, zeitweise laut, ein Bär von einem Mann mit einem riesengroßen Herzen – und Colin war nahezu vom ersten Moment an scharf auf ihn gewesen, seit Ed aufgetaucht war, um in der Mannschaft zu spielen. Er konnte gar nicht mehr zählen, wie oft er sich schon dafür gescholten hatte, in einen Hetero verschossen zu sein. Aber Ed hatte etwas Unwiderstehliches an sich.

Bestürzt stellte Colin fest, dass er Ed schon viel zu lange anstarrte. Plötzlich war er sich der Gegenwart Wills sehr bewusst. Er schaute weg. Wills

Gesichtsausdruck war nur allzu verständnisvoll. Colin hielt seinen Blick standhaft überall hin gerichtet, außer auf Ed.

Blake kam mit einem durchsichtigen Plastikbecher und zwei Tabletten wieder. Er stupste Ed mit dem Knie an. „Hier. Nimm die.“ Er reichte Ed die Tabletten, der sie rasch schluckte und das Wasser gierig austrank.

Ed schielte auf Blakes jetzt leere Hände. „Kaffee?“, flehte er. Darüber musste Colin lächeln. Ed konnte manchmal wie ein kleines Kind sein.

Die Tür ging auf. Ein Mann und eine Frau kamen herein, die zwei kleine Kinder auf den Armen hatten. Bei den nachfolgenden Begrüßungen und Gesprächen verlor Colin bald den Überblick.

Ed beugte sich vor und sagte mit leiser Stimme: „Das sind Lizzie und ihr Mann, Dave. Lizzie arbeitet bei Trinity – also, hat sie jedenfalls, bis zur Geburt von dem kleinen Racker da.“ Er deutete auf das Kleinkind, das gerade einige wackelige Schritte auf Blake zu machte. „Und Dave ist Blakes bester Freund von der Uni. Blake und Will sind die Patenonkels von den Kindern.“

Das erklärte die Verbundenheit, die die kleine Gruppe durchdrang. Colin fühlte sich für einen Moment fehl am Platz, als hätte er sich in ein Familientreffen gedrängt. Solche Gedanken verflogen jedoch blitzschnell, als die Tür aufging und eine zierliche Frau im weißen Doktorkittel eintrat. Der Geschwindigkeit nach zu schließen, mit der Will und Blake ihr aus dem Zimmer folgten, stand es nicht gut um das Baby. Colin schaute Ed an, dessen Blick auf die Tür gerichtet war und dessen Stirn wieder einmal in Falten lag.

Du bist ein guter Mensch, Ed Fellows. Es war nicht das erste Mal, dass ihm ein solcher Gedanke durch den Kopf ging.

Blake und Will kamen mit angespannten Gesichtern wieder zurück in den kleinen Raum. Bei ihrem bloßen Anblick setzten sich alle sofort aufrecht hin, Colin eingeschlossen.

„Das Baby ist in Gefahr", erklärte Blake, „deshalb machen sie einen Not-Kaiserschnitt. Donna kommt in den nächsten paar Minuten in den OP." Will legte Blake einen Arm um die Taille und küsste ihn auf die Wange.

Ed machte ein besorgtes Gesicht. „Was denkt die Ärztin, wird das Baby wieder?"

Will sah Blake an, ehe er antwortete. „Sie scheint ganz zuversichtlich zu sein, und die OP geht ja recht schnell."

„Dann kommt schon, setzt euch hin, ihr zwei." Ed deutete auf den freien Platz neben Colin auf dem Sofa. „Die machen das schon, ja?"

Obwohl Ed sich so zuversichtlich gab, konnte Colin ihm ansehen, wie angespannt er war. Blake setzte sich neben Colin, Will neben Blake, und die beiden Männer hielten Händchen. Für einen kurzen Moment war Colin neidisch. Blake und Will hatten einander, ganz zu schweigen von wunderbaren Freunden, die sie liebten und akzeptierten. Dann wischte er den Gedanken beiseite. Eine Beziehung wie ihre war sein

Wunschtraum, aber deshalb dachte er trotzdem nicht ständig an nichts anderes. Colins Philosophie lautete: wenn's passiert, dann passiert es eben. Und wenn nicht, nun, dann war ihm das auch recht. In seiner Vergangenheit gab es nur eine, sogar ziemlich lange Beziehung. Er und Matthew waren gut drei Jahre lang zusammen gewesen, bis alles schief zu laufen begann. Als es hart auf hart kam, passten sie nicht gut zusammen. Sie hatten sich freundschaftlich getrennt, und seither hatte Colin ein paar Dates gehabt, aber nichts Besonderes. In den letzten paar Jahren hatte er sich voll auf seine Karriere als Graphik-Designer konzentriert, da war keine Zeit für etwas anderes gewesen. Er hatte einen eng verbundenen Freundeskreis – seine Mannschaftskollegen – und das hatte ihm genügt.

Colin schaute Ed an, der auf der Sofakante hockte, die Ellbogen auf die Knie gestützt, die Hände locker dazwischen herabhängend. Eds Aufmerksamkeit war auf den Fußboden gerichtet, was Colin die Möglichkeit bot, seinen Teamkollegen zu beobachten. Dieser Körper bildete seit einigen Monaten einen wichtigen Bestandteil von Colins Masturbations-Fantasien. Eds kurzes, dunkelbraunes Haar war ein einziges Durcheinander und begann sich sogar schon etwas zu lichten, aber das war Colin egal. Er liebte diese klaren, grünen Augen, dieses kräftige Kinn, das seit kurzem von einem struppigen Bart bedeckt war. Und diesen Mund. Gott, wie viele Nächte hatte er im Bett gelegen und davon geträumt, diese vollen Lippen zu küssen, bis sie ganz rot und geschwollen waren. Eds Nacken war kräftig, und Colin ließ seinen Blick tiefer schweifen bis dorthin, wo eine Schicht von dunklem Haar unter seinem Rugby-Shirt zu sehen war.

Scheiße, behaarte Männer schaffen mich jedes Mal.

Immer, wenn er nach einem Spiel im Umkleideraum oder beim Duschen auch nur einen flüchtigen Blick auf Ed erhaschte, konnte er kaum noch seine Erektion unter Kontrolle halten. Er wusste, dass diese Shorts muskulöse Oberschenkel verbargen, dass das Haar auf den Waden dichter wurde. Die breite Brust und die starken, muskulösen Oberarme bewiesen, wie ausgiebig Ed trainierte. Verdammt, er *musste* so gebaut sein. Als Prop in einer Rugbymannschaft brauchte er jeden einzelnen von diesen Muskeln.

Erneut wurde Colin sich bewusst, dass Will den Blick auf ihn gerichtet hatte, und schaute rasch woandershin. Gott, wie lange hatte er Ed angestarrt? Er hatte jedes Zeitgefühl verloren.

Die Tür ging auf und die Ärztin kam herein. Sie lächelte. Will und Blake sprangen augenblicklich auf.

„Meine Herren, Sie haben eine Tochter. Mutter und Kind sind wohlauf." Sie strahlte sie an.

Will wandte sich Blake zu. „Ein Mädchen. Blake, wir haben ein kleines Mädchen." Colin fand den Beiklang von Staunen in seiner Stimme wunderschön. Die beiden Männer hielten einander in den Armen und küssten sich sanft und liebevoll; ihre drei Freunde standen ebenfalls auf und umarmten sie unter lautstarken Glückwünschen.

„Möchten Sie Donna und Ihre Tochter sehen?“
Colin musste lächeln, als die Worte der Ärztin in offenkundiger Belustigung durch den Lärm drangen. Will ließ Blake los und sah ihm in die Augen. „Gehen wir unser kleines Mädchen besuchen.“
Ed räusperte sich. „Okay. Jetzt, wo ich weiß, dass hier alles in bester Butter ist, kann ich ja heimgehen.“ Er durchbohrte Blake mit einem eindringlichen Blick. „Und dich will ich morgen nicht im Büro sehen, okay?“ Er warf Blake ein freches Grinsen zu. „Nimm dir ‘n Tag frei. Geht auf mich. Weißt du was, nimm gleich ‘n paar mehr. Nennt sich Vaterschaftsurlaub, hab’ ich mir sagen lassen.“ Ed zwinkerte.
„Abgemacht“, antwortete Blake prompt. Sowohl Colin als auch Will lachten leise über Eds leicht überraschtes Gesicht. „Was, hattest du etwa Widerspruch erwartet?“, kicherte Blake.
Colin stand auf. „Komm schon, Ed, ich bring dich nach Hause. Du musst deinen Rausch ausschlafen, sonst bist du morgen nicht in der Verfassung zum Arbeiten, Herr Büromanager.“ Er grinste gutmütig.
„Das zeigt nur, wie wach *du* bist“, lachte Ed gackernd. „Morgen ist Sonntag.“ Er strahlte immer noch, als er Will auf die Schulter klopfte und sich mit einer kurzen, männlichen Umarmung von Blake verabschiedete. Colin nickte der Gruppe zu und folgte ihm hinaus. Sie gingen durch die jetzt stillen Flure zu den Aufzügen. Ed lehnte sich in der Aufzugskabine an die Wand und seufzte.
„Ende gut, allcs gut. Gott sei Dank.“ Er schloss die

Augen.
„Will und Blake scheinen ein nettes Paar zu sein.“ Die Bemerkung kam Colin ganz unverfänglich vor.
Ed öffnete die Augen. „Ja, *das* hab’ ich nicht kommen sehen. Im Büro haben wir zum ersten Mal bei der Weihnachtsfeier was davon erfahren, als die Bullen aufgekreuzt sind und Will verhaften wollten, weil er angeblich unsere Rezeptionistin überfallen hatte.“
Colin starrte ihn an. „Du machst Witze.“
Ed schüttelte den Kopf. „Die reine Wahrheit. War natürlich alles ‘n Haufen Scheiße, aber als Blake der Polizei gesagt hat, dass Will es nicht gewesen sein kann, weil sie die ganze Nacht zusammen waren…“
Die Aufzugtüren öffneten sich, und sie stiegen aus. Sie spazierten aus dem Krankenhaus hinaus in die dunkle Nacht Richtung Parkplatz. Colin grübelte immer noch über Eds Worte nach.
„Wow, das nenn’ ich mal ein dramatisches Coming-Out.“
Ed lachte schallend. „Das kannst du zweimal sagen. Und dann – leck mich am Arsch! – eine Woche später bei der Silvesterparty geht Blake her und macht Will vor versammelter Mannschaft ‘nen Heiratsantrag.“ Er schüttelte erneut den Kopf. „Und wir hatten verdammt noch mal keinen blassen Schimmer, dass Blake schwul ist! Zeigt nur, dass man’s den Leuten eben nie ansieht.“
Sie kamen bei Colins Auto an und stiegen ein. Ed lehnte den Kopf an die Nackenstütze und schloss die Augen.

Colin schmunzelte. „Ja, mach' die Augen zu, Dornröschen. Ich bring' dich nach Hause." Er startete den Motor.

„Du bist'n echter Prinz", murmelte Ed. Es dauerte nicht lange, und Colin hörte, wie sich Eds Atmung veränderte, als er einschlief.

Ein Glück weiß ich, wo du wohnst, hm, Kumpel? Er hatte Ed schon öfter zuhause abgeholt und ihn zum Rugbytraining oder zu einem Spiel gefahren. Colin lächelte vor sich hin, als er aus der Parklücke rangierte und sich auf die gut vierzigminütige Fahrt zu Eds Wohnung machte. Beim Fahren warf er gelegentlich einen Blick auf Eds muskulöse Beine und kräftige Waden, die immer noch so schlammbespritzt waren wie Colin selbst.

Gott, ich brauche eine Dusche, dachte er. Doch damit würde er warten müssen, bis er den schlafenden Ed in dessen Wohnung abgeladen hatte. Er grinste in sich hinein. *Was Ed wohl davon halten würde, wenn ich ihm anbieten würde, ihn ins Bett zu bringen?* Er konnte kaum ein Schnauben unterdrücken.

Ja, ja, als ob *das* jemals passieren würde.

Kapitel 2

„Du gehst erst, wenn du mir geholfen hast, das Baby zu begießen“, beharrte Ed zu vierten Mal und griff sich zwei Whiskygläser aus einer Vitrine in seinem Wohnzimmer. Die Whiskyflasche hatte er bereits herausgeholt und auf die polierte Holzoberfläche gestellt. Sogar im Stehen torkelte er leicht; er war eindeutig nicht mehr nüchtern.

Colin lachte. „Ähm, warum hab’ ich wohl den ganzen Abend nur Cola getrunken? Antibiotika, schon vergessen?“ Er setzte sich, wo Ed ihn hingeschubst hatte, und blickte sich um. Das Wohnzimmer war klein und gemütlich, das Sofa äußerst bequem.

Ed schnaubte. „Und wie lang musst du die noch nehmen? Ich dachte, du bis bald fertig damit. Außerdem, ein Drink kann doch nicht schaden, oder?“ Er schüttete ungefähr vier Fingerbreit Whisky in jedes Glas.

Colin schnappte nach Luft. „Herrgott nochmal, Ed, *willst* du etwa, dass ich für Trunkenheit am Steuer verhaftet werde?“ Es war zwecklos. Ed ließ nicht mit sich reden. Und das wiederum fand Colin ausgesprochen lustig.

Ich nehme mal an, in Eds Fall macht das jetzt keinen großen Unterschied mehr, dachte er. *Der hat heute sowieso schon so viel getrunken.*

Ed reichte ihm ein Glas. „Dann bleib’ halt hier, Kumpel. Du kannst auf dem Sofa pennen. Das ist mordsbequem. Außerdem ist morgen Sonntag." Er schielte fast, als er Colin ansah. „Ach komm schon, Col, trink einen mit mir, ja?" Das war eindeutig ein Dackelblick.

Als hätte Colin *diesem* Blick irgendwie widerstehen können. Und die Aussicht, auf diesem Sofa zu schlafen, fand er keineswegs schlimm.

„Na gut, begießen wir das Baby", sagte er mit einem resignierten Seufzer und nahm den Whisky von Ed entgegen.

Ed hob strahlend sein Glas. „Auf Baby Davis, wie auch immer sie mal heißt. Lang und glücklich soll sie leben!" Er zwinkerte. „Wobei – bei den Vätern wird das ein nach Strich und Faden verwöhntes Kind." Er kippte ein Drittel von seinem Drink hinunter und schaute dann Colin erwartungsvoll an.

Colin lachte und trank ein Viertel von seinem Whisky. Er starrte Ed ostentativ an. „Da, bitte. Zufrieden?"

Ed lachte leise. „Und ich hab' genau das Richtige auf DVD, was wir gucken können bis zum Schlafengehen." Er stellte sein Glas auf den niedrigen Kaffeetisch neben dem Sofa und torkelte zum Bücherregal. Dort überflog er die DVD-Hüllen, wobei er sich mit den Händen auf den Regalbrettern abstützte.

Oh Gott, bitte lass ihn keinen Hetero-Porno aussuchen, betete Colin im Stillen. Doch als Ed sich mit einer DVD in der Hand zu ihm umdrehte, brach Colin in Gelächter aus.

„Oh, Ed, du bist wirklich einmalig, weißt du das?"

Ed runzelte die Stirn und schaute auf die DVD in seiner Hand. „Wieso, was is'n damit?"
Colin lachte. „Nur du kommst auf die Idee, dir zur Feier einer Geburt das Rugby-Testspiel Australien gegen England 2003 anzugucken."
Ed wirkte verdutzt. „Was, gefällt dir das Spiel etwa nicht?" Seine Hand rieb über diesen hammergeilen Bart.
Gott, er ist sogar sexy, wenn er betrunken ist.
Colin war *so* im Arsch.
Er sortierte seine Gesichtszüge. „Nein, schon gut. Leg's ein." *Alles ist besser, als sich durch einen Hetero-Porno quälen zu müssen*, beschloss er. Außerdem war es in der Tat eins von Colins Lieblingsspielen. Ed steckte die DVD in den Player und streckte sich dann neben Colin auf dem Sofa aus, Glas in der Hand. Es dauerte nicht lange, und sie waren wirklich voll dabei und brüllten den Fernseher an. Das ganze machte noch mehr Spaß, weil Colin die australische Mannschaft anfeuerte, wobei er nicht bereit war, den Grund für dieses unpatriotische Verhalten preiszugeben.
Colin war beeindruckt. Ed hatte seit dem Spiel heute Nachmittag eine ganz schöne Menge Bier getrunken, und doch kippte er hier jetzt munter den Whisky. Im Gegenteil, der Wettkampf auf dem Bildschirm schien ihm geradezu neue Energie zu verleihen. Er lachte, als Ed den Schiedsrichter lautstark zu beschimpfen begann. Was das betraf, war Colin mit ihm ganz einer Meinung. Er schätzte den neuseeländischen Schiri auch nicht besonders.

„Nehmen wir noch einen, ja?"

Colin war bass erstaunt, als Ed ihnen beiden je noch ein Glas Whisky einschenkte und dann seins auf ex hinunterschüttete.

Wo zum Teufel steckt er das alles hin? Und wie kann er überhaupt noch handlungsfähig sein?

Colin nahm ein vorsichtiges Schlückchen und stellte dann sein Glas auf dem Kaffeetisch ab. Ihm war warm, er war entspannt, und das Leben war inzwischen an den Rändern angenehm verschwommen.

Gegen Ende des Spiels, als Josh Lewsey ein absolut sagenhaftes Tackling auf Matt Rogers ausführte, stieß Ed einen triumphierenden Schrei aus und schlang Colin einen Arm um den Hals. Er zerrte Colins Kopf in seinen Schoss und rieb ihm mit den Fingerknöcheln über den Schädel, dass Colin überrascht aufschrie.

Ed beuge sich über Colin und sagte ihm schadenfroh ins Ohr: „Ha! Sieht aus, als hättest du dir die falsche Mannschaft ausgesucht, Kumpel!" Colin hörte die Beleidigung kaum. Seit Mund war nur wenige Zentimeter von Eds Shorts entfernt, durch die der Umriss seines Schwanzes mühelos zu erkennen war – seines *halbsteifen* Schwanzes.

Oh mein Gott – lass mich jetzt einfach sterben. Dann dachte er darüber nach. *Wie zum Teufel kann er in seinem Zustand halb steif sein? Der Mann muss ja die reinste Rossnatur haben.*

Colin unterdrückte ein Stöhnen und wehrte sich gegen Eds Griff. Ed ließ ihn los, lehnte sich kichernd zurück und trank sein Glas leer. Er schaltete den DVD-Player

und den Fernseher aus.
„Du musst zugeben, England war schon klasse“, sagte Ed mit einem breiten Grinsen.
Colin lachte. „Ach, komm schon – die hatten vor diesem Spiel schon … was, dreizehn Siege hintereinander? Es stand ja fast von vorneherein fest.“ Dann grinste er ebenfalls – er konnte der Versuchung nicht widerstehen. „Und mit dir erlebt man eine Überraschung nach der anderen.“
Ed legte den Kopf schräg. „Was meinst du damit?“, fragte er mit liebenswert verwirrtem Gesichtsausdruck.
Colin deutete auf Eds Leistengegend. „Also, ich wusste ja, dass du Rugby liebst. Aber dass du schon vom *Zugucken* einen Harten kriegst, ist mir vorher noch nie aufgefallen.“
Ed warf einen Blick auf seine Erektion, dann sah er Colin in die Augen. Sein Blick wurde ganz glasig.
„Na und? Willst du mir vielleicht damit behilflich sein?“ Er schaute nach unten und lächelte spöttisch. „Weil, für mich sieht’s nämlich so aus, als hättest du dasselbe Problem, Kumpel.“ Er wackelte mit den Augenbrauen. „Ich mach’s dir, du machst es mir. Ist doch nur fair.“
Es dauerte ein, zwei Sekunden, bis Eds Worte in Colins Verstand eingesickert waren.
Er … er hat doch wohl eben nicht vorgeschlagen, was ich glaube, *dass er vorgeschlagen hat – oder doch?*
Als wüsste er, was Colin gerade dachte, steckte Ed eine Hand in seine Shorts und holte seinen halb erigierten Penis heraus. Er hielt ihn an der Wurzel und winkte

Colin damit zu.
„Na? Was sagst du dazu?"
Colin war sprachlos. Erst recht, als Ed sich an ihn lehnte, ihm eine Hand unter Shorts und Unterhose schob und seinen Schwanz packte.
Großer Gott im Himmel.
Ed ließ seinen eigenen Schwanz los. Er nahm Colins Hand, zog sie zwischen seine Beine und legte Colins Finger um seinen Schaft. Dann begann er seine eigene Hand langsam an Colins Erektion auf und ab zu bewegen.
Für einen Moment konnte Colin nur zusehen, wie gebannt von der langsamen, beinahe hypnotischen Bewegung. Dann grinste er.
Um Himmels Willen – was willst du denn sonst noch? Eine schriftliche Einladung?
Und mehr brauchte er nicht, um seine Hand ebenfalls in Bewegung zu setzen.
Colin streichelte den harten Pfeiler aus Fleisch und Blut, genoss das Gefühl seidiger Haut an seinen Fingerspitzen. Zugleich trieb er mit winzigen Hüftstößen seinen Schwanz durch Eds Faust. Colin tat seine Bestes, um mit einer Hand seine Shorts weiter runterzuschieben, da er Eds ständig härter werdenden Schaft nicht loslassen wollte. Ed tat es ihm nach, spreizte die Beine und seufzte vor Behagen, als Colins sinnliche Bewegungen schneller wurden.
Gott, es ist als wären wir wieder in der High School im Umkleideraum. Colin erinnerte sich noch gut an so einige wechselseitige Handjobs in seiner Jugendzeit,

nur dass das hier unendlich viel besser war. Er fand es herrlich, wie Eds unbeschnittener Schwanz sich anfühlte, wenn er durch seine Hand glitt, wie Ed mit zuckenden Hüften gierig der Empfindung nachjagte, wobei sein Atem in kurzen, harschen Stößen kam. Und Colin liebte jede einzelne Berührung, mit der Ed ihn wichste. Dem logischen Teil seines Gehirns leuchtete das alles auch völlig ein. *Sieh mal, das hat überhaupt nichts zu bedeuten. Er ist nur betrunken, also mach einfach mit und genieß es so, wie es ist, denn die Gelegenheit bekommst du wahrscheinlich nie wieder.*

Oh ja, Colin hatte sehr wohl vor, es zu genießen.

Ed gab plötzlich Colins Penis frei. Er schubste Colins Hand von seinem Schwanz, beugte sich über Colins Schoß und nahm Colins harten Riemen in den Mund.

Colins Welt kam mit einem Ruck zum Stehen. Er konnte das laute Stöhnen nicht zurückhalten, das zwischen seinen Lippen hervorquoll, als Ed seinen Schwanz schluckte, als würde er schon sein ganzes Leben lang Schwänze lutschen.

Oh FUCK, macht er das gut.

Colin schaltete auf Autopilot. Er legte seine Hände auf Eds Kopf und hielt ihn sanft fest, während er die Hüften nach oben stieß, sich in diese heiße, feuchte Höhle versenkte. *Das reinste verdammte Paradies.* Die lustvollen Geräusche, die um seinen Schwanz herum herausdrangen machten ihm unmissverständlich klar, wie sehr Ed seinen Job genoss. Eds Finger gruben sich in Colins Oberschenkel während sein Mund sich an Colins Schaft auf und ab bewegte, und Colin schnappte nach Luft, da er innerhalb von Minuten kurz vor dem Höhepunkt stand.

„Ich komm' gleich“, stieß er hervor. Ed wich sofort zurück, gerade als das Sperma aus Colins Schwanz hervorschoss wie Lava aus einem Vulkan und sein Rugby-Shirt vollspritzte. Colin sackte keuchend auf dem Sofa zusammen. Er hatte schon verdammt lange keinen so geilen Blowjob mehr erlebt. Er warf einen Blick zu Ed, wobei er ein Lächeln nicht unterdrücken konnte – und erstarrte vor Schreck, als Ed sich zurücklehnte, seinen steinharten Schwanz in der Hand.

„Jetzt bist du dran“, sagte er mit einem breiten Grinsen.

Colin zögerte, obwohl eine Stimme in seinem Kopf ihn *sehr laut* anbrüllte, verdammt nochmal *endlich* loszulegen. So wild er auch darauf war, diesen leckeren Schwanz in den Mund zu kriegen, er wusste, dass Ed in seinem momentanen Zustand nicht klar denken konnte. *Du würdest ihn schlicht und einfach ausnutzen.*

Ed zog die Augenbrauen hoch. „Ach komm schon. Fair ist fair, stimmt's?“ Er streifte die seidige Vorhaut zurück und enthüllte die breite, pilzförmige Eichel, aus der bereits die Lusttropfen quollen.

Ach, scheiß drauf.

Colin beugte sich vor, legte seine Hand um den unteren Teil von Eds Schwanz und nahm ihn tief in den Mund.

„HimmelherrGOTT nochmal!“ Ed riss die Augen auf und wölbte sich vom Sofa hoch, als Colin sich ins Zeug legte. Er saugte hingebungsvoll an Eds Schwanz und stöhnte leise, als sein Geschmack, der schwere, männliche Duft, den Eds Schamhaare ausströmten, seine Sinne erfüllten. Er war blind und taub für alles, außer Ed den Blowjob seines Lebens zu geben.

Gott, was er für Geräusche von sich gibt. Es törnte ihn unheimlich an. Colin leckte und saugte auf Teufel komm raus, umspannte den dicken Schaft fester mit den Lippen, als er tiefer ging. Ed schob sich ihm begeistert entgegen; mit immer schnelleren Stößen seiner Hüften fickte er Colin in den Mund. Colin bewegte die Hand an Eds stahlhartem Schaft auf und ab und nahm ihn noch tiefer in sich auf, und dann strich er mit den Fingern über Eds haarigen Hodensack, wog genüsslich seine Eier in der Hand.

„Oh Scheiße, ich komm'." Bei Eds atemlosem Aufschrei ließ Colin ihn los, und nur Sekunden später spritzte Ed ab, wobei er nur knapp Colins Gesicht verfehlte. Ed packte seinen Schwanz und quetschte ihn fest zusammen. Er erschauerte, als die letzten paar Tropfen Sperma herausgeschossen kamen. Colin lehnte sich zurück und genoss den Anblick von Ed, gefangen in seinem Orgasmus.

Verdammt, er sieht einfach hinreißend aus, wenn er kommt.

Ed lehnte sich zurück, rang für einen Moment um Atem und grinste dann Colin an. „Hey, der war gut, Kumpel!" Er zog seine Shorts hoch, dann stand er auf und torkelte in ein anderes Zimmer. Als er wiederkam, hatte er eine leichte Decke und ein paar Kissen dabei. Er ließ alles auf das eine Ende des Sofas fallen und zwinkerte Colin zu. „Wird Zeit, dass wir uns den ganzen Schlamm abwaschen, was meinst du? Ich geh' kurz unter die Dusche, dann kannst du auch drunter. Ich leg dir 'n paar Handtücher raus." Und damit marschierte er, etwas unsicher, ins Badezimmer und machte die Tür hinter sich zu. Gleich darauf begann die Dusche zu rauschen.

Colin sank schlaff in die Polster und starrte an die Decke.

Das war ein Traum… richtig?

Dann schaute er an sich herunter auf sein spermabekleckertes T-Shirt. *Ähm, offenbar doch nicht.*

Er schloss die Augen und konzentrierte sich auf die Empfindungen, die er gerade erlebt hatte, versuchte die Einzelheiten fest in seinem Gedächtnis zu verankern. Eds Duft, schwer und erdig. Das Gefühl dieser seidigen Haut unter seiner Zunge. Der Geschmack dieses dicken, langen Schwanzes. Die Geräusche – *oh Gott*, er würde nie die Laute vergessen, die beim Orgasmus aus Eds Mund strömten.

Ich kann nicht glauben, dass wir das gemacht haben. Obwohl er den Beweis dafür auf der Kleidung hatte, obwohl der Geruch nach Sex in der Luft lag, kam Colin die ganze Situation irgendwie irreal vor.

Pass auf, lass die blöde Analysiererei. Es ist passiert, ja? Und es war verdammt TOLL. Also lass es dabei. Ist ja nicht so, als ob es je wieder passieren würde, stimmt's?

Sein Gedankengang wurde jäh unterbrochen, als die Badezimmertür aufging und Ed heraus kam, ein weißes Handtuch um die Hüften.

„Kannst ins Bad, Col. Alles deins, nimm dir einfach,

was du brauchst. Gute Nacht, Kumpel. Schlaf gut." Ed lächelte ihn schläfrig an, dann ging er in sein Schlafzimmer und schloss die Tür.

Colin starrte auf die geschlossene Tür und schüttelte verwundert den Kopf. Dann seufzte er und ging ins Bad.

In der Dusche sackte er gegen die geflieste Wand und ließ sich von den kräftigen Strahlen der Brause den Schmutz und Dreck des Tages abspülen. Hinter seinen geschlossenen Augen lief immer wieder die Szene von vorhin ab, wie eine Endlosschleife.

Das Traurige ist – Ed wird sich morgen früh wahrscheinlich nicht mal mehr an die Hälfte davon erinnern.

Während Colin es schwierig fand, zu vergessen.

Ed gähnte und streckte sich unter dem weißen Laken. Eine weitere warme Juninacht bedeutete, dass er irgendwann in der Nacht seine leichte Sommerdecke von sich geworfen hatte. Das Schlafzimmerfenster war offen und der Straßenlärm, der von draußen hereindrang, nervte ihn ohne Ende. In seinem Kopf pochte es.

Oh Gott – wieviel hab' ich gestern Abend eigentlich getrunken?

Er warf einen Blick auf den Wecker neben seinem Bett und starrte dann fassungslos auf die Uhrzeit. Er war schon nach zehn.

Er setzte sich auf, gähnte herzhaft und rieb sich seinen

schmerzenden Kopf. Kaffee stand ganz oben auf der Tagesordnung. Er stand auf, tappte barfuß und nackt zur Tür – und blieb dann wie angewurzelt stehen.

Verdammte Scheiße.

Er hatte ganz vergessen, dass er einen Gast hatte.

Colin Reynolds lag tief schlafend bäuchlings auf dem Sofa. Die leichte Decke war zu Boden gerutscht, und er trug nur eine weiße Unterhose. Ed blieb an der Schlafzimmertür stehen und ließ seinen Blick über Colins breiten Rücken und seine kräftigen Oberschenkel wandern. Colin war nicht mager, aber auch nicht so muskulös wie Ed.

Aber einen tollen Arsch hat er. Guck' dir bloß mal an, wie eng diese Unterhose ist, wie sie um seine festen Arschbacken spannt. Gott, da kannst du sogar seine Ritze durch sehen.

Ed erstarrte, bass erstaunt, dass er so etwas überhaupt bemerkte. Und dann strömten die Erinnerungen auf ihn ein. Wie sie sich gegenseitig gewichst hatten. *Oh Scheiße – die Blowjobs.* Sein Verstand lief zwar noch nicht ganz rund, war aber wach genug, um sich an Colins Schwanz in seinem Mund zu erinnern. Ganz zu schweigen davon, dass Colin ihm einen geblasen hatte – weil Ed darauf bestand. Seine Wangen brannten bei der Erinnerung an Colins anfängliches Zögern.

Wie zum Teufel soll ich ihm heute Morgen gegenübertreten?

Okay, es war nicht Eds erster Oralsex mit einem Mann gewesen, bei weitem nicht, aber das war schon verdammt lange her, und hier ging es um seinen Kumpel, verdammt noch mal.

Oh Gott, lass mich einfach auf der Stelle tot umfallen...

Auf keinen Fall konnte Eds Hirn das alles ohne Kaffee verarbeiten. Er ging zurück ins Schlafzimmer, zog eine Shorts an und schlich dann leise wieder an seinem schlafenden Gast vorbei in die Küche. Er war noch nicht dazu bereit, ihm gegenüberzutreten, jetzt noch nicht – und definitiv nicht ohne wenigstens zwei Becher Kaffee intus zu haben.

Ed stand in seiner kleinen Küche und starrte aus dem Fenster, während die Kaffeemaschine arbeitete. Die Aussicht war nicht besonders schön – nur Wohnblöcke und Bürogebäude – aber er nahm ja sowieso nichts wahr. Sein Verstand war einzig und allein darauf fixiert, was zum Teufel er sagen sollte, wenn Colin aufwachte.

Ed schenkte sich einen Becher Kaffee ein, nahm einen großen Schluck und seufzte bei seinem ersten Schuss Koffein. *Gott segne die bescheidene Kaffeebohne.* Eingehüllt in den kräftigen Kaffeeduft, der seine Küche durchdrang, versuchte er seine Gedanken auf die beste Lösung zu konzentrieren.

Und genau da entschied er sich für die seiner Meinung nach beste Vorgehensweise, nämlich… nichts zu sagen.

Ja. Viel bessere Idee.

Ed schenkte Kaffee in einen weiteren Becher und ging ins Wohnzimmer. Er stellte den Becher auf den Kaffeetisch und gab Colins Schulter einen sanften Schubs. Als er keine Reaktion bekam, schubste er ein wenig kräftiger.

Colin drehte langsam den Kopf und starrte ihn an.

„Wieviel Uhr ist es?“ Er blinzelte.
„So halb elf rum. Hab’ dir Kaffee gebracht“, sagte er und deutete auf den Becher.
Colin setzte sich auf, reckte die Arme hoch über den Kopf und gähnte. Ed hockte sich am anderen Ende des Sofas auf die Kante des Sitzpolsters und schlürfte seinen Kaffee, den Blick zu Boden gerichtet. Das Schweigen wirkte peinlich.
Colin trank einen Schluck Kaffee und räusperte sich. „Hör mal, falls du dich genierst wegen letzte Nacht, es ist“-
„Also jedenfalls hab’ ich heute Morgen einen Kater“, sagte Ed, womit er ihm so sauber wie mit einem Messer das Wort abschnitt. „Ich nehm’ mal an, dir geht’s nicht ganz so schlecht. Du hast schließlich viel weniger getrunken.“ Das Aufblitzen von Schmerz in Colins Augen entging ihm nicht, aber er wollte auf gar keinen Fall darüber reden. Er konnte nur hoffen, dass seinetwegen jetzt nicht ihre Freundschaft im Arsch war.
Seine Worte hatten definitiv einen Effekt. Colin schnappte sich seine Rugbyuniform vom Vortag und zog sie wortlos an. Er trank seinen Becher leer und warf Ed ein Lächeln zu, bei dem seine Augen nicht mitlächelten.
„Weißt du was, ich glaube, ich geh’ dann mal. Danke für den Schlafplatz auf dem Sofa und für den Kaffee, aber ich muss jetzt wirklich nach Hause und mir was Sauberes anziehen.“ Er machte keine Anstalten, sich Ed zu nähern, sondern ging stattdessen auf die Tür zu.

„Wir sehen uns dann am Samstag beim Spiel, in Ordnung?" Ein letztes halbes Lächeln, und weg war er.

Ed stieß ein Stöhnen aus. Colin war bisher noch nie vor Körperkontakt mit Ed zurückgescheut, selbst wenn es nur ein Klaps auf die Schulter zum Abschied war. Diese uncharakteristische Distanziertheit machte Ed das Herz schwer.

Gott, diesmal hab' ich so richtig Scheiße gebaut.

Er sank auf das Sofa und starrte an die Decke. Er schloss versuchsweise die Augen, aber dann sah er nur die Szene von gestern Abend ständig vor sich.

„Nein!" Mit einem noch lauteren Stöhnen öffnete er die Augen. Er musste aus der Wohnung raus und sich eine Beschäftigung suchen. Dann fiel es ihm wieder ein. Es war Sonntag, und da gab es nur eins – Mittagessen bei seiner Mutter. Normalerweise versuchte Ed zweimal im Monat sonntags zum Essen zu ihr zu gehen, und er war überfällig.

Mittagessen mit seiner Mutter – genau das Richtige, um sich davon abzulenken, wo sein Mund gestern Abend gewesen war. Und was Colins Mund betraf?

Nei-en. Damit fangen wir gar nicht erst an.

Kapitel 3

Ed stieg von seiner Harley und schloss dann das Garagentor ab, wie immer dankbar, dass Mum einen sicheren Aufbewahrungsort für die Maschine hatte. Hackney war nicht das gesündeste Viertel, und Ed wusste gar nicht mehr, wie oft seine Geschwister und er sie schon gebeten hatten, dort wegzuziehen. Was natürlich so wahrscheinlich war wie dass der nächste Papst Isaak hieß.

Ja, nun, das sollte dir doch bekannt vorkommen. Von irgendwem *musst du deinen Dickschädel ja geerbt haben.*

Er betrachtete das Dreizimmer-Einfamilienhaus, einen Sozialbau, in dem er mit seinem Bruder und drei Schwestern aufgewachsen war. Sie waren inzwischen alle aus dem Haus; nur dass seine Schwester Deborah, mit einundzwanzig die Jüngste von ihnen, kürzlich wieder zu Hause eingezogen war. Ihre Ausrede lautete, dass sie während ihrer Ausbildung zur Krankenschwester Unterstützung brauche. Alle Kinder wussten natürlich, dass das Blödsinn war. Debs war einzig und allein deshalb hier, um Mum das Leben ein bisschen leichter zu machen. Sie hatte es ziemlich schwer gehabt, seit Dad vor ein paar Jahren mit Mitte fünfzig an einem Herzinfarkt gestorben war.

Ed stieß die Hintertür auf, die wie er wusste unverschlossen war, und trat in die Küche. Wie üblich glänzte alles. Wehe dem kleinsten Schmutzfleck, der sich in der Küche seiner Mutter zu zeigen wagte. Er

schnüffelte anerkennend.
„Hey, Mum“, rief er. „Hier riecht’s aber gut.“
Mum erschien im Durchgang zum Esszimmer und lächelte. „Dachte, du lässt mich diesen Monat ganz aus“, sagte sie mit ruhiger Stimme.
Ed durchquerte die Küche und umarmte seine Mutter fest. „Als ob“, sagte er ihr ins Ohr und küsste sie dann auf die Wange. Er ließ sie los, trat zurück und musterte ihr Gesicht. Er runzelte die Stirn. „Du siehst müde aus, Mum.“ Ihr graues Haar war nach hinten gestrichen, und die Falten um ihre grünen Augen waren nicht zu übersehen.
Sie winkte ab und schnaubte: „Nicht müder als sonst auch.“ Sie ging zur Teekanne und schenkte sich eine Tasse ein. Ed zog sich einen Stuhl unter dem Küchentisch hervor und setzte sich. Im Haus war es still.
„Wo ist Debs?“
Mum deutete zur Zimmerdecke. „In ihrem Zimmer und lernt. Sie hat Prüfungen diese Woche.“ Mit einem liebevollen Lächeln schüttelte sie den Kopf. „Arbeitet verdammt hart, das Mädel.“
„Und wer kommt sonst noch alles?“ Ed wollte es wissen. Hoffentlich waren noch ein paar von seinen Geschwistern auf dem Weg hierher. Vielleicht sollten sie sich allmählich mal darüber unterhalten, Mum mehr Geld zu geben. Ed schickte ihr jeden Monat Geld, wie die anderen auch, aber sie bestand trotzdem darauf, weiterhin als Putzfrau zu arbeiten – was sie schon getan hatte, seit Ed alt genug war, um zu fragen,

wo sie hinging, wenn sie das Haus verließ.

Komm schon, Mum, sagte er im Stillen. *Wird doch allmählich Zeit für den Ruhestand, oder?*

Es hätte keinen Zweck, sie ins Gesicht hinein zu fragen. Mum konnte verdammt stur sein, wenn sie wollte. Nein, um das in Angriff zu nehmen, brauchte er Verstärkung. Sie verdienten alle genug, um ihr ein Einkommen zur Verfügung zu stellen, bei dem sie nicht mehr putzen gehen musste.

„Phil hat keine Zeit, aber Tracy und Yvonne kommen noch." Mum durchbohrte ihn mit einem Blick. „Du weißt aber schon, dass ich deine Gedanken lesen kann, ja?"

Ed tat ganz unschuldig. „Was meinst'n damit?"

Sie schnaubte. „Bild' dir bloß nich' ein, dass ich nich' weiß, was ihr hinter meinem Rücken so alles redet." Ihr Gesichtsausdruck wurde wehmütig. „Sieh mal, arbeiten hält mich beschäftigt. Wenn ich den ganzen Tag nur zuhause hocken würde, wüsst' ich nichts mit mir anzufangen."

Und er wusste genau, wie sie sich die Zeit vertreiben würde. Dad war seit fünf Jahren tot, aber Ed vermisste ihn immer noch, genau wie alle anderen. Er konnte ihr Bedürfnis verstehen, sich beschäftigt zu halten. Egal wie, nur um nicht ständig der Erinnerung an Dad nachzuhängen.

„Mum, es gibt 'ne ganze Menge, was du sonst noch mit deiner Zeit anfangen könntest, weißt du?", sagte er mit einem Seufzer. Sie hatte ihr Leben lang hart gearbeitet – verdammt, sein Vater ja auch – und er wünschte wirklich, sie würde es allmählich lockerer nehmen. Schließlich konnte er ihr nur aus einem einzigen Grund Geld schicken, nämlich weil seine Eltern ihn angetrieben hatten, als er noch jünger war. Nicht viele Kinder aus seiner Gegend schafften es ins hiesige Gymnasium, doch seine Eltern hatten alles daran gesetzt, als sie seine schulischen Leistungen sahen. Ed hatte die Aufnahmeprüfung fürs Gymnasium abgelegt und dann ein volles Stipendium bekommen. Nicht, dass das Leben dort allzu angenehm gewesen wäre – es würde immer Kinder geben, die auf einen Jungen aus Hackney herabschauten, dessen Vater bei der Müllabfuhr arbeitete und dessen Mutter Putzfrau war. Dem Himmel sei Dank für Blake.

„Warum machst du dich nich' nützlich und deckst den Tisch?", schlug sie vor und drückte ihm das Besteck in die Hand.

Und damit ist dieses *Gespräch beendet.*

Ed konnte die Ankunft seiner Schwestern kaum erwarten. So nervig er ihr Geschnatter auch manchmal fand, alles war besser als das, was im Moment in seinem Kopf los war. Er wollte nichts weiter als die Gedanken abschalten, die ihm keine Ruhe ließen.

Ed schloss die Tür auf, betrat seine Wohnung und ging direkt an die Vitrine, wo er den Alkohol verwahrte. Er schenkte sich ein Glas Whisky ein und kippte es in einem Zug hinunter, schnappte nach Luft, als das scharfe Zeug ihm in der Kehle brannte. Das Mittagessen war gut gewesen, aber er hatte die Gedanken einfach nicht abschütteln können, die ihn quälten, seit er heute Morgen das Wohnzimmer betreten hatte. Er war länger als gewöhnlich bei Mum geblieben, hatte mit seinen Schwestern geplaudert und sich angehört, was es in ihrem Leben Neues gab – alles in der Hoffnung, sich damit wieder zu einem klareren Kopf zu verhelfen.

Jaja, und das hat echt super funktioniert, was?

Die Ereignisse des Vorabends nagten an ihm. Vor allem zwei Dinge störten ihn an der ganzen Sache. Erstens, dass er es so genossen hatte, von einem Mann einen geblasen zu bekommen. Okay, das letzte Mal war zwar schon eine Weile her, aber dass es *so* gut war, daran konnte er sich gar nicht mehr erinnern. Und das war schon beunruhigend. Aber noch unendlich viel schlimmer war, dass er ins Zimmer gekommen war, Colins Arsch gesehen und *echt* geil gefunden hatte – und dabei nüchtern gewesen war. Verkatert, aber definitiv nüchtern.

Auf KEINEN Fall fang' ich jetzt an, irgendwelchen Typen auf den Arsch zu glotzen, sagte er sich. *Ich bin verdammt nochmal NICHT schwul. Ganz egal, was ich früher so getrieben hab'. Das waren alles bloß Experimente, nicht? Hatte alles überhaupt nichts zu sagen… nicht?* Bei dem Gedanken musste er sich gleich noch ein Glas einschenken und es genauso hastig hinunterkippen wie das erste.

Panik wallte in ihm auf. Er musste irgendwas tun – und zwar schnell. Er öffnete die Schublade in der Vitrine und fischte sein Adressbuch heraus, blätterte darin herum, bis er Michelles Nummer fand. *Gott, wie lang ist es schon her, seit ich sie das letzte Mal gesehen habe?* Mindestens elf Monate. Nach allem, was Ed wusste, konnte Michelle inzwischen glücklich verheiratet sein. Sie waren hin und wieder miteinander ausgegangen – eher selten, wenn er ehrlich war – und dabei war es hauptsächlich um Sex gegangen. Keiner von beiden hatte etwas Dauerhaftes gesucht.

Er wählte ihre Nummer und betete dabei im Stillen, dass sie sie nicht geändert hatte und immer noch das allzeit bereite Häschen war, an das er sich erinnerte. Als Michelle nach ein paarmal Läuten abnahm, musste er sich schwer anstrengen, um einen Seufzer der Erleichterung zu unterdrücken.

„Hey, Babe, wie läuft's denn so?"

„Himmelherrgott nochmal, Ed Fellows! Wo hast du gesteckt, du Dreckskerl?" Michelle klang überglücklich, seine Stimme zu hören.

Er lachte leise: „Jaja, ich hab' dich auch vermisst. Hör mal, hast du heute Abend schon was vor?" Sein Magen krampfte sich zusammen, und ihm wurde ganz eng um die Brust, während er auf ihre Antwort wartete.

„Ooch, hast du's nötig, Babe?" Ihr Kichern milderte seine Besorgnis. „Nun, zufällig bin ich heute Abend noch frei. Willst du vorbeikommen? Gott, ich muss Hellseherin sein – gerade gestern habe ich eine Flasche von dem Whisky gekauft, den du so gern magst." Sie lachte gackernd. „Anscheinend hab' ich gewusst, dass du kommen willst."

Oh, dem Herrn sei Dank dafür. „Um wieviel Uhr?"

„Um acht?" schlug Michelle vor. „Dann bleibt mir vorher noch ein bisschen Zeit, die Wohnung aufzuräumen." Ihr Kichern klang ihm ein weiteres Mal im Ohr. „Wobei dir das ja egal ist – du willst nur mein Schlafzimmer von innen sehen, nicht wahr, Babe?"

Gott sei Dank hatte sie sich nicht geändert. Ed lachte. „Gott, du kennst mich viel zu gut."

Michelle stimmte in sein Lachen ein. „Ja nun, das Leben ist zu kurz um es zu vertrödeln. Ich warte auf dich, okay? Sieh nur zu, dass du deinen Mordsschwanz dabei hast, du Hengst. Den hab' ich vermisst." Sie legte auf.

Ed steckte sein Handy in die Tasche und schaute die Whiskyflasche an. Dann gab er sich im Geiste rasch einen Schubs.

Du hast genug, Kumpel. Außerdem kriegst du besoffen keinen hoch, und das ist das letzte, was du jetzt brauchen kannst, nicht?

Oh Gott, ja.

Ed stieg so schnell er nur konnte aus dem stinkenden Fahrstuhl und marschierte entschlossen auf Michelles Tür zu. *Scheiße, warum meinen die Leute bloß immer, dass sie in den Aufzug pissen müssen?* Er schüttelte sich und drückte auf die Klingel. Als die Tür aufging, streckte Michelle nur den Kopf dahinter hervor und grinste: „Komm schnell rein. Ich will nicht, dass die Nachbarn mich so sehen."

Ed trat in den schmalen Flur und brach in Gelächter aus, als er sie ganz zu sehen bekam. Das beinahe durchsichtige Negligé überließ nur sehr wenig der Fantasie. „Oh, du kannst es kaum noch erwarten, was?"

Sie erwiderte sein Grinsen, griff ihm in den Schritt und drückte kräftig zu. Ihre Augenbrauen hoben sich in unverkennbarer Überraschung. „Ja, aber du bist noch nicht soweit, das ist mal sicher." Dann zwinkerte sie. „Mal sehen, was ich da machen kann, hm?" Sie fasste ihn an der Hand und führte ihn in ihr Schlafzimmer.

Warmer Lampenschein erhellte den Raum. Michelle verschwendete keine Zeit; ruckzuck hatte sie ihn ausgezogen und seine Jeans und sein T-Shirt über einen Stuhl geworfen.

„Verdammt noch mal, Ed, du hast ja noch mehr Muskeln gekriegt, seit ich dich das letzte Mal gesehen habe. Wohnst du jetzt im Fitnessclub oder was?" Sie streichelte seinen Bizeps und ließ dann ihre Finger über seine Brustmuskeln gleiten; Ed keuchte auf, als sie leicht seine Nippel streifte. Sie liebkoste seine Bauchmuskeln und musterte ihn mit bewunderndem Blick „Das nenn' ich mal ein Sixpack. Und Gott sei Dank rasierst du dich nicht. Ich mag behaarte Männer." Sie kraulte seinen Bart. „Und den mag ich ganz besonders."

Ed lachte leise. „Gott, denk' nur mal, wie lang' ich brauchen würde, um das alles loszuwerden", sagte er und deutete dabei auf seinen Körper. Er schnappte erneut nach Luft, als ihre Finger sich weiter nach unten vortasteten, dorthin, wo sein Schwanz auf seinem Oberschenkel ruhte – schlaff.

Oh Scheiße.

Michelle drückte ihn auf die Bettkante und kniete sich dann vor ihm auf den weich aussehenden Teppich. „Keine Sorge, Babe. Der braucht bloß ein bisschen Aufmunterung." Und dann nahm sie ihn in ihren heißen, wartenden Mund.

Ed ließ sich rücklings aufs Bett fallen und schloss die Augen, um seine Aufmerksamkeit ganz aufs Fühlen zu richten. Zum ersten Mal in seinem Leben ließ sein Schwanz sich Zeit mit dem Hartwerden. Er kniff die Augen fest zu und konzentrierte sich auf das Gefühl von Michelles Zunge, die seinen Schaft bearbeitete.

Komm schon. Du hast doch immer gesagt, dass ihr Mund das reinste Paradies ist.

Aber jetzt war er das nicht mehr. Das Paradies war härter, schneller – und umgeben von Bartstoppeln.

Ed riss die Augen auf. *Was zum Teufel…?*

Er setzte sich auf, zerrte Michelle grob aufs Bett und rollte sich auf sie. Er küsste sie hungrig; sie ging darauf ein, und er rieb seinen Unterleib an ihr, genoss das Stöhnen, das aus ihrem Mund drang.

Na also. Schon besser.

Die Küsse schienen ein Feuer in ihm zu entfachen. Er stützte sich auf die Hände und stieß fester zu. Sie packte seinen Schwanz und wichste ihn. Für einen Moment wirkte ihr Gesichtsausdruck zögernd, aber dann erholte sie sich. Sie zog die Nachttischschublade auf und holte ein Kondom heraus, riss die Verpackung auf und rollte das dünne Latex über seine Erektion.

Ed stieß in ihre Hand und stellte erleichtert fest, dass sein Penis wenigstens halbwegs steif war.

Michelle spreizte die Beine weit. „Komm schon, Ed. Fick mich“, flüsterte sie und führte seinen Schwanz an ihre Öffnung.

Ed erstarrte, den Blick auf ihr Gesicht geheftet. Ihre Augen waren geweitet; Ungläubigkeit stand klar und deutlich darin zu lesen.

Was zum Teufel ist bloß los mit mir?

Mit einem lauten Aufstöhnen packte er sie an den Hüften und drehte sie auf den Bauch. Er zog ihre Hüften zu sich her und schob das Negligé hoch, um ihren Hintern zu entblößen. Sie schnappte nach Luft, dann spreizte sie erneut die Beine.

Für einen Moment starrte er ihre glatten, runden Hinterbacken an – nur dass es nicht ihr Hintern war, den er vor sich sah, sondern Colins. Dieser knackige Arsch. Wie er diese engen Unterhosen ausfüllte. Der Schatten seiner Ritze durch den straff gespannten Stoff. Eds Schwanz begann sich zu füllen.

Dann schaute er auf Michelle hinab, wie sie dort vor ihm lag und ihm den Hintern entgegenstreckte. Sie atmete keuchend, und er stellte sich vor, in ihre Wärme hineinzugleiten.

Und genau da beschloss sein Schwanz, nicht mehr

mitzuspielen.

„Schau, das passiert doch jedem mal, stimmt's?"

Ed wusste, dass sie ihn nur trösten wollte. Aber Tatsache war, dass es ihm noch *nie* passiert war. Niemals. Kein. Einziges. Mal. Er saß stocksteif auf ihrem Sofa, ihm war verdammt unbehaglich zumute und er war definitiv NICHT in Stimmung für einen Nachruf auf seine spektakulär hundsmiserable Vorstellung.

„Na ja, du hattest ja schon was getrunken, ehe du hergekommen bist, nicht? Das konnte ich riechen. Vielleicht lag's daran." Sie beugte sich vor und tätschelte ihm den Unterarm.

Nein, das hilft mir definitiv nicht weiter. Ein Gedanke brannte sich ihm ins Hirn: gestern Nacht war er voll gewesen wie eine Haubitze und hatte trotzdem problemlos für Colin einen hochgekriegt. Verdammt, nur diesen Mund auf sich zu fühlen hatte ihn schon fast abspritzen lassen. Also – dem Alkohol die Schuld zuzuschieben? War nicht drin.

„Weißt du was?", fragte er und stand auf. „Ich glaub', ich geh jetzt lieber."

Michelle blieb der Mund offen stehen. „Was? Willst du nicht noch ein Weilchen bleiben?" Das Mitgefühl, das er in ihren Augen sah, war kaum zu ertragen.

Er schüttelte den Kopf und rang sich ein Lächeln ab.

„Lassen wir's, okay? Ich will nur nach Hause." Er schlich sich zur Wohnungstür, wobei ihm bewusst war, dass sie ihm folgte. Auf der Schwelle drehte er sich um und küsste sie auf die Wange. „Tut mir leid, wenn ich dir den Abend versaut hab'." Als sie den Mund öffnete – zweifellos um zu protestieren – verschloss er ihr mit einem Finger die Lippen. „Lass es bitte, okay, Michelle? Lass es einfach."

Mit verstörtem Blick nickte sie und hielt ihm die Tür auf. Er verließ ihre Wohnung und ging langsam den Flur entlang zum Aufzugsknopf. Als der Aufzug kam, schaute er sich um. Und wirklich, da stand sie und schaute ihm nach, einen schlichten Bademantel eng um sich zusammengezogen. Der Ausdruck von Traurigkeit und Besorgnis auf ihrem Gesicht ging ihm zu Herzen. Er wandte sich ab und betrat den Aufzug.

Schaff mich einfach hier raus.

Er saß im Taxi, blind und taub für alles um sich herum, während das Fahrzeug sich langsam durch die geschäftigen, lauten Straßen arbeitete. Alles, woran er denken konnte, war Colin. Sein Bild erstand ein weiteres Mal vor seinem inneren Auge, und er stöhnte auf, als sein Schwanz zuckte.

Oh SCHEISSE.

Es gab kein Entrinnen. Er konnte dem Alkohol nicht mehr die Schuld an seinen Reaktionen zuschieben. Einmal? Möglich. Zweimal? Auf keinen Fall, verdammte Scheiße.

Er beugte sich vor, Ellbogen auf den Knien, Kopf in den Händen.

Colin, mein Freund…was zum Teufel hast du mir bloß angetan?

Kapitel 4

Es hatte keinen Zweck. Kein Kaffee der Welt konnte heute Morgen seine Laune bessern, und wenn er ihn literweise trank.

Ed stapfte aus der Etagenküche im Büro, Kaffeebecher in der Hand. Natürlich hatte es alles nur noch schlimmer gemacht, dass er sich den Kaffee heute Morgen selber machen musste, da Blake in Vaterschaftsurlaub war.

Komisch, wie man manche Sachen als ganz selbstverständlich ansieht. Dass es morgens schon nach Kaffee riecht, wenn man ins Büro kommt, zum Beispiel, weil man so einen Engel von Chef hat, der immer von einem kommt und schon mal die Maschine anschmeißt.

Nicht dass er Blake die Zeit mit Will und dem Baby nicht gegönnt hätte – das jetzt übrigens, einer SMS von heute Morgen zufolge, einen Namen hatte: Sophie.

Ed tat sein Bestes, um den Tag richtig anzufangen, aber es ging einfach nicht. Zum einen hatte er kaum geschlafen. Er wusste nicht mehr, wie oft er auf den Wecker geschaut und gestöhnt hatte, weil der ersehnte Schlaf einfach nicht kommen wollte. Um halb sieben, als der Wecker dann klingelte, war Ed todmüde und so richtig mies drauf.

Er blieb solange er konnte in seinem Büro und versuchte sich um seine E-Mails zu kümmern. Aber er bekam schon Kopfschmerzen, wenn er nur auf den

Monitor schaute. Bei der Aussicht, um neun eine Teambesprechung leiten zu müssen, wurde ihm ganz schwer ums Herz.

Ich will heute einfach in Ruhe gelassen werden. Ist das zu viel verlangt?

Die Antwort darauf kannte er schon.

Um acht Uhr fünfzig marschierte Ed in den Konferenzraum und blieb stehen. Dort am Tisch, mit einem Kaffeebecher in der Hand, saß Rick und grinste wie ein Honigkuchenpferd. Trotz seiner schlechten Laune musste Ed einfach lächeln.

„Hey, Kumpel, du bist wieder da!" Er zog sich einen Stuhl heran und setzte sich neben Rick.

Rick strahlte geradezu. Er stellte seinen Becher weg, lehnte sich zurück und verschränkte die Hände hinter dem Kopf. „Ja, wir sind gestern Abend wieder zurückgekommen. Wie läuft's denn so in der wirklichen Welt?" Seine Augen glänzten, seine Haut war sanft gebräunt. „Beth hat mir schon gesteckt, dass ich die ganze Aufregung am Samstag verpasst habe."

Ed schnaubte. „Nur du kriegst es fertig und bist nicht im Lande, wenn die Kacke am Dampfen ist. Keine Sorge – wir sind auch so zurechtgekommen. Und Blake sagt, das Baby ist wunderschön."

Rick nickte. „Will hat mir ein Foto geschickt." Er holte sein Handy aus der Tasche und scrollte durch die Bilder, dann gab er es Ed. Es war ein hinreißendes Foto von Blake mit dem süßesten Baby, das Ed je gesehen hatte, auf dem Arm. Und Ed hatte es nicht so mit Babys, also wollte das was heißen. Blakes

andächtiger Gesichtsausdruck war ein wunderbarer Anblick.
Rick seufzte. „Das wird ein bodenlos verwöhntes Kind!“
Mit einem Nicken gab Ed ihm das Handy zurück und warf ihm dann einen forschenden Blick zu. „Also, wie war's in Italien? Hat dir Angelo den Hintern versohlt, weil du den fitten Typen nachgeguckt hast?“
Rick schnaubte. „Das sollte er mal versuchen.“ Da war wieder dieser glückliche Blick. „Ach Ed, es war toll. Wir waren in Florenz, Rom, Neapel, Pompeji, Siena… ich sag' dir, in einem fremden Land herumzureisen und jemanden dabeizuhaben, der die Sprache kann, ist definitiv ein Plus in meinen Augen. Und Oh-Mein-Gott, Venedig. Das war… einfach nur schön.“
Ed kam gar nicht drüber weg, wie entspannt Rick aussah. Ed wusste, was für eine große Sache ihre erste gemeinsame Italienreise für Rick und Angelo war. Obwohl die beiden Männer schon seit mehr als sechs Jahren zusammen waren, hatte Angelo erst jetzt den Mut aufgebracht, Rick seiner Verwandtschaft vorzustellen. Nicht allen, natürlich – es gab immer noch jede Menge eher traditionell eingestellte Familienmitglieder, die nichts mit dem Liebespaar zu tun haben wollten. Aber Angelos jüngere Cousins und Cousinen entstammten einer anderen Generation, und Rick hatte sich wahnsinnig darauf gefreut, sie kennenzulernen. In den letzten Monaten vor der Reise hatte er kaum von etwas anderem gesprochen.
Die Tür ging auf und der Rest des Teams kam herein.

Alle begannen aufgeregt durcheinanderzureden, sobald sie Rick sahen. Ed musste zugeben, dass es ohne den redseligen Marketing- und Verkaufsleiter im Büro still gewesen war. Rick wurde umarmt und getätschelt während er Frage um Frage beantwortete. Ed ließ die Begrüßung ein paar Minuten lang laufen, bis er von dem Krach allmählich Kopfschmerzen bekam.

Er räusperte sich. „Wie wär's, wenn wir mit der Besprechung anfangen würden, Leute? Dann kommen wir hier vielleicht sogar dazu, unsere Jobs zu erledigen." Er warf strenge Blicke in die Runde, aber das hatte keinen Zweck. Inzwischen waren alle schon viel zu sehr an ihn gewöhnt. Trotzdem setzten sich alle hin und ließen ihn ohne größere Unterbrechungen die Besprechung leiten. Ungefähr dreißig Minuten später war Ed alles durchgegangen, was Blake seinem persönlichen Assistenten Shane per E-Mail geschickt hatte, und das Team ging wieder auseinander. Ed nahm sich noch einen Kaffee und zog sich in sein Büro zurück. Dort saß er dann hinter seinem Schreibtisch und starrte aus dem Fenster, während er das heiße, aromatische Gebräu schlürfte.

Gott, Blake, wo bist du, wenn ich mal wirklich dringend mit dir reden muss? Dein Timing ist echt Scheiße.

Er meinte es nicht ernst. In seinem Kopf herrschte ein wirres Durcheinander von chaotisch kollidierenden Gedanken. Alles, woran er denken konnte, war der Samstagabend – und Colin. Er versuchte, die Sache logisch zu betrachten, aber Logik schien nicht zu funktionieren. Im Verlauf des Vormittags wuchs sein

Frust; bis Mittag wurde daran nichts besser. Er hatte sich den Großteil des Vormittags über auf die Unterlagen der Bewerber um die Stelle als Blakes PA zu konzentrieren versucht, da Shane sie in ein paar Wochen verlassen würde.

Und das war ein weiterer Grund für seine miese Laune. Shane war Wills Nachfolger, und alles war in bester Ordnung gewesen. Er war viel stiller als Will – obwohl er in letzter Zeit mehr und mehr aus sich herausging – und neigte bei Teambesprechungen dazu, sich sehr im Hintergrund zu halten. Aber er war extrem tüchtig, und Blake war ausgesprochen zufrieden mit ihm. Bis Shane von ein paar Wochen eines Tages zur Arbeit gekommen war und allen erzählt hatte, dass seine Verlobte gerade eine neue Stelle als Apothekerin gefunden hätte – in Australien – und dass er mit ihr dorthin auswandern würde, sobald alles geregelt war.

Der hat uns schön auflaufen lassen.

Ed hatte einen Stapel Formulare auf dem Schreibtisch, die er durchgehen musste, um aussichtsreiche Kandidaten zu einem Bewerbungsgespräch einladen zu können. Blake hatte deutlich gemacht, dass er Eds Urteil bedingungslos vertraute. Die vielversprechendste Bewerbung kam jedoch von einer Frau. Ed schnaubte beim Gedanken an eine weitere weibliche PA. Schlechte Erfahrungen mit dem schönen Geschlecht waren der Grund gewesen, warum Blake sich überhaupt für einen männlichen PA entschieden hatte.

Und guck' nur, was dabei rausgekommen ist, dachte Ed sarkastisch. *Am Ende hast du ihn geheiratet.*

Wenigstens lenkte ihn das Durchsehen der Bewerbungen von … anderen Dingen ab.

Ja, klar. Colin ging ihm nicht aus dem Kopf. Hoffnungslos.

In der Mittagspause ging Ed in die Küche, um sich noch einen Kaffee einzuschenken. Rick war dort und mampfte begeistert an einem Hühnersalat. Als er Ed sah, legte er seine Gabel weg und seufzte.

„Okay, ich geb's auf. Was ist heute los mit dir?"

Ed starrte ihn bestürzt an. „Wie kommst du darauf, dass irgendwas los ist?"

Rick riss die Augen auf und stieß ein lautes Lachen aus. „Ach, komm schon. Hältst du mich für so blind?"

Ed lag die passende Antwort schon auf der Zunge, aber ausgerechnet in diesem Moment kam Beth herein, und Ed nutzte die Ablenkung, um in sein Büro zu flüchten. Er sank auf seinen Stuhl, lehnte sich zurück und schloss die Augen.

Wie kann so eine Kleinigkeit wie ein Blowjob einen nur dermaßen fertig machen?

Nur dass er natürlich wusste, dass es nicht der Blowjob war.

Nach der Mittagspause wurde es nicht besser. Der Schlafmangel begann sich bemerkbar zu machen, und das wirkte sich leider auch auf Eds Umfeld aus. Gespräche waren brüsk, kein bisschen wie seine sonstige locker-flockige Art, und wurden im Verlauf des Nachmittags immer kürzer. Er konnte die

Überraschung in den Gesichtern seiner Teamkollegen sehen. Ed sagte sich, dass er morgen alles bei allen wieder gut machen würde, wenn er erst einmal eine Nacht durchgeschlafen hatte. Aber so wie es momentan aussah, würde er die ganze Belegschaft am Freitag nach Feierabend zu einem Drink einladen, um sich zu entschuldigen. Gott sei Dank war der Tag fast vorbei.

Karen streckte den Kopf herein. „Ed, die Frankfurter Druckerei hat uns gemailt. Anscheinend gibt es ein Problem mit –"

„Oh, um Himmels Willen, schick mir einfach die E-Mail weiter, okay?", fauchte Ed sie an. „Ist nicht nötig, dass du herkommst und mir die Ohren vollheulst. Ich hab' was Besseres zu tun, in Ordnung?"

Karen erbleichte. „Es… es tut mir leid, dass ich dich gestört habe." Sie zog sich hastig zurück.

Ed fasste sich an den Kopf. *Jetzt guck dir bloß an, was du angerichtet hast.* Er hatte Karen noch nie zuvor so barsch angefahren, und was das Ganze nur noch schlimmer machte: Er wusste, dass sie eine Schwäche für ihn hatte. Sie begrüßte ihn immer mit einem Lächeln. Karen hatte sich in den letzten Jahren sehr verändert, seitdem sie ihre Ratte von Freund in die Wüste geschickt hatte. Verschwunden war der Tussen-Look, das dicke Make-up, der protzige Schmuck. Karen war für das Team so etwas wie eine Mama geworden, jemand, auf den Verlass war.

Und das macht es noch schlimmer. Gott, wie sie geguckt hat…

Ed seufzte. Zeit für einen letzten Kaffee. Er stand auf,

verließ sein Büro und betrat die kleine Küche. Glücklicherweise war dort niemand, und es war gerade noch genug Kaffee in der Kanne, um einen Becher zu füllen. Ed schenkte sich den Kaffee ein, dann spülte er die Kanne und leerte die Maschine, um sie für den nächsten Tag bereit zu machen.

„Kannst du mal eben mitkommen?" Rick stand im Eingang, die Stirn gefurcht.

Ed hatte schon eine Ausrede auf der Zunge, aber Ricks Gesichtsausdruck gab ihm zu denken. „Klar."

Er folgte Rick den Flur entlang in den Konferenzraum. Rick machte die Tür hinter ihnen zu und gab Ed einen Wink, sich zu setzen. Ed gehorchte, den Blick auf den ungewöhnlich ernsten Rick geheftet. Für einen Moment musterte Rick ihn eindringlich, dann seufzte er. „Sieh mal, ich weiß ja nicht, was heute mit dir los ist, aber du bist heute einer Menge Leute auf den Schlips getreten. Du hast Karen zum Weinen gebracht, und das wegen nichts und wieder nichts, so wie es sich anhört." Er sah Ed fest in die Augen. „Wenn du dich nicht zusammenreißt und das in den Griff kriegst, was auch immer es ist, dann ruf' ich Blake an."

Ed erstarrte. Das war das letzte, was er wollte – dass Blake sich um seine Befähigung, seinen Job zu erledigen, Sorgen zu machen begann. *Herrgott, er verlässt sich drauf, dass ich hier alles am Laufen halte.* Und dann dämmerte es ihm. Okay, dann konnte er eben nicht mit Blake reden. Aber direkt vor ihm saß ein guter Freund – der zufällig schwul war.

Und möglicherweise im Moment der einzige von meinen Bekannten, der auch nur den blassesten Schimmer davon hat, was ich durchmache.

Das gab den Ausschlag.

„Hör mal, ich muss mit dir reden, aber nicht hier."

Rick schwieg. Sein Gesichtsausdruck blieb unverändert. Dann zog er sein Handy aus der Jackentasche und wählte eine Nummer. „Babe? Hör zu, bei mir wird's heute ein bisschen später, okay? Bei der Arbeit gibt's eine Krise. Ich ruf' dich an, wenn ich auf dem Heimweg bin, ja?" Er lauschte konzentriert und lächelte dann. „Ich liebe dich auch. Halt's für mich warm." Er beendete den Anruf und stand auf. „Wir sind die letzten. Alle anderen sind schon nach Hause gegangen. Also schnapp dir deine Jacke, dann verschwinden wir von hier. Du kannst später nochmal herkommen und dein Bike holen."

Ed nickte und ging in sein Büro, wo seine lederne Motorradjacke hing. Rick wartete am Haupteingang auf ihn. Ed vergewisserte sich, dass alles aus war und schloss dann die Türen ab. Die ganze Zeit pochte sein Herz wie wild.

Was zum Teufel wird Rick dazu sagen?

Gleich um die Ecke vom Trinity-Verlagsgebäude gab es ein ruhiges kleines Pub, der Lieblingstreffpunkt für die meisten Teammitglieder, um nach der Arbeit noch einen trinken zu gehen. Glücklicherweise war es dort noch nicht sehr voll.

Rick lehnte sich auf der Eckbank zurück, ein Pint-Glas in der Hand. „Okay. Spuck's aus."

Ed holte einmal tief Luft, und dann purzelte alles nur so aus ihm heraus. Wie sie sich gegenseitig einen runtergeholt hatten. Die Blowjobs. Wie Colin an jenem Morgen ausgesehen hatte. Eds Versagen bei Michelle. Dass er jedesmal einen Harten bekam, wenn er an Colins Arsch dachte. Ed ersparte ihm kein Detail – jetzt war nicht der richtige Moment für Schüchternheit.

Rick saß nur da und sagte nichts. Als Ed endlich fertig war, sah er Rick in die Augen. „Das war's."

Rick atmete einmal gründlich tief durch. „Es wäre möglich, dass du bi bist. Oder vielleicht stehst du ja nur auf diesen einen Kerl. Ich meine, ist ja nicht so, als hättest du sowas schon mal gemacht, oder?"

Eds Wangen brannten. Er räusperte sich. „Ja, was das betrifft…"

Rick bekam große Augen. Sein Unterkiefer klappte herunter. „Oh, mein Gott. Als Angelo und ich zusammengekommen sind. Wie wir uns unterhalten haben, du, ich und Blake. Ich hab einen Witz gemacht, dass du vielleicht am falschen Ufer suchst. Und Blake hat losgeprustet." Er lachte. „Ich hab' mir schon damals gedacht, dass da was im Busch ist." Er zog die Augenbrauen hoch. „Jetzt kannst du auch vollends auspacken, Mr. Fellows. Alles andere hast du mir ja schon erzählt."

„Pass auf, ist alles halb so wild, in Ordnung?", stotterte Ed. „Bloß… naja… du weißt doch, dass Blake und ich auf derselben Schule waren, ja? Na ja, wir waren auch beide in der Rugby-Mannschaft. Jedenfalls, eines Tages ist Blake nach einem Spiel in den Umkleideraum reingeplatzt, wie Derek Melling und ich uns grade gegenseitig einen runtergeholt haben. Wir haben gedacht, alle wären schon weg", seufzte er mit feuerrotem Kopf. „Der Scheißkerl hat mich hinterher noch jahrelang damit aufgezogen."

„Nun, das ist ja wirklich nicht so schlimm", räumte Rick ein. „Irgendwann experimentieren wahrscheinlich alle Jungs mal mit sowas." Er kniff die Augen zusammen, und seine Lippen zuckten. „Das ist aber noch nicht alles, hab' ich recht?"

Ed nickte. „Als ich an der Uni war, haben mein Mitbewohner und ich uns eines Abends die Kante gegeben, und am Ende haben wir uns gegenseitig einen geblasen. Bloß, dass wir das dann bald regelmäßig gemacht haben. Und ja, es ist auch passiert, wenn wir nüchtern waren." Er starrte Rick an. „Aber mehr hab' ich nicht gemacht, klar? Das war alles. Ich hatte noch nie Sex mit 'nem Kerl."

Rick schnaubte. „Ich sag's dir ja nur ungern, aber Oralsex *ist* Sex. Außer natürlich, wenn du Bill Clinton heißt." Seine Miene wurde sanfter. „Okay, vielleicht bist du bi, vielleicht auch nicht. Wenn du *wirklich* auf diesen Typen stehst, könnte das erklären, warum es mit Michelle nicht so gut gelaufen ist."

Ed starrte ihn verzweifelt an. „Was soll ich jetzt

machen?" Seine Brust war wie eingeschnürt, sein Mund trocken.
Rick lächelte. „Zusehen, dass du's rausfindest, das sollst du machen. Ed, ich kenne dich seit Jahren. Wir sind Freunde, nicht?" Ed nickte. „Ich hab' dich noch nie vor *irgend*was weglaufen sehen. Du wirst den Stier einfach bei den Hörnern packen und dich damit befassen müssen. So gehst du alles andere auch an – warum solltest du es diesmal anders machen?"
Ed wurde ganz still. „Wie meinst du das? Wie kann ich das angehen?"
Rick zuckte die Achseln. „Verabrede dich mit dem Typen."
Ed stutzte. „Wie, meinst du ein Date?"
Rick nickte. „Du könntest ganz schlicht mit ihm essen gehen oder ihn auf einen Drink einladen. Aber wenn du dich mit ihm triffst, denk darüber nach, wie's dir dabei geht. Findest du ihn immer noch attraktiv? Willst du ihn bumsen, oder würdest du lieber losgehen und eine Frau bumsen? Weil, so oder so, mein Freund, diese Frage wird an dir nagen, bis du dich ihr stellst."
Ed wusste, dass Rick recht hatte. Gott, es fraß ihn jetzt schon auf, und das nach nur zwei Tagen. Wenn es nur wirklich so einfach wäre. „Aber er ist hetero."
Rick musterte ihn ruhig. „Das weißt du nicht sicher."
Ed machte den Mund auf, um etwas zu sagen, klappte ihn dann aber wieder zu. Rick grinste. „Ich hab' recht, oder?" Er verschränkte die Arme vor der Brust. „Also musst du jetzt nach Hause gehen und dir überlegen, was du zu dem Kerl sagen sollst. Warte aber bloß nicht

zu lange. Ich weiß nicht, ob meine Nerven noch so einen Tag wie heute verkraften können." Er maß Ed mit festem Blick. „Und morgen früh hast du ein paar *ernsthafte* Kniefälle zu machen."

Ed stieß einen Seufzer aus. Das Leben war plötzlich um einiges komplizierter geworden.

Kapitel 5

Ed kam am nächsten Morgen schwerbeladen zur Arbeit. Er ließ den großen Blumenstrauß auf Karens Schreibtisch, nebst einer hübschen Karte mit seiner schriftlichen Entschuldigung. In der Küche verteilte er frische Croissants und *Pains au Chocolat* auf Teller und stellte ein Schild mit einer Aufforderung, sich zu bedienen, daneben. Und schließlich schlüpfte er noch kurz in Ricks Büro und hinterließ eine sehr große Tafel von dessen Lieblingsschokolade auf der Computertastatur.

Zufrieden mit seinen ersten Wiedergutmachungsmaßnahmen setzte Ed die Kaffeemaschinen in Betrieb und wartete ungeduldig auf den ersten Becher. Er hatte die ganze vergangene Nacht über Ricks Ratschläge nachgegrübelt. Seine erste Reaktion war von Panik bestimmt gewesen.

Aber ich bin nicht schwul.

Nachdem er Zeit gehabt hatte, eine Weile darüber nachzudenken, ließ die Panik nach, aber nur ein bisschen. Rick hatte mit seinem Kommentar zum Thema Oralsex natürlich recht gehabt. Und vielleicht war es Zeit für Ed, ehrlich zu sich selbst zu sein. Sich immer wieder von einem Typen einen blasen zu lassen war nicht direkt das, was ein Hetero tun würde, oder? Es war auch nicht zu bezweifeln, dass er es genossen hatte. Sein Mitbewohner, Don, hatte großen… Enthusiasmus gezeigt.

Jaja. Vielleicht doch nicht ganz so hetero.
Und in Anbetracht der Tatsache, dass er vorhatte, einen Typen zu einem Date einzuladen? Oh ja, auch nicht so ganz hetero.
Also… von einem anderen Mann einen geblasen zu kriegen oder umgekehrt? Kein Problem. Die Erkenntnis, dass man vielleicht schwul sein könnte? Nicht so leicht zu verdauen.
Seine grüblerische Stimmung hielt den ganzen Morgen über an. Er entschuldigte sich bei jedem Teammitglied einzeln und war erleichtert, als sie ihn umarmten und tätschelten, offenbar ganz ohne Animositäten. Karen fand die Blumen wunderschön – das war mal sicher. Aber Ed war immer noch nicht ganz mit sich im Reinen. Bis nach der Mittagspause fand er sich mit dem komischen Gefühl in seiner Magengrube ab, doch dann konnte er es nicht mehr aushalten.
Ed stieß seine Bürotür zu und holte sein Handy heraus. Am anderen Ende wurde abgehoben, aber erst einige Sekunden später begann Colin zu sprechen.
„Hi Ed, was kann ich für dich tun?"
Ed stöhnte innerlich, als er den zurückhaltenden Unterton in Colins Stimme hörte. Wobei Ed ihm das nicht vorwerfen konnte, so wie er an jenem Sonntagmorgen mit ihm geredet hatte.
„Hey, Col. Hast du Lust, heute Abend nach der Arbeit mit mir ein Bier trinken und vielleicht einen Happen essen zu gehen?", fragte er in bewusst unbeschwertem Ton.
„Ein Bier? Und was essen?" Eine weitere Pause. Eds

Magen schlug einen Purzelbaum. Endlich sprach Colin weiter. „Ja, klar. Wo sollen wir uns treffen?"
Oh, Gott sei Dank. „Wie wär's mit dem Elephant & Castle? Geht's bei dir um halb sieben?"
„Ja, das ist okay. Hör mal, du musst mich jetzt entschuldigen, Ed. Ich bin gerade auf dem Weg zu einem Meeting. Also bis dann." Colin legte auf.
Ed atmete einmal lang und tief durch. Eine Hürde genommen – aber eine noch höhere kam erst noch.

Ed betrat das Pub und schaute sich um. Noch keine Spur von Colin. Er ging direkt an die Bar und bestellte sich ein Pint Lagerbier. Dann suchte er sich einen ruhigen Tisch in einer Ecke, die von der Bar aus zu sehen war, lehnte sich zurück und wartete, wobei er langsam sein Bier trank. Als er das Glas ungefähr zur Hälfte geleert hatte, kam Colin herein, Jackett über der Schulter, den Kragen seines weißen Hemdes aufgeknöpft und ohne Krawatte. Er sah Ed und machte eine Handbewegung, die *„Willst du einen Drink?"* besagen sollte. Ed hielt sein Glas hoch und Colin nickte.
Ed nutzte die Gelegenheit, ihn zu studieren, während er an der Bar wartete. Colin war ungefähr einsfünfundsiebzig, hatte kurzes, sandfarbenes Haar und blassblaue Augen. Ed wusste, dass sich unter dem weißen Hemd eine breite, leicht behaarte Brust

verbarg. Es war, als sähe er Colin zum ersten Mal, nur mit neuen Augen.
Das muss man ihm lassen – Colin ist ein gutaussehender Mann.
Der Gedanke brachte ihn nicht zum Ausflippen.
Colin trat an Eds Tisch und setzte sich auf den Stuhl ihm gegenüber. Das erste, was Ed auffiel, war Colins Körpersprache. Er schien einfach nicht stillsitzen zu können. Er schlug die Beine übereinander und wieder auseinander, befingerte seinen Kragen und rutschte auf seinem Stuhl hin und her.
Ed seufzte. *Was du heute kannst besorgen…*
„Ich muss mit dir über neulich Abend reden, und was da passiert ist. Ich weiß –“
Colin fiel ihm ins Wort: „Sieh mal, wir hatten was getrunken, und manchmal passieren Sachen einfach, okay? Wir sind trotzdem noch Freunde.“ Er trank einen großen Schluck Bier.
Ed senkte den Kopf. Sein Herz pochte, und er holte tief Luft. Moment der Wahrheit. „Vielleicht will ich ja mehr“, murmelte er.
Schweigen. Er warf Colin verstohlen einen Blick zu.
Colin starrte ihn an wie gelähmt, mit völlig fassungsloser Miene. „Wa... was hast du gesagt?“
Eds Gesicht wurde heiß. Er hob den Kopf, straffte die Schultern und schaute Colin in die Augen. „Ich hab’ gesagt: Vielleicht will ich ja mehr.“
Col saß nur da, mit offenem Mund, in Erstaunen versetzt.
Ed rutschte das Herz in die Hose. *Oh Scheiße. Na ja,*

wenigstens weiß ich jetzt Bescheid.
„Schon kapiert, du bist hetero. Und 'ne Freundin hast du wahrscheinlich auch." Ed schluckte. „Ich weiß ja, ich hätte nichts sagen sollen, aber seitdem wir… du *weißt* schon… muss ich ständig dran denken. Ich krieg's nicht aus dem Kopf." Er stieß den Atem aus und sackte auf seinem Stuhl zusammen.
Colin wirkte deutlich verstört. „Wieso gehst du davon aus, dass ich hetero bin?"
Ed richtete sich ruckartig auf. „Hä?"
Colins Augen waren kühl. „Ja, denkst du etwa, alle Schwulen lispeln und laufen mit schlaffen Handgelenken rum? Was ist mit deinem Boss, Blake? Benimmt der sich vielleicht wie eine Tunte?" Ed schüttelte den Kopf, die Augen geweitet. „Wieso hältst du mich dann für hetero?" Colin schniefte. „Mann, ihr Typen bringt mich noch um mit dem Scheiß."
Ed starrte ihn mit offenem Mund an. „Aber… du spielst Rugby."
Colin lachte. „Was, glaubst du vielleicht, dass schwule Männer kein Rugby spielen können? Ich hab' dasselbe Equipment wie du." Er grinste.
In Eds Verstand herrschte ein wildes Durcheinander. Ihm fehlten die Worte. Nur eins war zu ihm durchgedrungen.
Colin ist schwul.
Colins Augen blitzten vor Belustigung. „Nun, du hast gesagt, du willst mehr. Was sagst du jetzt, wo du Bescheid weißt? Wie stellst du dir das weiter vor?"
Ed war sicher, dass sogar seine Ohren inzwischen

knallrot waren. Er hustete.

Colin verschränkte die Arme vor dieser breiten Brust. „Na los, frag' mich, ob ich mit dir ausgehen will. Gehen wir miteinander schön essen. Du sagst, du willst mehr? Dann beweis' es." Er beugte sich vor und senkte die Stimme. Seine Augen funkelten. „Oder soll ich dir einfach nur nochmal einen blasen?" Ed hörte die Fröhlichkeit in seiner Stimme.

Ed war total neben der Spur. Nur eins wusste er sicher: Colin hatte ihm gerade den Fehdehandschuh hingeworfen, und Ed schreckte vor keiner Herausforderung zurück. Niemals.

Er setzte sich aufrecht hin.

„Col, würdest du mit mir ausgehen?" Ed streckte das Kinn heraus und hielt Colins Blick stand.

Colin zuckte mit keiner Wimper. Er lehnte sich zurück und verschränkte erneut die Arme. „Klar, wann?" Das spöttische Grinsen hatte sich nicht von seinem Gesicht verzogen.

Ed schluckte. „Freitagabend. Ich hol' dich um halb sieben bei dir zuhause ab, wie sieht's aus?"

Colin lächelte. „Passt mir gut."

Ed stieß einen erleichterten Seufzer aus. „Okay, jetzt wo wir das erledigt haben… was sagst du denn zu dem Spiel letzten Samstag? Mein' ich das bloß, oder wird Murphy immer schlechter? Ich meine, er hätte zweimal fast den Ball fallen lassen!" *Um Himmels Willen, lass uns über was anderes reden – egal was.*

Colin lachte. „Ja, nicht zu fassen, dass Trevor noch nichts zu ihm gesagt hat."

Ed lehnte sich zurück und trank sein Lager; zum ersten Mal an diesem Tag war er entspannt. Das hier fühlte sich normal an. Das hier waren Colin und er, zwei Kumpels, die sich über Rugby unterhielten, als wäre nichts geschehen.

Nur dass er gerade seinen *Kumpel* zu einem Date eingeladen hatte. Und dass sein Kumpel ja gesagt hatte.

Ed versuchte, nicht *daran* zu denken.

Ed streckte den Kopf durch die Tür in Ricks Büro. „Hast du mal ‘ne Minute? „

Rick blickte von seinem Monitor auf und lächelte. „Klar. Komm rein.“

Ed betrat das Büro und machte die Tür hinter sich zu. Er tigerte vor Ricks Schreibtisch auf und ab.

Rick lachte. „Holla, was hast denn *du* zum Frühstück gegessen? Springbohnen?“

Ed schnaubte. „Ich war verdammt nochmal viel zu aufgeregt zum Frühstücken.“ Er tigerte immer noch.

Rick legte den Kopf schräg. „Und? Hast du schon mit ihm geredet?“

Ed wandte ihm das Gesicht zu. „Oh ja, geredet hab’ ich schon mit ihm. Bloß, dass er hergegangen ist und ja gesagt hat.“ Die Schmetterlinge in seinem Bauch trugen plötzlich alle Doc Martens.

Rick strahlte. „Fantastisch! Wo liegt dann das

Problem?“
Ed starrte ihn an. „Wo liegt das Problem?“, äffte er nach. „Oh mein Gott, Rick, ich hab’ ein Date mit ‘nem Typen! Was mach’ ich jetzt bloß? Ich meine, wo geh’ ich mit ihm hin? Was zieh’ ich an? Bring’ ich ihm Blumen mit oder was?“
Rick lachte schallend los. „Du musst dich beruhigen, Kumpel. Wir kriegen das schon auf die Reihe.“ Er rieb sich mit einer Hand die Wange. „Also, wo du mit ihm hingehen sollst, das fragst du am besten Blake.“
Ed hörte auf herumzulaufen. „Dem sagt ich da ganz bestimmt nichts davon. Erstens hat er frei und zweitens kriegt der sich nicht mehr ein vor lauter ‚hab’ ich doch gleich gesagt’ wenn er das hört.“
Rick kicherte. „Na ja, da ist schon was dran. Du brauchst ihm ja nicht zu sagen, mit *wem* du ausgehst, nur dass du dein… Date beeindrucken willst. Ich wette nämlich worum du willst, dass Blake sich was ganz besonderes einfallen lässt, wenn er weiß, dass es wichtig ist.“
„Okay“, sagte Ed widerwillig. Rick hatte nicht unrecht.
„Und wenn du mich fragst, was du anziehen sollst“, fuhr Rick fort, „ da gehst du am besten auf lässig-elegant. Nicht zu schick, aber ordentlich und gepflegt, ja?“ Ed nickte. Dann grinste Rick. „Und lass das mit den Blumen – ich bitte Angelo, dir einen richtig guten Wein zu empfehlen. Damit kennt er sich aus.“
Ed nickte immer noch, erleichtert, die Panik abflauen zu fühlen.
Rick stand auf, kam um seinen Schreibtisch herum

und umarmte Ed kurz. Er trat zurück, den Blick auf Eds Gesicht geheftet. „Geht's dir jetzt besser?"

„Ja", sagte Ed mit einem betretenen Lächeln. „Tut mir leid. Ich hab die ganze letzte Nacht über das alles nachgedacht und 'n bisschen die Panik gekriegt."

Rick lachte auf. „Findest du?" Dann wurde seine Miene sanfter. „Okay, sieh mal. Wann ist das Date?"

„Freitag."

Rick nickte. „Und heute ist Mittwoch, nicht? Also musst du aufhören, daran zu denken, sonst machst du dich bloß verrückt. Arbeite einfach weiter wie immer. Und versuch', nicht zu oft daran zu denken." Er fixierte Ed mit einem strengen Blick. „Das mein' ich ernst, Ed. Freitag wird es bald genug, ohne dass du die Woche wegwünschst."

Ed grinste. „Ja, Dad." Er grinste, als Rick ihn aus seinem Büro schubste. Immer noch lächelnd machte Ed sich auf die Suche nach Koffein.

Jetzt arbeiten… später ans Date denken, ermahnte er sich streng.

Denn Rick hatte recht. Der Freitag würde nur allzu schnell kommen.

Die Plastiktüte mit der Weinflasche fest umklammernd läutete Ed bei Colin und schaute dann durch die Glastür in die weite, luftige Lobby des Wohnhauses. Er war noch nie drinnen gewesen. Wenn er Colin zum

Rugbytraining abholte, wartete er normalerweise bei seiner Harley, bis Colin herauskam. Aber heute war das Motorrad zuhause in der Garage geblieben.
„Hallo?“ Colins Stimme klang blechern.
„Ich bin’s.“
„Komm rauf. Zweiter Stock, Wohnung drei.“
Ed hörte den Summer, dann klickte das Türschloss. Beim Eintreten bemerkte er den polierten Marmorboden, der überall makellos war – kein Vergleich zu Eds Wohnblock. Die Fahrstuhltür glitt zur Seite und enthüllte Spiegel an drei Wänden der Kabine. Ed drückte den Knopf für den zweiten Stock. Die Fahrt war flüsterleise und geschmeidig. Irgendwas an dem Gebäude kam Ed vertraut vor, aber er konnte nicht genau sagen, was es war. Er trat aus dem Aufzug und fand schnell Wohnung drei. Ehe er die Hand heben konnte, um anzuklopfen, öffnete Colin die Tür – und Ed stockte der Atem.
„Willst du etwa so ins Restaurant?“, fragte er.
Colin lachte. „Willst du nicht erst mal reinkommen, ehe du anfängst Fragen zu stellen?“ Er führte Ed durch die Diele in einen kurzen Flur. Eds Blick hing wie gebannt an Colin in seinem eleganten, dunkelgrauen Anzug, hellblauem Hemd und passender Krawatte.
Colin kicherte. „Mach den Mund zu, Ed, du fängst Fliegen.“ Seine Augen strahlten. „Darf ich das so verstehen, dass ich dir im Anzug gefalle? Seh’ ich gut aus?“
Ed war gründlich durcheinander. Gut? Der Mann sah

umwerfend aus. Aber was ihm wirklich auf den Geist ging war die Tatsache, dass sein Schwanz direkt in Habachtstellung ging.

Was zum Teufel geht hier vor? Ein Blowjob von dem Typen und plötzlich ist mein schwules Ich entfesselt?

Colins Miene wandelte sich zu einfühlsam. „Tut mir leid, ich war spät dran, deshalb bin ich eben erst nach Hause gekommen. Gib mir zehn, fünfzehn Minuten zum Duschen und Umziehen, dann können wir los." Er deutete auf eine offene Tür. „Setz dich doch solange ins Wohnzimmer und mach's dir gemütlich."

Ed betrat das Zimmer, gefolgt von Colin. Sobald Ed die geräumige Wohnung sah, wusste er, was ihm so bekannt vorgekommen war.

Oh mein Gott – hier sieht's genauso aus wie bei Blake.

Die Wohnung verströmte dieselbe minimalistische Atmosphäre, dieselbe Eleganz. Und sie war Welten entfernt von Eds bescheidener Unterkunft in Lewisham. Sie hatten zwar während der vergangenen vierzehn Monate an den meisten Wochenenden zusammen Rugby gespielt und in der Kneipe gesessen, aber jetzt beschlich Ed zum ersten Mal das Gefühl, dass Colin eine Nummer zu groß für ihn sein könnte.

„Willst du mir sagen, wo wir hingehen?" rief Colin ihm über die Schulter zu, während er durch eine weitere Tür ging. Ed war zu sehr damit beschäftigt, sich und seine Klamotten zu begutachten, um zu antworten. Er trug gutsitzende Jeans und ein schwarzes Hemd, das lässig geschnitten, aber perfekt gebügelt war. Ed strich sich das Hemd glatt und rieb dann mit der flachen

Hand über seinen jeansbekleideten Oberschenkel, als ihm bewusst wurde, dass seine Hände feuchtkalt waren.

Oh, um Himmels Willen, gibt doch keinen Grund, nervös zu sein. Ist nur ein Abendessen.

Er lauschte auf das Rauschen der Dusche und versuchte nicht an Colins nackten Körper zu denken, überströmt von heißem Wasser, während Seifenschaum über diesen schlanken Brustkorb rann…

Ed schüttelte sich. Er stellte die Weinflasche auf die gläserne Tischplatte des niedrigen Kaffeetischs und ging sich die Bücherregale anschauen. Das erste, was er sah, war Wills Name. Ed grinste. Colin hatte jedes einzelne von Wills Büchern. *Sieh mal einer an…*

Das Leder des Sofas hatte einen warmen Braunton, die Sitzkissen waren tief und die Armlehnen dick gepolstert. Es war lang genug, um sich darauf auszustrecken, falls jemand dort ein Nickerchen machen wollte. Ein Gaskamin, komplett mit Kohlen, war in eine Wand eingelassen, und davor lag ein dicker, cremefarbener Teppich auf dem polierten Parkettboden. Hier und da entdeckte Ed kleine Lautsprecher, die auf eine Musikanlage hindeuteten.

„Gefällt dir die Wohnung?"

Ed drehte sich um und sah Colin durch die Tür kommen.

Oh, leck mich am Arsch.

Colin trug atemberaubende, hautenge Levis-Jeans, die seinen Arsch perfekt zur Geltung brachten. Ein dunkelblaues Seidenhemd, das sich an seinen straffen, muskulösen Körper schmiegte. Okay, er war vielleicht nicht so durchtrainiert wie Ed, aber verdammt, Colin hatte seine Muskeln *genau* da, wo sie hingehörten.

Und warum ist mir das vorher nie aufgefallen?

Dabei erinnerte er sich wieder an seine guten Manieren, also nahm er die Weinflasche vom Tisch und überreichte sie.

Colin holte sie aus der Plastiktüte und nickte anerkennend. Er zog eine Augenbraue hoch. „Ist die für jetzt oder für später?“ Seine Augen funkelten, und für ein, zwei Sekunden fühlte Ed sich wieder aus dem Gleichgewicht gebracht. Colin lächelte. „Na, wenn du fährst, vielleicht lieber später.“ Er grinste. „Und du hast mir immer noch nicht gesagt, wohin du mich ausführst.“

Ed hatte sich wieder soweit gefangen, dass er grinsen konnte. „Ist eine Überraschung.“

Colin lachte und ging ihm voraus zur Wohnungstür. „In dem Fall, nichts wie los.“

Auf der Straße winkte Ed ein vorbeifahrendes schwarzes Taxi heran. Sie stiegen ein, und er rasselte die Adresse des Restaurants in Soho herunter.

Colins Augen weiteten sich. „Das ist Daniel Farringtons neues Restaurant.“

Ed blinzelte. „Äh, ja.“ Der Name bedeutete Colin offenbar etwas. Ed war so schlau wie zuvor gewesen, als er ihn von Blake gehört hatte.

Colin stieß einen Pfiff aus. „Ich bin beeindruckt. Nach allem, was ich gehört habe, soll es schwierig sein, da reinzukommen.“

Ed zuckte bescheiden mit den Achseln. „Hängt davon ab, wen du kennst." Das Restaurant war ziemlich neu, hatte aber bisher Blake zufolge begeisterte Kritiken bekommen. Der Dresscode war anscheinend informell, aber mit einem hatte Colin recht – einen Tisch zu reservieren war ein Albtraum.

Dem Himmel sei Dank für Blake. Sein Boss hatte ein paar Strippen gezogen, um sie da rein zu kriegen.

Bald hielt das Taxi vor dem elegant wirkenden Restaurant. Die beiden Männer wurden an ihren Tisch geführt und bekamen die Speisekarte vorgelegt.

Ed blickte sich um. Die Beleuchtung war dezent, die Hintergrundmusik ebenfalls. Fast alle Tische waren besetzt. Abgesehen von der einen oder anderen Gruppe von Geschäftsleuten waren unter den Gästen viele Paare.

Der Kellner reichte Ed die Weinkarte. Er schaute sie sich für einen Moment an, räusperte sich und reichte sie an Colin weiter.

„Warum suchst du nich' was aus?"

Colin lächelte, gab beim Kellner seine Bestellung auf und lehnte sich dann zurück. Er schien sich in dieser Umgebung absolut wohl zu fühlen.

Während ich mir verdammt nochmal vorkomm' wie 'n Fisch aufm Trockenen, dachte Ed bedrückt. Er versuchte krampfhaft einen guten Eindruck zu machen, aber er konnte den Gedanken nicht abschütteln, dass Colin *mehrere* Nummern zu groß für ihn war. *Ich meine, schon der Anzug, den er zur Arbeit trägt.* Dabei fiel ihm ein…

„Colin, ich weiß, ich hab' nie gefragt – weil sich's nie

ergeben hat – aber was machst du eigentlich genau beruflich?"

Colin lächelte. „Ich arbeite als Grafik-Designer in einem Architekturbüro. Dort mache ich die ganzen CAD-Arbeiten."

Ed war beeindruckt. Colin musste ein helles Köpfchen sein, um diesen Job machen zu können. Und seinen Klamotten und seiner Wohnung nach zu schließen machte er ihn auch verdammt gut.

„Und du bist also der Büroleiter bei Trinity Publishing?", fragte Colin. „Klingt nach einem interessanten Job." Er versuchte verzweifelt, Ed dazu zu kriegen, sich zu entspannen. Denn es war offensichtlich, dass sein Date sich völlig fehl am Platz fühlte. Colin konnte immer noch nicht glauben, dass sie wirklich hier waren. Er hatte ein, zwei Tage gebraucht, um den Schock über Eds Offenbarung zu verwinden. Aber jetzt, wo sie hier waren? Colin war fest entschlossen, dafür zu sorgen, dass es ein schöner Abend für beide wurde – und das schloss seine Pläne für nach dem Abendessen mit ein.

Falls wir das hier je durchstehen und es zurück in meine Wohnung schaffen.

Denn Colin hatte vor, Ed um den Verstand zu bringen.

Er entspannte sich auf seinem Stuhl, den Blick

unverwandt auf den Mann ihm gegenüber gerichtet, der gerade aus seiner Serviette eine Kordel drehte.

„Hör zu, Ed. Ich bin immer noch der Typ, mit dem du geduscht und geschwitzt hast, mit dem du Rugby gespielt und dich betrunken hast…" Colin lächelte. „Ich bin immer noch derselbe."

Zu seiner Erleichterung hellte Eds Miene sich bei diesen Worten auf. Während des Essens begannen sie sich mehr zu unterhalten, erzählten sich sogar Witze und lachten ein paarmal miteinander. Colin durfte erfreut feststellen, dass sie mehr gemeinsame Interessen hatten als vermutet, vor allem, was Musik und Filme betraf. Als sie dann zum Thema Bücher kamen, grinste Ed.

„Ja, nun, mir ist vorhin deine Büchersammlung aufgefallen. War schließlich nicht zu übersehen." Seine Augen funkelten.

Darüber war Colin für einen kurzen Moment verwirrt, doch dann fiel der Groschen. Er wurde rot. „Oh Gott, du hast gesehen, dass ich Wills Bücher sammle, nicht?"

Ed lachte leise. Colin schüttelte den Kopf; seine Wangen brannten. „Du hast ja keine *Ahnung*, wie schwer das war, in diesem Wartezimmer zu sitzen, auf demselben Sofa wie *Will Parkinson*, um Himmels Willen, und keinen Ton zu sagen!"

Ed kicherte. „Ich wette, du hättest ihn fürs Leben gern um ein Autogramm gebeten, stimmt's?"

„Jawohl!"

Ed lachte, und der Laut wärmte Colin das Herz. Es war schön, zu sehen, dass Ed sich endlich entspannte.

Das Dessert kam und ging, ebenso der Kaffee, und Colin beschloss, dass es Zeit wurde, Ed zu neuen Ufern zu führen.
Er neigte sich über den Tisch und senkte die Stimme. „Vielleicht sollten wir in meine Wohnung zurückgehen und den Wein aufmachen." Er lehnte sich zurück und wartete.
Ed starrte ihn eine Zeitlang an, wobei er einigermaßen überzeugend das sprichwörtliche Karnickel vor der Schlange mimte. Und dann lächelte er.
„Das würde mir gefallen."
Innerlich stieß Colin einen tiefen Seufzer der Erleichterung aus. *Und nun weiter zu dem, was ich im Sinn habe.*
Ein Schauer der Erregung rieselte ihm über den Rücken bei dem Gedanken an das, was jetzt kam.
Hoffentlich.

Kapitel 6

Als sie im Aufzug nach oben fuhren, pochte Eds Herz wie ein Presslufthammer.

Jetzt komm, ihr werdet ein, zwei Glas Wein miteinander trinken. Kein Grund zur Panik.

Nur: seit wann endete ein Date mit einem Glas Wein? Und schon war sein Herz wieder am Wummern.

Sobald sie in der Wohnung waren, ging Colin direkt in die Küche, von wo er mit einem Korkenzieher und zwei Gläsern wieder kam. Nachdem er die Flasche geöffnet hatte, schenkte er ein und reichte Ed eins von den Gläsern.

Ed sah zu, wie Colin die rubinrote Flüssigkeit im Glas schwenkte, prüfend ansah, daran roch.

Ach du Scheiße – der Mann versteht was von Wein. Angelo, wehe du blamierst mich hier…

Colin nahm einen kleinen Schluck und lächelte. „Oh, der ist gut."

Ed hätte weinen können vor Erleichterung. Im Geiste schwor er sich, Angelo auf Knien zu danken, sobald er ihn das nächste Mal sah. Colin winkte ihn zum Sofa und beide setzten sich und tranken ihren Wein. Der Alkohol wärmte Ed angenehm. Allmählich begann er sich wieder zu entspannen, während sie sich über die kommenden Spiele unterhielten und über die Mannschaften, denen sie gegenüber stehen würden. Bis sein Glas leer war, hatte Eds Nervosität sich fast völlig verflüchtigt. Colin fragte, ob er nachgeschenkt

haben wollte.
„Klar.“ Er gab Colin das Glas. Der schenkte nach. Und dann blieb Ed beinahe das Herz stehen, als Colin ihm das Glas reichte – und sich dann rittlings auf seinen Schoß setzte, mit dem Gesicht zu ihm.
Ed erstarrte. Sein Mund war plötzlich so trocken wie die Sahara. Er blickte starr zu Colin auf; sein Herz raste, als wollte es ihm gleich aus der Brust springen.
Colin nahm ihm sanft das Glas aus der Hand und streckte sich, um es hinter sich auf den Kaffeetisch abzustellen. Dann beugte er sich vor und küsste ihn auf die Lippen, leicht wie ein Hauch.
Für einen Moment saß Ed nur da und war starr vor Schreck, als er eine eindeutig männliche Wange an seinem Gesicht spürte, als ein männlicher Duft seine Sinne erfüllte. Colin zögerte nicht einmal. Er küsste ihn einfach weiter. Händen umfassten jetzt sein Gesicht, große, kräftige, fähige Hände, die Ed ohne jeden Zweifel klar machten, *wer* genau ihn hier küsste.
Und verdammt, fühlte sich das gut an.
So gut, dass Ed den Kuss wahrhaftig zu erwidern begann.
Colin lächelte an seinen Lippen. „So ist’s gut. Mach einfach mit.“ Er machte sich über Eds Hals her, strich mit warmen Lippen über seine Haut, küsste, nuckelte.
Und Ed… schmolz einfach dahin.
„Oh, Scheiße“, flüsterte er, gab einen winzigen Seufzer von sich, als Colin kräftiger saugte. Eds Schwanz wurde steif. Gott, das war ganz anders, als er erwartet hatte. Und es machte ihn an. So gut es sich auch

anfühlte, Colins Mund dort zu haben, Ed wusste, was er wollte. Er fasste Colin mit beiden Händen am Hinterkopf und lenkte ihn wieder dorthin, wo er ihn haben wollte.

Er wollte Colins Kuss.

Colin stöhnte genüsslich, als er Ed küsste, die Hände auf Eds Schultern. Ed keuchte, als Colin ihm mit der Zunge über die Lippen fuhr, am Saum entlang leckte. Colin murmelte leise: „Mach' auf, Ed."

Ed stöhnte auf und ließ ihn ein.

Colins Zunge drang tief ein, erforschte ihn, kostete ihn. Und Scheiße, Ed wollte mehr. Er saugte an Colins Zunge. Er ließ seine Zunge in Colins Mund gleiten. Der Kuss wurde nass, einfach perfekt, und sie verschlangen sich gegenseitig unter Stöhnen und leisen Schreien. Ed konnte Colins Erektion fühlen, als er sich mit rollenden Hüften zu bewegen begann. Ed ließ Colins Kopf los; seine Hände glitten weiter nach unten, streichelten Colins Rücken, die warme Haut unter dem Seidenhemd. Noch weiter runter, bis zum Saum seiner Jeans. Colins Zunge drang tief ein, und Ed stöhnte in seinen Mund, als er diesen knackigen Hintern umfasste und drückte.

Mit einer Frau rumzuknutschen hatte sich nie so *verdammt* gut angefühlt. Und Ed wollte nicht, dass es aufhörte.

Colin küsste ihn hungrig, machte die obersten Knöpfe an seinem Hemd auf, dann schlüpften seine Hände unter den Stoff und streichelten Eds Brust, kraulten seine Finger die Haare dort. Ed stöhnte, weil er mehr wollte – nein, mehr *brauchte.*

„Bitte", murmelte er, unterbrach dafür den Kuss. „Bitte, Col." Er wusste nicht genau, *was* er brauchte, nur *dass* er es brauchte.

Colin hielt inne und schaute auf ihn herab, Lippen gerötet, Augen wie flüssiges Feuer. Er kletterte von Eds Schoß und streckte ihm die Hand entgegen. Ed nahm sie ohne zu zögern, und Colin zog ihn auf die Füße und führte ihn aus dem Wohnzimmer – und in sein Schlafzimmer.

Es war keine Zeit für Nervosität, als Colin ihn auszuziehen begann, als er an Eds Hals knabberte, während er ihm das Hemd von den Schultern streifte. Ed warf den Kopf zurück und schnappte nach Luft, als Colin ihm mit der Zunge gegen die Brustwarze schnippte.

Scheiße, warum hat das bisher noch nie wer mit mir gemacht?

Es war, als gäbe es eine direkte Verbindung von dort zu seinem Penis – seinem zunehmend steiferen Penis. Und Ed sorgte dafür, dass Colin wusste, was er von den momentanen Vorgängen hielt.

„Scheiße, ja."

Colin grinste, als er Eds Jeans aufknöpfte und weiter runter zog. Er schubste Ed rückwärts aufs Bett und streifte sie ihm ab. Ed rutschte im Bett höher und starrte Colin mit großen Augen an, der vor ihm stand und langsam sein Hemd aufknöpfte, diese herrliche Haut enthüllte – Ed konnte es kaum erwarten, sie mit der Zunge zu erkunden. Er starrte auf die straffen, sehnigen Schenkel, den prachtvollen Schwanz, der dazwischen hervorragte. Eds eigener Schwanz richtete sich auf, hart und gierig, und er umfasste den Schaft mit der Hand und streichelte sich langsam, den Blick auf Colin fixiert, der jetzt ins Bett stieg und auf allen Vieren auf ihn zugekrochen kam, immer noch grinsend.

Colin beugte sich vor und machte sich direkt über Eds Hals her, nuckelte dann kurz an seinem Ohrläppchen. Ed erschauerte; er konnte einfach nicht still liegen, während Colin sich küssend, leckend und saugend an seinem Körper nach unten bewegte. Er ließ sich Zeit dabei. Als er sich Eds Schwanz näherte, stieß Ed ein Wimmern aus, so dringend wollte er wieder diesen perfekten Mund auf sich fühlen. Colin hielt inne und blickte durch sandfarbene Wimpern hindurch zu ihm auf, dann leckte er einmal kräftig von der Wurzel bis zur Spitze an Eds Schwanz entlang. Ed stöhnte. Doch anstatt seine Eichel in den Mund zu nehmen, hielt Colin erneut inne.

„Dreh dich um", sagte er. Seine Stimme war heiser vor Verlangen.

Ed gehorchte bebend. Er legte sich auf den Bauch und schnappte nach Luft, als Colin ihn an den Hüften packte und an sich zog.

„Spreiz die Beine – weit."

Ed machte die Beine breit und wartete, zitternd am ganzen Körper. Colins Wange war rau, als er einen Kuss auf jede Hinterbacke drückte. Ed hielt die Luft an, als Colin ihn weit spreizte, ihn sanft in die Hinterbacken biss und dann dort küsste, wo er ihn

gebissen hatte.
Und dann wich beim ersten Kontakt mit Colins Zunge sämtlicher Atem in einem einzigen berauschenden Aufkeuchen aus Eds Körper.
Oh heilige gottverdammte Scheiße, das fühlt sich… fantastisch an.
Ed stöhnte ins Kissen und krallte sich mit geballten Fäusten am Bettlaken fest, während Colin an seiner Rosette leckte, züngelte und saugte. Es kam ihm wie Stunden vor. Er spürte Colins heißen Atem in seiner Ritze und heulte auf, als Colin mit der Zungenspitze in seinen engen Anus eindrang. Ed ließ das Bettlaken los, griff nach Colins Kopf und drückte Colins Gesicht fester zwischen seine Hinterbacken. „Oh Scheiße, hör' bloß nicht auf", stöhnte er. Colin lachte leise, als er seine Zunge in Eds Körper zwängte.
Ed genoss das Schaben von Colins rauen Wangen an der Innenseite seiner Arschbacken. Er zog die Knie an und drängte sich der flinken Zunge entgegen, die ihn in den Hintern fickte. Colin zog ihm den Hintern weiter auseinander und tauchte tiefer ein; die Geräusche, die er von sich gab, waren so verdammt sexy.
Herrgott, das könnt' ich ihn den ganzen verdammten Tag lang machen lassen.
Und dann hörte alles auf. Colin packte Ed an den Hüften und drehte ihn grob auf den Rücken. Während Ed sich keuchend auf den Kissen zurecht rückte, griff Colin in eine Schublade, holte… einen ledernen Schnürsenkel heraus und machte sich daran, selbigen

wie einen Cockring um Eds Penis zu binden.
Ed zog die Augenbrauen hoch und Colin lachte leise. „Wir wollen doch nicht, dass das vorbei ist, bevor es angefangen hat, oder?“ Dann holte er aus derselben Schublade ein Kondom und eine Flasche Gleitgel.
Ed sah mit halb geöffnetem Mund zu, wie Colin ihm das Kondom überstreifte und dann seinen steinharten Schwanz schlüpfrig machte. Mit langsamen Bewegungen kniete Colin sich rittlings über Ed, griff hinter sich nach Eds Schwanz und drückte ihn sich an den Anus. Colin sah ihm fest in die Augen, während er sich auf den granitenen Schaft herabsenkte; er stöhnte leise auf, als Ed ihn ausfüllte.
Großer Gott im Himmel. Colins Hitze versengte ihn. Es war so eng in ihm, so… richtig.
Ed starrte Colin mit offenem Mund an – und trieb sich mit einem flüssigen, gleitenden Stoß in ihn hinein.
„Oh Scheiße, ja“, hauchte Colin, als Ed ihn an den Hüften packte und auf seinen Schwanz herab zog. Er fasste nach Eds Hand und führte sie an seine Erektion. „Wichs mich, während ich dich reite“, keuchte er. Colin legte beide Hände flach auf Eds Brustkorb und rollte die Hüften, ließ Ed in dem Loch ein- und ausgleiten, das ihn so fest umschloss. Ed bearbeitete Colins Schaft und genoss die keuchenden Atemzüge, die heftig und schnell kamen. Zum Teufel, er fand alles toll. Die Laute, die Colin von sich gab, während er ihn ritt, schneller und schneller. Das Gefühl dieses steifen Glieds in seiner Hand. Diese heiße, geile Enge um seinen Schwanz. Alles trieb ihn erbarmungslos auf

ihr gemeinsames Ziel zu. Er blickte zu Colin auf, zu dem schlanken, straffen Körper, der sich mit wiegenden Hüften über ihm schlängelte, einen dünnen Schweißfilm auf der breiten Brust, und rieb den wunderschönen Schwanz in seiner Hand fester.
„So nah dran“, schrie er auf.
Colin nickte, beugte sich herab und küsste ihn hungrig. Ed schlang einen Arm um ihn, hielt ihn fest und fickte ihn, dass seine Eier an Colins Hintern klatschten. Das vertraute sengend heiße, weißglühende Gefühl wallte in ihm auf und er wusste, er war soweit. Mit einem lauten Stöhnen riss er Colins Mund in einem brutalen Kuss an sich, stieß noch einmal zu und erstarrte, als er tief in ihm abspritzte.
Colin stöhnte in seinen Mund und Ed spürte die Wärme, als er sich über Eds Bauch und Brust ergoss. Ed ließ Colins Schwanz los und legte beide Arme um ihn und zog ihn an sich. Ihr Kuss wurde noch leidenschaftlicher, als über beide zugleich der Orgasmus hereinbrach, eine unaufhaltsame, alles verzehrende Woge der Lust, die Ed den Atem raubte. Er bebte durch die Wellenkämme und –täler, genoss die Glut, die sich in seinem Körper ausbreitete bis in jeden Winkel. Colin bewegte sich sachte auf ihm, und schließlich wurden ihre Küsse weniger hastig.
Eds Schwanz rutschte aus Colin heraus. Colin setzte sich auf und machte sich mit langsamen Bewegungen daran, den Lederriemen zu lösen und das Kondom abzuziehen. Er ließ beides auf den Fußboden fallen und streckte sich auf Ed aus, stützte sich auf die

Ellbogen, so dass Eds Kopf zwischen seinen Unterarmen lag, und starrte ihn an.

„Das war –“

Ed reckte den Hals, um ihn mit einem Kuss zum Schweigen zu bringen. Er wollte nicht, dass Worte den Moment verdarben. Colin versank in dem Kuss, und Ed schloss die Augen, schwelgte in dem Gefühl, einen Mann in den Armen zu halten. In der behaglichen Wärme des Zimmers fühlte er sich langsam in Schlaf sinken, die Arme immer noch um Colin, körperlich gesättigt.

Und glücklich.

Ed erwachte in einem dunklen Zimmer – und mit seinem Schwanz in einem heißen, feuchten Mund.

„Oh Scheiße, Col…“

Colins leises Lachen vibrierte um seinen Schwanz herum. Ed stöhnte auf vor Enttäuschung, als Colin ihn freigab. „Beschwerst du dich?“

„Scheiße, nein!“, protestierte Ed nachdrücklich. „Aber du hättest mich aufwecken können, weißt du.“

Wieder dieses leise Lachen. „Heißt das, ich kann das Licht anmachen?“

Ed langte nach der Lampe und knipste sie an. Er blinzelte in dem warmen Licht. Colin lag bäuchlings zwischen Eds Beinen. Ed sah zu, wie Colin seinen Schwanz langsam wieder in den Mund saugte. Das

Gefühl ließ ihn erschauern, und er biss sich auf die Lippen. Er stöhnte noch lauter, als Colin ihn ein weiteres Mal aus dem Mund gleiten ließ.

„Was zum Teufel hast du mit mir vor?", beschwerte er sich.

Colin grinste. „Ich habe eine viel bessere Idee." Er packte Ed an den Beinen, zog ihn weiter nach unten, und dann schwang er sich herum, so dass Ed auf einmal einen vollen, schweren Schwanz über sich hängen hatte.

Oh ja. Mit der Idee konnte Ed sich *sehr* gut anfreunden. Innerhalb von Sekunden hatte er Colins dicken Ständer im Mund und rieb mit den Fingern an Colins geiler kleiner Rosette.

Verdammt… das nenn' ich mal einen Kreislauf der Lust.

Colins Mund um seinen Schwanz zu fühlen brachte ihn nur dazu, Colins Schwanz tiefer in sich aufnehmen zu wollen. Und als er an Colins Schaft leckte und saugte, fachte Colins Stöhnen sein eigenes Begehren nur noch mehr an. Als er Colin schließlich einen Finger in den Hintern schob, brachte das resultierende langgezogene, tiefe Stöhnen, das aus Colins Mund drang, sein Herz zum Singen.

Ich sorg' hier gerade dafür, dass er sich so gut fühlt. Ich. Und verdammt, wenn das nicht sein Herz höher schlagen ließ. Es war ein berauschender Moment, noch köstlicher durch das Gefühl von Colins Haut unter seinen Fingerspitzen, den Geschmack seines Schwanzes auf Eds Lippen, den Geruch nach Sex, erdig und so verdammt geil…

Und plötzlich kamen sie alle beide. Für einen kurzen Moment erstarrte Ed vor Schreck, als Colin ihm unversehens warmes Sperma in den Mund pumpte. Colin versuchte, seinen Schwanz herauszuziehen, aber Ed packte ihn, hielt ihn fest und schluckte Colins Ladung, die bitter, aber nicht unangenehm schmeckte. Er spritzte in Colins Mund und keuchte auf, als Colin ihn ganz tief in den Mund nahm, ihn bis zum letzten Tropfen aussaugte. Beide wälzten sich atemlos auf die Seite.

Und dann fing Ed an zu lachen. Es begann als leises Glucksen, schwoll jedoch an, bis er sich den Bauch hielt, bis er Bauchweh hatte vor Lachen. Colin krabbelte rasch hoch und legte sich neben ihn, deutlich verblüfft. Ed ließ sein Lachen ersterben, hob die Hand und berührte Colins Gesicht.

„Nicht in 'ner Million Jahren, mein Freund." Colin zog die Augenbrauen hoch und Ed kicherte. „Wenn du mir gesagt hättest, wieviel Spaß Sex mit 'nem Kerl macht, hätte ich dir nie geglaubt, nicht in 'ner Million Jahren." Er grinste. „Und dass ich mal Wichse schlucken würde…" Er schüttelte den Kopf. Er hatte noch nie zuvor geschluckt. Offenbar war das seinem Mitbewohner Don denn doch zu schwul gewesen.

Colin erwiderte das Grinsen. „Ich nehme mal an, dass es dir gefallen hat?"

Ed strahlte. „Gefallen? Mann, dazu sag' ich nur, wann können wir das mal wieder machen?"

Jetzt war es Colin, der lachte. „Wie wär's, wenn wir erst mal ein bisschen schlafen würden?"

Ed zog einen Flunsch. „Ach komm schon, Col. Ich hab' schließlich einiges nachzuholen.“ Er zwinkerte. „Aber bis morgen früh kann ich wohl schon noch warten. Vor allem, wenn das heißt, dass ich dir meinen fetten Schwanz nochmal in den Arsch stecken kann.“

Colin stöhnte auf. „Oh Gott, ich habe ein Monster erschaffen.“ Dann grinste er. „Dem Himmel sei Dank.“ Er stützte sich auf den Ellbogen und heftete seinen Blick auf Ed. „Lass uns weiterschlafen. Dann können wir morgen vor dem Spiel kurz bei dir zuhause vorbeifahren und deine Rugbysachen holen.“ Er sah Ed in die Augen. „Was sagst du dazu?“

Ed lächelte. „Perfekt.“

Colin knipste die Lampe aus und Ed schmiegte sich von hinten an ihn. Colin deckte sie beide zu, dann griff er nach Eds Arm, den er über sich zog wie eine Bettdecke. Ed kuschelte sich an ihn, ein weiteres Mal warm und gesättigt, und atmete Colins Duft ein. Zum ersten Mal in seinem Leben schlief Ed mit einem Mann in den Armen ein.

Und das fühlte sich… absolut perfekt an.

Kapitel 7

Beim Aufwachen stellte Ed fest, dass er die Nase in Colins Haar vergraben hatte. Er atmete Colins Duft ein, bettwarme Haut und sauberes Haar. Gott, war das gut. Und sein Schwanz lag so schön gemütlich zwischen Colins Arschbacken geschmiegt.

Apropos…

Er begann die Hüften zu bewegen, rieb seinen Schaft an Colins Rosette, ganz langsam und behutsam. Colin bewegte sich, dann drehte er sich halb zu Ed um und sah ihn an. Mehr Bewegung. Ihre Blicke trafen sich, und Colin reichte ihm schweigend ein Kondom. Ed nickte. Er riss die Verpackung auf und streifte das Latex über seine Morgenlatte. Dann griff er hinter sich, wo Colin in der Nacht zuvor das Gleitgel gelassen hatte, und gab sich etwas davon auf die Finger. Er küsste Colin auf die Schulter, als er ihm seine Finger in den Hintern schob. Colins Kopf sank nach hinten, Augen geschlossen, als Ed sich in ihm bewegte, ihn dehnte. Es war ja nicht so, als wäre ihm Analsex fremd gewesen. Aber einen Mann zu ficken? Das machte süchtig.

Colin stemmte sich seinen Fingern entgegen. Leise Laute entschlüpften ihm, die außer ihrem Atem die einzigen Geräusche im Zimmer waren. Ed zog seine Finger heraus und schob Colins Bein vor, im Knie gebeugt. Er platzierte seinen Schwanz an Colins Anus und drang dann langsam, ganz langsam in ihn ein.

Colin stieß einen langgezogenen Seufzer aus und Ed legte erneut den Arm um ihn, hielt ihn umfasst, während er mit langsamen, wiegenden Stößen in ihm ein und aus glitt. Keine Eile. Was Ed betraf, war das hier das Paradies. Der Geruch des warmen Bettzeugs, der sie umgab. Der moschusartige Schlafgeruch, der von ihren Körpern ausging. Colins breite Schultern, an die er die Wange schmiegte, die Ed sanft küsste. Das Gefühl kräftiger Muskeln unter ihm, als er sich etwas anders hinlegte, als Colin die Beine spreizte, um ihm Platz zu machen. Die prachtvolle Rundung von Colins Arsch. Die Laute, die Colin von sich gab. Seine Hand weiter nach unten zu bewegen und mit Colins Schwanz zu spielen, zu spüren, wie er in seiner Hand steif wurde. Wie Colin den Kopf drehte und wortlos einen Kuss von Ed verlangte, und das Gefühl rauer Bartstoppeln an seiner Wange.

Es war derselbe Akt wie am Abend zuvor, und doch so ganz anders. So viel mehr. Die letzte Nacht hatte ihn verblüfft. Es war nicht annähernd zu vergleichen mit Sex mit einer Frau, und Colin hatte das toll gefunden. Wie Colin ihn angebettelt hatte, fester zuzustoßen. Der wuchtige Zusammenprall zweier harter, muskulöser Körper. Das Wissen, dass Colin einstecken konnte, was immer Ed austeilte. Aber das hier? Das war der pure, sinnliche, paradiesische Genuss.

Ed wusste nicht mehr, wie lange er schon in Colin war, in diesem weichen, warmen Tunnel aus und ein glitt. Er fand es herrlich, wie Colin immer lauter wurde, je näher er seinem Höhepunkt kam. Ed konnte sich nicht mehr länger beherrschen. Er drückte Colin flach auf die Matratze und begann ihn zu ficken, stieß mit zuckenden Hüften in Colins Enge. Beide schrien sich heiser, als Ed tief in ihm zum Höhepunkt kam und Colin sich auf das Bettlaken ergoss, auf dem er lag und an dem er sich gerieben hatte, ohne seinen Schwanz ansonsten auch nur ein einziges Mal zu berühren.

Ed brach auf Colin zusammen, die Nase ein weiteres Mal in seinem Haar vergraben, und atmete den wundervollen Duft purer, unverfälschter Männlichkeit ein.

Colin stieß ein atemloses, ironisches Kichern aus. „Verdammt, hast du im Schlaf Unterricht genommen? Weil das…“ Er seufzte. „Das war ein wunderbares Aufwachen.“

Ed zog behutsam seinen erschlafften Schwanz aus Colins Hintern und ließ sich auf den Rücken fallen. „Nee, das war ein ober-affen-hammergeiles Aufwachen.“

Just in diesem Moment knurrte sein Magen.

Colin lachte. „Drei Orgasmen machen ganz schön hungrig.“ Er grinste. „Und das ist mein Stichwort, dir Frühstück zu machen.“ Er stand auf und warf einen Blick auf das Laken. „Und ich beziehe wohl besser auch das Bett neu.“ Er zwinkerte. „Okay, ich mach’ mich erst noch schnell frisch, *dann* gibt’s Frühstück.“ Er tappte nackt aus dem Schlafzimmer.

Ed zog das benutzte Kondom ab, verknotete es und ließ es auf den Fußboden fallen. Er verschränkte die

Finger hinter dem Kopf und starrte an die Decke. Es war ihm wie das Normalste der Welt vorgekommen, in Colin hineinzugleiten. Er wartete immer noch auf das dicke Ende, das doch bestimmt kommen musste, aber bisher hatte er Colin zweimal gefickt und es wurde einfach nur immer besser. Seine Gedanken kehrten zurück zu jenen Blowjobs an der Uni.

Warum hab' ich mich damals nie gefragt, ob ich schwul bin, oder wenigstens bi? Warum bin ich dem nie weiter nachgegangen?

Er kannte die Antwort. Schwul zu sein kam nicht in Frage. Er war von Macho-Rugbyspielern umgeben gewesen, und diese Möglichkeit zu erkunden war ihm nie in den Sinn gekommen. Er hatte in seinen Experimenten nie mehr gesehen als genau das – Experimente – und *Homosexualität* war zu dieser Zeit und in seinem sozialen Umfeld ein schmutziges Wort. Anders als heute. Okay, es gab immer noch Diskriminierung und Hass, aber verdammt nochmal, die Welt hatte sich in allein im letzten Jahrzehnt ein gutes Stück weiter gedreht.

Sein Magen grummelte, und genau da roch er einen Hauch von frischem Kaffee.

Oooh, das ist ein Wort.

Ed wälzte sich aus dem Bett und ging in die Küche, wo er einen nackten Colin vorfand, der gerade in einer Schüssel Eier verquirlte. Aus dem Toaster duftete es nach geröstetem Brot, und vom Grill her kam das köstliche Aroma von Würstchen. Colin schaute ihn über die Schulter hinweg an und lächelte.

„Nimm dir einen Kaffee. Frühstück ist gleich fertig.“

Ed tappte barfuß zur Kaffeemaschine hinüber und schenkte sich einen Becher ein. Colin stand am Herd und verrührte Eier in einer Bratpfanne. Ed trat hinter ihn und schnupperte an seinem Hals.

Colin zappelte ein bisschen, gab aber ein leises, lustvolles Seufzen von sich. „Wenn du so weitermachst, lass’ ich noch die Eier anbrennen. Geh’ wieder ins Bett, ich bring’s dir.“

Ed lachte leise und nahm seinen Kaffee mit ins Schlafzimmer. Er warf einen Blick auf das fleckige Laken und zerrte es von der Matratze, zog stattdessen die Tagesdecke hoch und schüttelte die Kissen auf. Ed streckte sich auf der Tagesdecke aus, überkreuzte die Knöchel und trank seinen Kaffee. Beim ersten Schluck lächelte er. Colin machte guten Kaffee.

Colin brachte ihr Frühstück auf einem Tablett ins Schlafzimmer. Er stellte es am Fußende des Bettes ab, machte den Fernseher an und warf Ed die Fernbedienung zu.

„Schau mal, ob du ein Nachrichtenprogramm findest, oder irgendwas mit Sport.“

Sie lagen auf dem Bett, frühstückten und schauten die Morgennachrichten. Dann fand Ed den Sportkanal und darüber diskutierten sie dann eine gute Stunde lang, beide immer noch nackt. Bald wurde es Zeit für sie, sich für das Spiel fertig zu machen.

„Du kannst mit mir zusammen duschen“, sagte Colin mit einem Funkeln in den Augen. „Solange wir uns einig sind, dass wir unter der Dusche nicht vögeln.

Denn ich weiß ja nicht, wie's dir geht, aber ich glaube, ich habe keinen einzigen Tropfen Sperma mehr im Leib."

Ed schnaubte. „Kann man wohl sagen." Sein Schwanz fühlte sich wie ausgewrungen an. Er bemerkte, dass Colin einen ganz roten Kopf bekam. „Was ist *dir* grade in den Sinn gekommen?"

Colin grinste. „Ich hab' nur gerade ans Duschen mit dir gedacht. Du hast ja keine Ahnung, wie oft ich dir nach einem Spiel beim Duschen zugeguckt und mich danach gesehnt habe, dich zu berühren. Gott, das war vielleicht anstrengend, meinen Schwanz unten zu behalten."

Ed starrte ihn an. „Col, wie lang genau guckst du mir eigentlich schon beim Duschen zu?"

Colin rieb sich das Kinn. „Mal sehen. Wann bist du der Mannschaft beigetreten?"

Ed überlegte. „Letztes Jahr im April."

Colin grinste. „Okay, das würde bedeuten, ich beobachte dich seit letztes Jahr im… Mai?"

Ed war völlig von den Socken. Zu denken, dass Colin die ganze Zeit von ihm geträumt hatte – und er hatte keine Ahnung gehabt.

Colin kicherte. „Also, nachdem wir uns über die Regeln voll und ganz einig sind… willst du mit mir duschen?" Er stand auf und streckte Ed seine Hand entgegen.

Ed strahlte. „Oh, ich glaub', das krieg' ich hin." Er ergriff Colins Hand und ließ sich vom Bett hochziehen. Auf dem Weg ins Bad neigte Ed sich zu

ihm. „Bück dich bloß nicht nach der Seife, wenn sie dir runterfällt, ja?“
Er liebte Colins schallendes Gelächter.

Ed nahm seinen Schutzhelm ab und verstaute ihn im Gepäckkoffer der Harley. Colin reichte ihm den Ersatzhelm. Ed wusste gar nicht mehr, wie oft er Colin schon auf dem Motorrad zum Rugbytraining mitgenommen hatte, aber das war bisher die beste Fahrt gewesen. Sie hatten ein Taxi zu Ed Wohnung genommen. Ed war kurz hinaufgegangen, um seine Rugbysachen zu holen und hatte Colin solange im Foyer warten lassen. Er hatte ein ungutes Gefühl dabei, ihn mit rauf zu nehmen, obwohl Colin seine Wohnung schon gesehen hatte. Sie war zwar nicht unordentlich, aber verglichen mit Colins Wohnung kam sie ihm beengt und trostlos vor. Ed wohnte schon hier, seit er bei Trinity arbeitete. Er hätte sich wahrscheinlich eine bessere Wohnung leisten können, doch da er seiner Mutter jeden Monat Geld schickte, war er immer ein wenig knapp bei Kasse. Und ja, im Herzen wusste er, dass Colin die Größe seiner Wohnung piepegal war, aber es war schwierig, seine Ängste zu überwinden.
Ed liebte seine Harley. Er liebte das Tempo, liebte es, das schwere, zuverlässige Motorrad zwischen seinen Schenkeln zu fühlen. Er liebte es, morgens durch die

Straßen von London zu fegen, sich durch den Verkehr zu fädeln. Aber heute kam etwas Neues dazu. Heute liebte er den Moment, als Colin ihm die Arme um die Taille legte und sich fest an ihn drückte. Gott, war das ein tolles Gefühl. Genau genommen fühlte Ed sich auf dem Weg zum Rugby-Club die ganze Zeit so wohl, dass ihm fast schwindlig war, und Colin schien genauso guter Laune zu sein. Im Taxi zu seiner Wohnung hatten sie Witze gemacht und gelacht, miteinander herumgealbert. Dann und wann ertappte Ed sich dabei, Colin anzustarren und an ihre gemeinsame Nacht zu denken, und bei der Erinnerung daran durchströmte ihn eine Welle der Wärme.

Ich habe einen Mann gefickt. Nicht nur einmal, sondern zweimal.

Ed verspürte keine Scham, nur ein langsames Anfluten angenehmer Empfindungen bei der Erinnerung an das Gefühl von Colins Körper, an die Hitze in ihm, an ihre Küsse... und dann fing Colin seinen Blick auf und grinste, womit er Ed wissen ließ, dass er gerade an dasselbe dachte.

Ed war noch nie glücklicher gewesen.

Ed schaute sich unter seinen Teamkollegen um, die sich im *Elephant & Castle* drängten. Anders als letzte Woche waren die Spieler schweigsam. Die Mannschaft des Maida Vale Rugby Club hatte sie geschlagen – um gerade mal einen Punkt – und die Stimmung war düster. Er wusste aus Erfahrung, dass sie die nächsten ein, zwei Stunden mit Manöverkritik und Strategieplanung für das nächste Match füllen würden. Trevor Maitland, der Mannschaftskapitän, nahm seine Rolle ernst. Das war einer der Gründe, warum Ed seine frühere Mannschaft verlassen hatte und der Mannschaft von Kensington beigetreten war: sie hatten viel mehr spielerischen Ehrgeiz.

Trevor bezahlte die erste Runde, und die Mannschaft belegte eine ganze Ecke des Pubs mit Beschlag. Die Geschäftsleitung war inzwischen an sie gewöhnt, da sie nach jedem Training und nach jedem Spiel hierher in ihre Stammkneipe kamen. Colin setzte sich neben Ed und beugte sich vor, um die Höhen und Tiefen des Spiels mit Trevor und mit Phil Maddox, dem „Verbinder" der Mannschaft, zu diskutieren. Ed schlürfte sein Pint und hörte zu, während die Diskussionen immer lebhafter wurden.

„Dieser lange Wurf von Jeff war echt brillant, verdammt noch mal!", rief Trevor.

Phil nickte enthusiastisch. „Ja, und als Dick angetäuscht und sich durch diese Lücke gequetscht hat, Gott, da dachte ich wirklich, er schafft's."

„Na ja, er hat's immerhin fünf Meter weit geschafft, ehe die anderen ihm das Ei weggeschnappt haben", gab Colin zu. „Ich muss sagen, als Pete unter diesem ganzen Haufen von Körpern gelegen hat und Tony als ‚Scrum Half' gehandelt und den Ball zu Dave gepasst hat... Himmel nochmal, Tony hat das echt toll gemacht, wie er den Ball beschützt hat, bis Pete wieder auf Position war."

Phil grinste. „Und als Pete diesen Pass auf dich gemacht hat", sagte er zu Trevor. „Das war so präzise, genau auf den Punkt, wenn du mich fragst. Aber dein Schuss, Mann, der war erste Sahne." Er schaute sich suchend nach Pete um, der in der Ecke saß. „Gut gemacht, Junge!" Er prostete ihm zu.

Pete erwiderte die Geste und grinste, während seine Mannschaftskameraden Beifall klatschten und ihm auf die Schultern klopften.

Ja, ein paar gute Momente gab's auch, obwohl wir verloren haben, dachte Ed. Plötzlich fühlte er einen prüfenden Blick auf sich gerichtet. Als er aufschaute, stellte er fest, dass Bill Murphy ihn und Colin unverwandt anstarrte. Ed sträubten sich die Nackenhaare. Von allen Spielern des Teams war Murphy der unbeliebteste. Zum einen war der Mann kein besonders guter Spieler, und darüber hinaus auch noch arrogant, aufdringlich und zeitweise geradezu unausstehlich. Ed versuchte, so wenig wie möglich mit ihm zu tun zu haben, doch im Moment nervte ihn Murphys eingehende Musterung total, und er hatte die Schnauze voll davon.

„Was gibt's, Murphy?", fragte er herausfordernd.

„Nichts", schoss Murphy zurück und presste die Lippen zusammen.

„V'lleicht denkt er ja über seine Zukunft in der Mannschaft nach, nachdem er schon wieder den Ball fallen lassen hat, was uns wahrscheinlich das Spiel

gekostet hat", grummelte Tony vor sich hin, allerdings laut genug, dass sich unter den Umsitzenden zustimmendes Gemurmel erhob. Ed sagte nichts, stimmte aber im Stillen ebenfalls zu. Tony war einer der beiden „Zweite-Reihe-Stürmer" der Mannschaft, und als solcher hätte er Dave streng genommen eigentlich gar keinen Pass zuspielen sollen – als „Scrum Half" war das Murphys Job.
Murphy zog die Oberlippe hoch. Er knallte sein Glas auf den Tisch und starrte seine Mannschaftskameraden zornig an. „Woher wollt ihr eigentlich wissen, ob nicht die Tunten dran schuld sind, dass wir das Spiel verloren haben?"
Eds Herz setzte einen Schlag aus. Er wagte Colin nicht anzusehen. Die übrigen Spieler schauten sich stirnrunzelnd an.
„Was zum Teufel meinst du damit, Murphy?" Trevor hörte sich stinksauer an.
Murphy zeigte auf Ed und Colin. „Soll das heißen, keiner von euch hat mitgekriegt, wie die zwei da den ganzen Tag miteinander geturtelt haben? Und zusammen gekommen sind sie auch, oder etwa nicht? Dreimal dürft ihr raten, was *die* den ganzen Morgen getrieben haben. Ich wette, wenn man nah genug ran geht, kann man immer noch die Wichse riechen."
Eds Gesicht wurde heiß, als alle sich umdrehten und ihn und Colin prüfend anschauten. Er biss die Zähne zusammen, ballte die Fäuste und sprang auf, bereit, Murphy eine reinzuhauen. Mehrere Mannschaftsmitglieder taten es ihm nach, standen

ebenfalls auf und kamen näher.
Colin stand langsam auf, ging an Ed vorbei und baute sich vor Murphy auf. Er senkte die Stimme, den Blick fest auf den mürrischen Spieler geheftet.
„Okay, ich lutsche Schwänze. Na und? Ich spiele *immer noch* besser Rugby als du. Außerdem bin ich hier nicht derjenige, der ständig Bälle fallen lässt und Spielzüge verpennt. Wenn du öfter Sex hättest, würdest du vielleicht besser spielen."
Überraschtes Luftschnappen und Gekicher folgte seinen Worten. Colin blickte sich um, sah seinen Mannschaftskameraden in die Augen, den Kopf hocherhoben.
„Ja, ich bin schwul. Nicht, dass ich das je verheimlicht hätte. Ich habe es euch nur nicht erzählt. Ich bin nämlich zufällig der Meinung, dass es nur mich was angeht, wen ich mit ins Schlafzimmer nehme."
Dann wandten sich die Spieler Ed zu, einer nach dem andern, bis er alle Blicke auf sich gerichtet fühlte. Ein unsichtbares Band zog sich um seine Brust zusammen und ihm brach der Schweiß aus. Er hatte nicht den Furz einer Ahnung, was er tun sollte, was er sagen sollte, wie er reagieren sollte. Also tat er das einzige, was ihm einfiel.
Ed schnappte sich die Tasche mit seinen Sachen und seine Motorradjacke, warf einen Blick in Colins Richtung und marschierte aus dem Pub.
Während er eilig die Straße entlanglief zu der Seitengasse, wo er das Motorrad angekettet hatte, konnte er an nichts anderes denken als an Colins

schmerzerfüllten Blick, als Ed sich zum Gehen gewandt hatte. Ein Blick, der Ed sagte, dass er seinen Geliebten gerade verletzt hatte.

Ed kettete sein Motorrad los, lehnte sich auf die breite Sitzbank und atmete ein paarmal tief durch. Dann holte er sein Handy heraus und drückte die Kurzwahltaste für Ricks und Angelos Wohnung.

„Hi, Angelo hier."

Ed versuchte, gleichmäßiger zu atmen. „Angelo, hier Ed. Ist Rick da?"

„Oh hi. Nein, der ist gerade weg, aber er kommt gleich wieder. Er wollte nur kurz in den Laden um die Ecke."

Gott sei Dank. „Ist es okay, wenn ich vorbeikomme?"

Angelo lächelte; Ed hörte es an seiner Stimme. „Ja klar, kein Problem. Hast du die Adresse?"

Die hatte Ed nicht, also hörte er aufmerksam zu. „In einer halben Stunde ungefähr bin ich da, okay?" Er legte auf, steckte sein Handy ein und stieg dann auf das Motorrad. Er brauchte jetzt dringend einen Rat.

Warum hab' ich nur das Gefühl, als hätte ich eben alles verkackt?

Kapitel 8

Murphy hatte einen höchst eingebildeten Ausdruck auf dem Gesicht, einen, den Colin ihm liebend gern weggewischt hätte – mit den Fäusten. Oh ja, der eingebildete Dreckskerl sah sehr selbstzufrieden aus. Und Colin konnte es immer noch nicht fassen, dass Ed einfach weggegangen war und ihn zurückgelassen hatte. Je mehr er darüber nachdachte, desto zorniger wurde er.

Nach allem was wir letzte Nacht getan haben. Was zum Teufel hat ihm das bedeutet, wenn er einfach so aufstehen und weggehen kann?

In seinem Kopf sagte eine stinksauer klingende Stimme: *Das passiert eben, wenn du dich in einen Hetero verliebst* und: *Ich hab's dir ja gleich gesagt* – sehr, sehr laut.

Trevor kicherte. „Naja, wenigstens wissen wir jetzt, dass Colin kein Ei fallenlässt."

Das brachte die ganze Mannschaft zum Brüllen vor Lachen, ausgenommen Murphy.

Er starrte sie entgeistert an. „Soll das heißen, es stört euch gar nicht, dass wir zwei Tunten in der Mannschaft haben?"

Pete schnaubte. „Solang sie verdammt nochmal spielen können, wen juckt's? Die war'n nicht schuld, dass wir das Spiel letzte Woche fast verloren hätten – und auch nicht, dass wir heute verloren *haben.*" Er starrte Murphy eindringlich an. „Vielleicht solltest du dir von denen mal beibringen lassen, wie man mit einem Ei umgeht.“ Weiteres Gekicher und ersticktes Gelächter folgte seiner kleinen Rede.

Murphy sprang stotternd und spuckend vor Wut auf die Füße. Er zerrte seine Jacke von der Stuhllehne und funkelte seine Mannschaftskameraden an, die lediglich mit unbewegten Gesichtern zurückstarrten. Mit einem letzten, sehr niederträchtigen Blick für Colin drehte Murphy sich auf dem Absatz um und marschierte aus dem Pub. Bevor er die Tür hinter sich zuschlug, hörte Colin ihn gerade noch vor sich hin murmeln: „Scheiß-Schwuchtel.“

Trevor räusperte sich. „Okay, Jungs, noch ’ne Runde. Ich zahle.“

Seine Ankündigung wurde mit Beifall begrüßt, und die Diskussion über das Spiel ging weiter. Colin staunte über seine Mannschaft. Keiner erwähnte Murphys Wutausbruch. Und keiner behandelte Colin anders. Es war, als wäre die gesamte Episode nie passiert. Nichts hatte sich verändert.

Bis auf die Tatsache, dass Colin das Herz wehtat.

Ed schob die Harley wie angewiesen durch die breite Tür in Angelos Atelier, und Angelo schloss hinter ihm ab.

„Hier ist das Motorrad sicher“, sagte Angelo. „Rick ist wieder da. Er ist mit meiner Schwester Maria droben in der Wohnung.“ Angelo ging ihm voraus die Treppe hinauf zu der Wohnung über dem Atelier. Ed blickte sich interessiert in Ricks und Angelos gemeinsamem Heim um. Das Wohnzimmer war groß und luftig; es bekam jede Menge natürliches Licht und strahlte eine warme, gemütliche Atmosphäre aus. Ein tiefes, bequem aussehendes Sofa, dicke Bodenkissen, Teppiche überall: es wirkte wie ein Zuhause.

Alle Viere von sich gestreckt lag Rick auf dem Sofa; im Fernseher in der Ecke lief ein Schwarzweißfilm. Rick setzte sich auf und grinste, als er Ed sah, doch das Lächeln erstarb auf seinem Gesicht.

„Es ist was passiert", sagte er mit besorgter Miene. Ed nickte. Seine Kehle war wie zugeschnürt.

Angelo bückte sich und küsste Rick auf den Scheitel. „Ich geh' dann mal wieder in die Küche zu Maria und mache weiter mit den Ravioli."

Rick sah ihn liebevoll an, hob die Hand und streichelte seinem Geliebten die Wange. Angelo warf Ed ein kurzes Lächeln zu und verschwand dann in der Küche.

Rick stand vom Sofa auf und ging an einen Schrank. Er holte eine Flasche Whisky und ein Glas heraus. Nachdem er einen großzügigen Drink eingeschenkt hatte, reichte er Ed das Glas und gab ihm einen Wink, sich neben ihm auf das Sofa zu setzen.

„Okay, setz dich erstmal hin, atme tief durch, beruhige dich und dann sagst du mir, was los ist."

Ed sank auf das gemütliche Sofa nieder und nippte an dem Whisky, ließ sich davon wärmen.

Rick setzte sich neben ihn und musterte ihn eingehend. „Fangen wir mit dem Date an. Lief das okay?"

Ed nickte und entspannte sich dank des Whiskys ein wenig. „Ja, es war toll. Das Restaurant war übrigens perfekt. Ich muss mich bei Blake bedanken. Aber ja, es war ein perfektes erstes Date. Und das Ende war... sagen wir mal... explosiv?“

Rick fiel der Unterkiefer runter. „Ed Fellows, du geiler kleiner Wichser. Ihr habt beim ersten Date gevögelt, oder? Oder?“ Er grinste. „Erzähl! Details, her mit den Details!“

Ed schnaubte. „Frag’ ich dich etwa, was ihr zwei im Schlafzimmer treibt? Nein, mach’ ich nicht, also kannst du mich mal.“

Rick lachte laut auf, aber dann verblasste sein Grinsen. „Also, was ist passiert?“

Ed schaute das Glas an und kippte dann den restlichen Inhalt auf einmal hinunter; er schnappte nach Luft, als der Whisky durch seine Kehle floss. Er stellte das Glas auf den Kaffeetisch, und dann erzählte er Rick von dem Vorfall im Pub und wie er einfach hinausgegangen war.

Zu seiner Bestürzung zuckte Rick zusammen. „Du bist einfach gegangen? Hast ihn sich selbst überlassen?“

Ed schnaufte. „Du hast ihn nicht gesehen. Glaub mir, er hat ausgesehen als käme er bestens alleine klar. Sagen wir mal so, er ist eindeutig besser klargekommen als ich, das ist mal sicher.“ Colin hatte so souverän gewirkt, so sicher in seiner Sexualität.

Rick biss sich auf die Lippe. „Okay, das kann man nicht auf nette Art sagen, aber ich sag’s trotzdem.“ Er sah Ed in die Augen. „Du hast es vermasselt, mein

Freund."

Ed stöhnte. „Ich weiß, aber ich hab' nicht gewusst, was ich sonst tun sollte." Alles, woran er sich erinnerte war das erstickende Gefühl reiner Panik, das ihn überspült hatte wie eine unerbittliche Flutwelle.

Rick wirkte ausgesprochen unglücklich. „Du musst hier eine Entscheidung treffen. Falls du willst, dass das mit dir und diesem Typen nochmal was wird..."

„Colin", warf Ed ein. „Sein Name ist Colin." Und verdammt, tat es weh, ihn auszusprechen.

Rick nickte. „Falls du willst, dass aus dir und *Colin* nochmal was wird, musst du hier eine ernsthafte Entscheidung treffen. Colin hat ganz schön Eier in der Hose, so wie sich's anhört. Ich halte es für unwahrscheinlich, dass er *irgendjemandes* schmutziges kleines Geheimnis bleiben wird."

Ed hörte zu und war sich dabei überdeutlich bewusst, dass er sich innerlich wie ausgehöhlt fühlte.

Rick sah ihm unverwandt in die Augen. „Also – entweder du gibst dir jetzt einen Ruck und beschließt, dass du kein Problem damit hast, mit einem Mann – diesem Mann – zusammen zu sein, oder du lässt ihn in Ruhe. Denn so wie jetzt tust du *dir* keinen Gefallen, und ihm tust du definitiv auch keinen."

„Ich weiß", sagte Ed leise. Sein Blick hing an seinen Händen, die in seinem Schoß lagen.

„Ed, schau mich an." Ed hob den Kopf. Ricks Gesicht war voller Mitgefühl. „Sag mir, wie hast du dich heute Morgen gefühlt?"

Ed lächelte trotz seiner melancholischen Stimmung.

„So gut wie schon lange nicht mehr.“
Rick erwiderte sein Lächeln. „Sag mir, was daran so gut war.“
Ed lehnte den Kopf an die Rückenlehne des Sofas und schloss die Augen. „Hinter Colin zu stehen, wie er am Kochen war, und meine Nase an seinen Hals zu drücken. Beim Aufwachen sein Haar zu riechen. Mit ihm im Bett zu liegen, ganz dicht beieinander. Wie weich seine Haut am Rücken war und wie sich seine Bartstoppeln auf meinem Gesicht angefühlt haben, als er mich geküsst hat.“
Rick kicherte und Ed öffnete die Augen. „Was?“
Rick deutete auf die Rugby-Shorts, die Ed immer noch trug, wo sich inzwischen deutlich eine Erektion abzuzeichnen begann. „Ich glaube, das beantwortet eine Menge Fragen.“
Eds Wangen waren innerhalb von Sekunden nicht mehr kühl, sondern glühend heiß.
Die Küchentür ging auf und Angelos Schwester Maria kam herein. Sie brachte eine Glaskaraffe und vier Gläser. Ed kam nicht umhin, ihr T-Shirt zu bemerken. Es war schwarz und trug in regenbogenfarbener Schrift den Aufdruck „Love is Love“. Angelo folgte ihr. Er deutete auf die Karaffe.
„Ed, das ist eigener Wein von meiner Familie, den wir aus Italien mitgebracht haben. Möchtest du ein Glas?“
Ed nickte, und Maria reichte ihm ein Glas und schenkte ein. Rick lächelte und schubste ihn mit der Schulter an.
Maria schaute Ed an und runzelte die Stirn. „Oh, bist

du okay?“
Ed konnte nur raten, wie er aussah.
Rick lächelte sie an. „Oh, mit Ed hier ist alles in Ordnung, abgesehen von der Tatsache, dass er im Moment ein ganz armes Hündchen mit ganz arg viel Liebeskummer ist.“
Ed gab ein leises Knurren von sich.
Maria warf ihm einen mitfühlenden Blick zu. „Oooh, wer ist sie denn?“ Ed wurde rot und Rick kicherte. Maria schaute von ihm zu Ed, dann wieder zu Rick und verdrehte die Augen. „Ach verflixt. So wie das hier läuft sind bald keine Hetero-Männer mehr für mich übrig.“ Sie ließ sich auf ein Bodenkissen fallen und trank einen großen Schluck von ihrem Wein.
Angelo lachte leise.
Rick musterte Ed eindringlich. „Also, was soll's sein?“
Angelo setzte sich auf die Armlehne des Sofas und legte einen Arm um Rick. Er neigte Ricks Gesicht nach oben, beugte sich über ihn und küsste ihn, ohne auf Eds Gegenwart zu achten. Ed warf einen Blick zu Maria, um ihre Reaktion abzuschätzen. Sie lächelte ihren Bruder und seinen Geliebten liebevoll an.
Das brachte ihn zu einer Entscheidung. An Ort und Stelle.
Ich will mit Colin zusammen sein – falls er überhaupt noch mit mir spricht.
Genau da läutete Eds Handy. Er zog es aus der Tasche und starrte für einen Moment auf den Bildschirm. *Colin. Oh verflixt.*
Rick stupste ihn an. „Früher oder später musst du

sowieso mit ihm reden.“

Ed seufzte und nahm den Anruf entgegen. Colins Stimme klang schroff in sein Ohr.

„Du blödes Arschloch. Wie zum Teufel konntest du nur, nach allem, was wir getan haben?“

Ed zuckte zusammen; ihm sank das Herz. Obwohl er das Telefon von seinem Ohr weghielt, konnte er immer noch den Zorn und Schmerz in jedem Wort hören. Ihren Gesichtern nach zu schließen, hörten die anderen drei ebenfalls jedes Wort.

Rick nahm ihm das Handy weg. Ed starrte ihn entsetzt an, aber Rick hob eine Hand. „Ist dort Colin?“, fragte er fröhlich.

Ed konnte Colins Antwort hören. „Wer zum Teufel spricht da?“

„Mein Name ist Rick und ich bin ein Freund von Ed.“

Rick stellte das Handy auf Lautsprecher. Colin schimpfte weiter, immer noch zornig. Rick verdrehte die Augen. „Hör mal, kannst du dich mal bitte beruhigen? Ich würde dir gern was erklären, okay?“

Am anderen Ende der Leitung trat Schweigen ein.

Rick warf ihnen ein erleichtertes Lächeln zu. „Colin, Ed hat mir erzählt, was passiert ist. Aber ich kann dir sagen, ich habe ihn noch nie so außer sich gesehen wie jetzt.“

„Da hat er verdammt nochmal auch allen Grund dazu“, sagte Colin unwirsch. Eds Herz zog sich zusammen.

Rick sprach weiter. „Nun ja, du musst dir darüber im Klaren sein, dass das alles noch neu für ihn ist.

Schließlich warst du der erste Mann, mit dem er je ausgegangen ist." Colin verstummte. Rick fuhr fort. „Du kannst dich doch bestimmt noch an *dein* erstes Date mit einem Mann erinnern? Wie *du* dich da gefühlt hast?"

Colin seufzte. „Ja, kann ich."

Rick stieß einen erleichterten Seufzer aus. „Okay. Was hältst du davon: wir essen demnächst zu Abend – wir, das heißt ich, mein Partner Angelo, seine Schwester und Ed. Warum kommst du nicht dazu? Dann könnt ihr miteinander reden, du und Ed."

Für einen Moment herrschte Schweigen. „Ja, okay."

Ed holte zum ersten Mal wieder Luft, als Rick Colin die Adresse gab.

„Ich komme, sobald ich kann." Dann legte Colin auf.

Colin stieg aus dem Taxi, seine Sporttasche über der Schulter, und schaute auf die verzierte Tür zu Angelos Studio. Er hob die Hand, um zu klingeln, doch bevor er dazu kam, ging die Tür auf. Ein Mann von ungefähr seiner Größe, mit rabenschwarzen Locken und ebenso dunklen Augen lächelte ihn an.

„Du musst Colin sein. Ich bin Angelo. Komm rein."

Colin betrat ein helles, luftiges Atelier, in dem es nach Holz und Ölen duftete. Auf mehreren Werkbänken lagen Holzstücke in verschiedenen Größen, dazu Schnitzeisen und Sandpapier. Angelo führte ihn die

Treppe hinauf in eine Wohnung. Eine junge Frau schenkte am Tisch Wein ein, und Colin wusste auf den ersten Blick, dass sie Angelos Schwester sein musste. Colin wurde Rick vorgestellt und freundlich begrüßt. Doch von Ed keine Spur.

Colin runzelte die Stirn und wollte gerade etwas sagen, als Ed aus einem Nebenzimmer kam. Er schien Schwierigkeiten damit zu haben, Colin in die Augen zu sehen. Seine Wangen waren gerötet, und er hatte die Hände in den Taschen vergraben.

Für einen Moment wusste Colin nicht, was er zu ihm sagen sollte. Die Worte, die er auf der Fahrt hierher wieder und wieder geprobt hatte, ließen ihn im Stich beim Anblick von Eds sichtlichem Unbehagen, seiner Beschämung. Und dann traf ihn die Erkenntnis wie ein Schlag: er konnte nicht zornig bleiben. Nicht mit Ed.

Oh Mist. Mich hat's schwer erwischt, was?

Er setzte zum Sprechen an, aber Ed kam ihm zuvor. Er schaute ihn von unten herauf an, die Augen niedergeschlagen, und seine Stimme klang leise und brüchig.

„Es tut mir schrecklich leid. Ich hatte einfach keinen Plan und wusste nicht, was ich sagen sollte. Aber ich hätte nicht weglaufen dürfen. Ich war ein totaler Feigling und ein absolutes Arschloch. Ich kann wirklich nur hoffen, dass du mir verzeihst."

Was auch immer Colin hätte sagen wollen löste sich in Luft auf, als er den Schmerz in Eds Stimme hörte.

„In Ordnung", schniefte Colin. „Aber du bist mir was schuldig."

Wem will ich hier was vormachen? Er hätte Ed am liebsten in die Arme genommen und ihn geküsst, bis dem Mann schwindlig war, zu schwindlig, um ihn je wieder so im Stich zu lassen.

Maria reichte Colin ein Glas Wein. „Das hast du ihm viel zu leicht gemacht. Du hättest ihn auf Knien um Verzeihung betteln lassen sollen." Sie zwinkerte ihm zu.

Colin warf einen Blick auf ihr T-Shirt und taxierte sie schnell. Er beugte sich vor und raunte verschwörerisch – und hörbar: „Ja, aber er ist *verdammt* gut im Bett."

Für einen Moment herrschte verblüfftes Schweigen, und dann brachen Rick und Angelo in Gelächter aus. Ed fiel der Unterkiefer runter und Maria bekam einen feuerroten Kopf und begann zu kichern. Colin konnte sich das Lächeln nicht länger verkneifen. Er trat zu Ed, schaute ihm in die Augen und dann beugte er sich vor und gab ihm einen Kuss – kein Bussi auf die Lippen, sondern einen B*ei-Gott-ich-mein's-ernst*-Kuss, bei dem er die Arme um ihn legte und ihn an sich zog. Ed wurde für gerade mal zwei Sekunden stocksteif, aber dann ergab er sich und schmolz in Colins Armen geradezu dahin.

Ricks Stimme drang zu ihm durch.

„Also, *das* war ein bisschen mehr, als ich unbedingt wissen wollte."

Kapitel 9

Ed schrieb die letzte Einladung zu einem Bewerbungsgespräch fertig und schickte alle per E-Mail an Karen zum Ausdrucken. Unter all den Bewerbern hatte er nur drei geeignete Kandidaten gefunden, aber Ed war gründlich gewesen. Auf dem Papier sahen sie alle gut aus. Die endgültige Entscheidung lag bei Blake, der gegen Mitte nächster Woche wieder bei Trinity erwartet wurde. Ed lächelte vor sich hin. Ihrem letzten Telefongespräch nach zu schließen war sein Boss ernstlich hin-und hergerissen zwischen seiner Firma und seinem neuen Leben. Anscheinend gefiel Blake und Will das Leben als Väter ausnehmend gut, obwohl Lizzie offenbar jede Menge Telefonanrufe bekam, wenn sie einen Rat brauchten.

Das ist eine Sache, bei der die kleine Sophie zu kurz gekommen ist - liebevolle Großeltern.

Wills Eltern glänzten durch Abwesenheit - sie hatten ihn mit fünfzehn rausgeschmissen, als sie erfuhren, dass er schwul war, und Will hatte nicht die Absicht, an sie heranzutreten. Blakes Mutter war gestorben, als er noch klein war. Sein Vater Justin hatte ihn allein erzogen. Leider war Justin vor etwas über einem Jahr gestorben. Ed wusste, wie nahe Blake und sein Vater sich seit Blakes Heirat mit Will gestanden hatten.

Aber was der kleinen Sophie an Verwandten fehlt, das gleichen die liebevollen 'Tanten' und 'Onkels' leicht wieder aus – ein ganzes Team davon stand hier schon bereit und wartete ungeduldig darauf, Blakes und Wills süße kleine Tochter kennenzulernen.

Ed lehnte sich zurück und stieß einen zufriedenen Seufzer aus.

Das mach' ich in letzter Zeit aber oft, scheint mir.

Es kam ihm so vor, als wäre in ihm nicht genug Platz für so viel Glück. Es wollte einfach aus ihm hervorbrechen. Und natürlich hatten das alle schon gemerkt. Er hatte bereits Kommentare von Beth und Peter bekommen – beide sprachen von seinem „inneren Leuchten". *Ja, klar.*

Karen streckte den Kopf herein. „Die Briefe sind alle ausgedruckt, Ed. Wenn du sie gleich unterschreibst, kann ich sie heute Morgen noch in die Post geben."

Ed brach in ein breites Grinsen aus. „Verdammt nochmal, bist du schnell, Frau!"

Karen strahlte und trat an seinen Schreibtisch, die Briefe in der Hand. „Ich bin eben effizient." Sie reichte ihm die Briefe.

Beth taucht in der offenen Tür auf. „Entschuldige die Störung, Ed, aber einer von den Autoren hat ein Problem mit dem Lektorat." Sie erblickte Karen. „Ich kann auch später wieder kommen, wenn du beschäftigt bist."

Ed winkte sie herein. „Nee, ich unterschreib' nur eben ein paar Briefe." Er signierte mit seinem Namen und gab Karen die Briefe zurück. „Schönen Dank auch, Schätzchen", sagte er augenzwinkernd.

Karen kicherte. „Also, ich weiß ja nicht, wer deine geheimnisvolle Freundin ist, aber sie hat dich ganz schön umgekrempelt.“

Ed spürte, wie ihm die Hitze in die Wangen stieg. „Ich hab gerade dasselbe gedacht“, sagte Beth mit einem kessen Lächeln. „Darf man Genaueres wissen, Ed?“

„Oh nein“, sagte er nachdrücklich. „Und jetzt könnt ihr alle beide abdampfen und mich meine Arbeit machen lassen, ja?“ Er lächelte sie gutmütig an.

Beth zog ein Gesicht. „Och, du Spielverderber.“ Dann grinste sie. „Es ist wirklich schön, dich so glücklich zu sehen, Ed. Ich wünsch’ dir alles Gute.“

Ed lächelte. „Okay, ja... warum wolltest du mich nochmal sprechen?“ Sie diskutierten über das Problem, das ein Autor mit einem der Lektoren zu haben schien. Ed mache einige Vorschläge und Beth nickte zustimmend, während Karen sich in der Nähe seines Schreibtischs herumdrückte.

„Also vergiss nicht – glücklich ist gut, ja?“ Beth zwinkerte und ging hinaus. Karen war immer noch da.

„Bist du sicher, dass du *mir* auch nichts erzählen willst?“, fragte sie hoffnungsvoll.

Ed lachte laut auf. „Raus mit dir, du neugieriges Weib!“

Karen zuckte die Achseln. „Na ja, einen Versuch war’s wert.“ Dann lachte sie. „Aber Beth hat recht. Glücklichsein steht dir gut.“ Damit marschierte sie leise vor sich hin summend aus seinem Büro.

Ed wartete einen Moment und holte dann sein Handy heraus. Er scrollte durch seine Nachrichten von Colin. Im Verlauf der letzten zwei Wochen hatten sich so einige davon bei ihm angesammelt. Inzwischen griff

Ed immer eifrig nach seinem Handy, kaum dass es piepste, um nachzuschauen, ob es eine Nachricht von Colin war. Meistens ging es in seinen SMS um alltägliche Dinge – hin und wieder jedoch auch um etwas ganz anderes. Ed bekam einen feuerroten Kopf beim Gedanken an einige von diesen Nachrichten.

Sein Handy piepste.

Hab' mich kurz aus meinem Meeting geschlichen, um auf die Toilette zu gehen. Dachte an dich… siehst du?

Ed sog scharf die Luft ein, als das Bild auf seinem Handy erschien. Es zeigte Colins offenen Hosenladen und Colins Hand, die die Unterhose von seinem Körper weghielt, um seinen steifen Schwanz zu enthüllen – nicht ganz, aber genug davon, um Eds Herz zum Pochen zu bringen. Er liebte den sandblonden Flaum oberhalb von Colins Penis. Er schloss die Augen und erinnerte sich zurück an Colins Duft, berauschend und überwältigend, als Ed die Nase in diesen Schamhaaren vergraben hatte – mit tränenüberströmtem Gesicht, da er gerade versuchte, Colins dickes vierundzwanzig-Zentimeter-Rohr ganz zu schlucken. Das war eine verdammt gute Lektion gewesen.

„Oh mein Gott, was guckst du dir denn da grade an?"

Ricks Stimme ließ den Moment zersplittern. Ed hob ruckartig den Kopf und sah Rick mit geweiteten Augen und zuckenden Lippen an der Tür seines Büros stehen.

Ed ließ hastig sein Handy mit der Vorderseite nach unten auf den Schreibtisch fallen. „Nix", knurrte er.

„Und seit wann klopfst du nicht mehr an, bevor du hier reinkommst?“
Rick lachte schallend. „Na, das zeigt nur, wie vertieft du warst. Ich habe geklopft – zweimal sogar.“ Mit blitzenden Augen trat er an Eds Schreibtisch. „Na, krieg’ ich’s nicht zu sehen?“
„Nein, kriegst du nicht, verdammt nochmal!“
Rick lachte und setzte sich auf den Stuhl gegen über von Ed. Er lehnte sich zurück und verschränkte die Hände hinter dem Kopf. „Ich war nur neugierig, wie viele Nächte du in der vergangenen Woche allein geschlafen hast.“ Das freche Grinsen breitete sich über sein Gesicht aus.
Ed gab es auf. Rick hatte ganz offensichtlich nicht die Absicht, ohne genauere Informationen wieder zu gehen. „Wenn du’s unbedingt wissen musst, wir waren nur eine Nacht voneinander getrennt.“
Rick unterdrückte ein Kichern. „Na, wenigstens hattest du ein *bisschen* Zeit für dich!“
Ed schüttelte den Kopf. „Ja, könnte man meinen, aber weißt du was? Er hat mir gefehlt.“
Rick schnaubte. „Bei so viel Sex wie ihr habt bin ich überrascht, dass du noch laufen kannst.“
Ed wurde ganz still. „Das ist das Komische. Es ist nicht nur der Sex. Ich bin gern mit ihm zusammen.“ Er fand es toll, Colin um sich zu haben. Ed hatte erst nicht gewusst, was da auf ihn zukam, wenn er so viele Abende mit einem Mann verbrachte, der nicht nur sein Lover war, sondern auch ein guter Kumpel. Er hatte gefürchtet, dass alles durch den Sex nur peinlich

werden würde, aber nein, keineswegs. Colin war immer noch… Colin – Gott sei Dank. Auf keinen Fall wollte er ihre Freundschaft ruinieren.

Er sah Rick in die Augen. „Das ist so abgefahren, Mann. Ich bin verdammt noch mal ein Kerl, der mit 'nem Kerl schläft, aber bringt mich das etwa zum Ausflippen? Nein, es kommt mir einfach… richtig vor."

Ricks Gesichtsausdruck wurde sanft. „Dann mach's einfach", empfahl er. „Offensichtlich sollte es so sein, also genieß es." Er legte den Kopf schräg. „Hast du gedacht, du würdest dich anders fühlen?"

Ed lächelte. „Ja, genau. Ich hab' gedacht, ich würde mich… du weißt schon, *schwuler* fühlen."

Rick lachte laut auf. „Und was zum Teufel soll das heißen? Schau dir Blake an, Will, mich, Angelo… wir sind alle verschieden, stimmt's? Keine zwei schwulen Männer sind gleich. Bei deinem Coming-out kriegst du keinen Stempel mit der Aufschrift „SCHWUL" aufgedrückt, und du kriegst auch nicht über Nacht eine andere Persönlichkeit, okay? Du bist immer noch Ed Fellows, nur dass du jetzt einen Teil von dir entdeckt hast, von dem du wahrscheinlich gar nicht gewusst hast, dass er fehlt." Er streckte sich über den Schreibtisch und klopfte Ed auf die Brust. „Das ist der Ed Fellows, der du immer sein solltest."

Es war wahrscheinlich das Tiefgründigste, was Rick je zu ihm gesagt hatte. Und es brachte Ed innerlich zum Leuchten.

Sein Telefon klingelte. Ed drehte es um; auf dem

Screen stand „Trevor Maitland".

Seit wann ruft Trevor mich tagsüber an?

Rick grinste. „Ist er das?"

Ed schüttelte den Kopf. „Nein, das ist der Kapitän von meiner Rugbymannschaft. Ich wüsste gern, was er will."

Rick stand auf und ging zur Tür. „In dem Fall lass ich dich mal besser in Ruhe." Er warf Ed ein letztes freches Lächeln zu, verließ das Büro und machte die Tür hinter sich zu.

Ed nahm den Anruf an. „Trev! Was kann ich für dich tun?" Er hörte laute Hintergrundgeräusche. Trevor rief eindeutig von der Arbeit aus an. Eine Tür wurde geschlossen, und der Lärmpegel sank.

„Ed, ich stör' dich ja nicht gern bei der Arbeit, aber hier geht was vor, worüber du Bescheid wissen musst."

Ed runzelte die Stirn. „Red' weiter."

„Ich hab' eine E-Mail von Doug Evans gekriegt, dem Kapitän vom Southend Rugby Club. Du weißt bestimmt noch, dass wir in zwei Wochen gegen die spielen, ja?"

„Klar."

Ed hörte Trevor seufzen. „Okay, das kann man nicht auf einfache Art sagen. Anscheinend hat da jemand Doug angerufen und ihn gefragt, wie er es findet, gegen eine Mannschaft mit, Zitat: ‚ein paar Schwuchteln in ihren Reihen' antreten zu müssen."

„Scheiße, was?" Ed setzte sich kerzengerade hin.

„Und es wird noch schlimmer. Anscheinend haben

sämtliche Mitglieder von Dougs Mannschaft denselben Anruf gekriegt."

Ed holte tief Luft und gab sich Mühe, ruhig zu bleiben. Es fiel ihm verdammt schwer.

„Ist ja leicht zu erraten, wer da angerufen hat, oder?", fragte Trevor bedrückt.

Ed schnaubte. Die ganze Sache trug eindeutig Murphys Handschrift.

„Vielleicht solltet ihr zwei das nächste Spiel besser auslassen."

Ed verschluckte sich fast. „Was? Scheiße, du willst mich wohl verkohlen. Was hat denn dieser Doug zu der ganzen Sache gesagt?" Er war stinksauer; hätte er Murphy in diesem Moment zu fassen bekommen, hätte er den kleinen Scheißer bestimmt erwürgt.

„Er meint, dass seine Jungs da kein Problem damit hätten." Trevor machte eine Pause. „Ich hab' an deine und Colins Sicherheit gedacht."

Ed lachte, ein schroffer Laut, der aus ihm hervorbrach. „Was, denkst du etwa, wir können nicht selber auf uns aufpassen?"

Er hörte Trevor scharf Luft holen. „Nein, nein, so hab' ich das nicht gemeint."

Ed atmete leichter. „Gut, weil wir nämlich spielen werden."

„Soll ich Colin anrufen?"

Ed seufzte. „Nein, Trev, ich kümmer' mich drum. Aber danke, dass du mir Bescheid gesagt hast, ja?" Er legte auf, und dann lehnte er sich zurück und gab sich alle Mühe, seine Wut nicht überkochen zu lassen.

Dieser beschissene, kleine…

Er wartete einen Moment mit seinem Anruf bei Colin. „Hey, das ist aber schön. Ich habe gerade Pause." Ed genoss den erfreuten Unterton in Colins Stimme. Rasch berichtete er ihm von Trevors Anruf. Er hörte Colin den Atem ausstoßen. „Okay, dann ist Murphy also ein Arschloch. Sag mir was, was ich noch nicht wusste." Colin senkte die Stimme. „Pass auf, ich spiele trotzdem. Kein Problem. Die Frage ist nur – wie steht's mit dir?"

Ed dachte für einen Moment darüber nach. Ja, er war sauer. Aber zu seiner eigenen Überraschung galt seine größte Sorge Colins Sicherheit.

„Ich glaube, wenn du dir keine Sorgen machst, mach' ich mir auch keine", räumte er ein.

„Gut", sagte Colin warm. „Ich hab' nämlich was viel besseres mit dir zu besprechen als Murphys Schwulenhass. Wir haben am Samstag kein Spiel, aber morgens ist Training auf dem Rugby-Platz, richtig?" Ed bestätigte das. „Okay, wie wär's, wenn wir beide dann am Wochenende mal was anderes machen würden?"

„Was schlägst du vor?"

„Wie wär's, wenn wir uns direkt nach dem Training auf deine Harley setzen und zur Südküste runterfahren würden? Wir könnten doch in Brighton im Hotel übernachten und am Sonntagabend zurückkommen." Er machte eine Pause. „Was meinst du?"

Eds Herz pochte. Er fand die Idee aufregend, aber zugleich machte sie ihm auch Bauchschmerzen. *Eine*

Nacht auswärts in einem Hotel? Ganz plötzlich hatte Ed einen Ständer.

„Ja, okay", sagte er rasch, bevor er noch die Nerven verlor und es sich anders überlegte.

„Fantastisch." Colin klang begeistert. „Dann buche ich uns mal ein Zimmer in einem richtig netten Hotel. Überlass das ruhig mir. Du brauchst uns nur hinzubringen."

„Klar, das wird bestimmt toll." Eds *Schwanz* freute sich schon wie blöd, *das* war mal sicher. Sie verabredeten sich für den Abend in Colins Wohnung, dann beendeten sie das Gespräch.

Ed stand auf und trat ans Fenster. Er legte die Hand an die Fensterscheibe und starrte hinaus auf die Skyline von London. Er fand es wirklich gut, wie die Dinge mit Colin liefen. Und was Brighton betraf? Der Samstag lag im Moment in *viel* zu weiter Ferne.

Das Festnetztelefon läutete, und das Lämpchen für Karens Anschluss blinkte ihm entgegen. Ed nahm das Mobilteil ab.

„Karen, was kann ich für dich tun?"

„Ed, hier bei mir an der Rezeption ist jemand wegen der Stelle als PA."

Ed schnaufte. „Dann sag' demjenigen doch einfach, dass die Bewerbungsfrist letzte Woche abgelaufen ist", sagte er ein wenig ungeduldig. *Warum zum Teufel nervt sie mich überhaupt mit so einem Quatsch?* Karen wusste das doch besser.

Für einen Moment herrschte Schweigen. „Ich glaube, mit dieser Bewerberin solltest du lieber selbst

sprechen."
Ed hielt inne. Der beinahe warnende Unterton in Karens Stimme weckte seine Neugier. „Na gut. Bring sie rauf in mein Büro." Er legte das Mobilteil auf, machte Ordnung auf seinem Schreibtisch und schaute dann erwartungsvoll zur Tür. Als sie sich öffnete, fiel ihm der Unterkiefer runter. Melissa Richards kam herein.

Ed blieb stocksteif stehen und glotzte sie an. „Oh, Sie woll'n mich doch ver*arschen*, Lady!"

Melissa musterte ihn hochnäsig. „Nun, wenn Sie mir *so* kommen, kann ich ja gleich wieder gehen." Sie kehrte ihm den Rücken zu.

„Nee, mal langsam mit den jungen Gäulen", platzte Ed heraus. Das *musste* er hören. „Jetzt sind Sie ja schon mal hier, nich'?" Er deutete auf den Stuhl vor seinem Schreibtisch. „Nehmen Sie Platz, Miss Richards. *Miss* stimmt doch noch, oder? Es sei denn, Sie hätten 'ne heimliche Hochzeit gefeiert, die's nicht bis in die Klatschspalten geschafft hat?" Er lachte leise. Er hatte in den sechs Jahren, seit sie aus Blakes Leben verschwunden war, nichts mehr von Melissa gehört oder gesehen – vielmehr, seit sie nach ihrem kleinen Erpressungsversuch aus Blakes Leben *eskortiert* worden war.

Melissa folgte seinem Wink und setzt sich anmutig auf den Stuhl. Ed maß sie mit einem langen Blick. Verschwunden waren die Designerklamotten, die teure Frisur. Melissa war gut gekleidet, doch ihre Sachen hätten aus jedem beliebigen Laden stammen können.

Sie betrachtete ihn mit ausdrucksloser Miene und hielt dabei ihre Handtasche auf dem Schoß fest umklammert.
„Okay, Melissa, was woll'n Sie wirklich hier?", fragte er schroff. „Den Mist von wegen Jobsuche kauf' ich Ihnen nämlich keine Sekunde lang ab." Er verschränkte die Arme und starrte sie an, ohne zu blinzeln.
Melissas Wangen waren gerötet. „Reden Sie etwa so mit allen Bewerbern?", schnarrte sie verächtlich. Dann machte sie rasch wieder ein neutrales Gesicht, doch es war schon zu spät. Die Maske war verrutscht.
Ed betrachtete sie kühl. „Nee, nur mit hinterfotzigen Tussen, die versuchen, meinen Boss zu erpressen."
Alle Farbe wich aus ihrem Gesicht. „Also, sagen Sie mir jetzt, warum Sie hier sind?"
Melissa rutschte auf ihrem Stuhl herum. „Ich… ich brauche einen Job."
Ed musterte sie skeptisch. „Das können Sie jemand anderem weismachen."
Sie nickte. „Nein, ganz im Ernst. Ich *brauche* einen Job. Und ich finde, dass Blake nach sechs Jahren wirklich so langsam über meine früheren, äh, Fehler hinweg sein müsste. Ich bin genau die Person, die er als Assistentin braucht."
Ed wusste nicht, was er davon halten sollte.
Und dann fiel der Groschen.
Er fing an zu lachen. Und je mehr er lachte, desto empörter und wütender wurde Melissa – nicht, dass das Ed auch nur im Geringsten gekümmert hätte.

Dieses Luder würde auf keinen Fall für Blake arbeiten. Dafür würde er sorgen.

Ed grinste. „Oh, jetzt hab' ich's kapiert. Daddy hat seinem kleinen Mädel wahrhaftig den Geldhahn zugedreht, was? Sieh an, sieh an. Schön für ihn." Er durchbohrte Melissa mit einem eindringlichen Blick. „Nur weiter – sagen Sie mir, wieviele Jobs Sie hatten, seit Daddy Sie enterbt hat." Er wartete, immer noch grinsend.

„Ein paar, okay?", presste sie mit zusammengebissenen Zähnen hervor.

Ed gluckste. „Sie müssen ja total am Boden sein, wenn Sie *hier* um 'nen Job betteln."

Melissa hob das Kinn. „Ich bin davon ausgegangen, dass ich mich als persönliche Assistentin von Blake bewerbe. Ich würde gerne mit ihm sprechen, nicht mit seinem Lakaien", sagte sie mit vor Gehässigkeit funkelnden Augen.

Jawohl, das ist die Melissa, an die ich mich erinnere. Die Katze konnte also anscheinend doch das Mausen nicht lassen.

Ed lächelte. „Tut mir leid, aber da muss ich Sie enttäuschen. Blake ist im Moment nicht hier. Er ist auf Vaterschaftsurlaub." Er beobachtete ihr Mienenspiel, als sie diese Information verdaute.

Ihre Augen weiteten sich. „V-Vaterschaftsurlaub?"

Ed nickte. „Er und Will haben eine kleine Tochter gekriegt." Ihre Lippen wurden schmal, und Ed konnte nicht wiederstehen. „Übrigens, falls Sie's interessiert, er und Will sind sehr glücklich miteinander. Will ist

perfekt für ihn."
Ein Aufblitzen von Ekel huschte über ihr Gesicht, doch sie fasste sich schnell wieder.
Okay, das war's. „Hören Sie, das hier hat jetzt lang genug gedauert. Blake würde nie im Leben so 'ne Giftschlange wie Sie einstellen, also zieh'n Sie Leine."
Sie schnappte nach Luft, aber Ed war noch nicht fertig. „Bilden Sie sich bloß nicht ein, ich hätte Ihr Gesicht nicht gesehen, als ich das Baby erwähnt habe. Hat Ihnen nich' gefallen, was? Sie sind wahrscheinlich auch eine von denen, die finden, dass man Schwulen das Kinderkriegen *verbieten* sollte, stimmt's?"
Ihr Gesicht wurde starr, und Ed entging das nicht. Seine Worte hatten ins Schwarze getroffen.
Melissa zog die Augenbrauen hoch. „Und seit wann unterstützen Sie Schwule?" Da war wieder dieses höhnische Lächeln. „Oder sind Sie etwa auch in ihn verliebt?" Ihre Augen brannten vor Boshaftigkeit. „Hab' ich Recht? Hat Blake Sie auch angesteckt?"
Ed stand ganz still. Für einen Moment sagte er nichts. Melissa starrte ihn an, das hübsche Gesicht hassverzerrt.
„Dort ist die Tür, Miss Richards. Ich rate Ihnen, sie zu benutzen." Dann setzte er sich hinter seinen Schreibtisch und schaute auf seinen Computerbildschirm, als wäre sie gar nicht da. Er hörte sie atmen, rau und unregelmäßig, und dann das Scharren der Stuhlbeine, als sie aufstand. Ed hielt die Augen auf den Monitor gerichtet, bis die Tür mit einem lauten Knall ins Schloss fiel. Er wartete noch

ein paar Sekunden lang und sackte dann auf seinem Stuhl zusammen. Die ganze Episode kam ihm… surreal vor. Er konnte immer noch nicht glauben, dass sie den Nerv gehabt hatte, so einfach hier aufzutauchen.

Die Tür flog auf und Karen erschien.

„Alles okay mit dir? Ich hab' laute Stimmen gehört."

Ed winkte ab. „Schon gut, Karen, jetzt ist alles in Ordnung."

Karen warf ihm einen zweifelnden Blick zu. „Bist du sicher, Ed? Brauchst du irgendwas? Du siehst aus, als könntest du jetzt einen Kaffee gebrauchen."

Ed lächelte sie an. „Weißt du was, das is 'ne tolle Idee. Ich hätte furchtbar gern einen." Er wartete, bis sie draußen war, und stieß dann in einem langen Seufzer den Atem aus.

Gott, in diesem Job wird's einem nie langweilig. Dann grinste er. Er konnte es kaum erwarten, Blakes Gesicht zu sehen, wenn er ihm *das* erzählte. Dann verblasste sein Grinsen.

Er hatte Blake *noch* etwas zu erzählen.

Kapitel 10

„Bist du bereit?“, fragte Colin, als er und Ed mit ihren Sporttaschen über der Schulter den Rugby-Club betraten.
Ed zuckte die Achseln. „Sieh mal, wenn Murphy sich wie ein Arschloch aufführen will, können wir ihn ja wohl kaum davon abhalten, stimmt's? Wir müssen uns einfach mit dem Wichser abfinden.“ Sein Gesicht war mürrisch.
Colins Herz flog ihm entgegen. Er schlug sich schon um einiges länger mit Homophobie herum als Ed, aber es machte ihn traurig, dass Ed in den ersten vierzehn Tagen seines neuen Lebens schon Hass erfahren musste. Er sehnte sich danach, Eds Hand zu halten, sie zur Beruhigung fest zu drücken, doch so etwas war hier fehl am Platz.
Der Umkleideraum war überraschenderweise leer. Ed runzelte die Stirn. „Wo sind denn alle?“
Colin entdeckte einen Zettel, der innen an der Tür klebte. „Anscheinend im Aufenthaltsraum. Vor dem Training findet ein Treffen statt.“ Er warf einen Blick auf seine Uhr. „Und das beginnt in genau drei Minuten.“ Er schaute Ed an und zog die Augenbrauen hoch. „Komisch, dass wir so spät dran sind, wo doch der Wecker heute Morgen mehr als rechtzeitig geklingelt hat.“ Colin grinste, als sie sich umdrehten und den Umkleideraum verließen.
Ed starrte ihn mit offenem Mund an. „Ach, ist es etwa

meine Schuld, dass wir zu spät sind?", rief er aus.
Colin hielt ihm die Tür zum Aufenthaltsraum auf und flüsterte Ed im Vorbeigehen ins Ohr: „Ich sage nur ein Wort – Dusche."
Ed klappte den Mund zu und bekam plötzlich feuerrote Ohren.
„Wie schön, dass ihr zwei auch schon kommt", sagte Phil Maddox grinsend. Es gab Pfiffe und Beifall von mehreren Spielern. Eds Wangen waren so rot wie seine Ohren. Colin grinste nur und zeigte Phil den Finger.
„Okay, das reicht jetzt", rief Trevor vom anderen Ende des Raums her, wo er mit einem Klemmbrett in der Hand am Tisch saß. „Setzt euch hin, ihr zwei. Wir wollen anfangen."
Colin und Ed suchten sich zwei leere Stühle und setzten sich hastig hin. Der Lärmpegel sank, und an die zwanzig Männer lümmelten sich auf ihre Plastikstühle, und schauten alle zu Trevor. Na ja, fast alle – Murphy starrte Colin an, die Lippen verächtlich hochgezogen. Colin seufzte und schaute weg.
„Okay, Jungs. Tut mir leid, dass dieses Spontan-Treffen auf Kosten unseres Trainings geht, aber wir haben was zu besprechen." Trevor legte sein Klemmbrett weg und schaute sich mit ernster Miene unter den Spielern im Raum um. Jetzt herrschte Schweigen.
„Wie ihr wisst, spielen wir in gut einer Woche gegen Southend. Also, anscheinend hat jemand aus unserer Mannschaft deren sämtliche Spieler kontaktiert, und

zwar ausdrücklich, um Colin und Ed zu outen. Und so wie es sich anhört, hat diese Person versucht… nennen wir's mal, Stimmung gegen sie zu machen."

Jeff Farroway, einer der Winger der Mannschaft, sprang sofort auf die Füße. Mit seinen einsfünfundneunzig war Jeff der größte Spieler unter ihnen. Er deutete direkt auf Murphy und knurrte finster: „Du Drecksack. Das warst du, oder etwa nicht?"

Murphy drehte sich auf seinem Stuhl herum, so dass er Jeff das Gesicht zuwandte. „Na und? Was soll's? Ich will keine Schwuchteln in meiner Mannschaft haben. Und ich finde, sie hatten ein Recht drauf, es zu wissen." Seine Worte wurden mit Spott und Buhrufen quittiert. Trevor machte ein langes Gesicht, als sich ein immer aufgeregteres Stimmengewirr erhob. Einer der Flanker, Harrison Lloyd, stand mit todernster Miene auf.

„Entschuldige, Trev, aber ich sage jetzt, was ich denke. Ich finde, es wird höchste Zeit, dass Murphy aus der Mannschaft fliegt."

Murphy knurrt ihn an, aber Trevor hob die Hand. Er schaute bekümmert drein. „Weil er Colin und Ed geoutet hat? Ist das nicht ein bisschen drastisch?"

Harrison schüttelte nachdrücklich den Kopf. „Nein, nicht nur deswegen. Obwohl man sich schon fragen muss – wenn er bereit war, eine andere Mannschaft wegen unserer Spieler anzurufen, was hat er noch alles gesagt?" Rund um ihn herum gab es zustimmendes Gegrummel. „Seien wir doch mal ehrlich, Trev, er ist kein guter Spieler. Offen gesagt wundere ich mich, dass er nach den letzten paar Spielen immer noch bei uns ist.“ Weiteres Gemurmel erhob sich. Harrison setzte sich wieder, und die Umsitzenden klopften ihm auf den Rücken und die Schultern.

„Wir sollten uns eig’ntlich gegenseitig unterstützen und nich” zulassen, dass wer zwei von unsern besten Spielern innen Rücken fällt.“ Das kam von Pete Shorcross, der Nummer Acht. Weitere Stimmen verlangten von Trevor, etwas zu tun. Colin beneidete den Kapitän nicht. Es kam selten vor, dass die Spieler so laut wurden. Sie waren gewöhnlich eine lockere Truppe.

Murphy sprang auf und wirbelte herum, um sich seinen Mannschaftskameraden zu stellen. Sein Gesicht war zu einer wütenden Maske verzerrt. „Wisst ihr was? Ich will sowieso nicht mehr in eurer beschissenen Mannschaft spielen. Nicht wenn ihr nur zugucken und die zwei schwulen Säcke da spielen lassen wollt.“ Er schnappte sich seine Jacke und seine Sporttasche. „Also dann, Glückwunsch. Ihr kriegt, was ihr wollt; ich hau’ nämlich ab und such’ mir eine Mannschaft, die mich zu schätzen weiß.“ Und damit stolzierte er mit großen Schritten hinaus und knallte die Tür hinter sich zu.

„Gut, dass wir den los sind!“, rief ihm jemand nach. Hier und da erhob sich unter den Spielern Gelächter oder halbherziger Applaus.

Trevor hob die Hände und schüttelte den Kopf. „Das reicht jetzt.“ Er wartete, bis wieder Stille eingekehrt war, ehe er weitersprach. „Okay, dann fehlt uns jetzt ein Scrum Half, also haben sich die Pläne für heute Morgen geändert. Ich werde Ersatzspieler für die Position ausprobieren. Und bevor ihr Ersatzspieler jetzt alle über mich herfallt, ihr Streber, denkt dran, was einen guten Scrum Half ausmacht. Ich suche jemanden, der akkurat passen kann –"

„Ja, weil Murphy das verdammt nochmal *nie* hingekriegt hat", rief jemand.

„Jemanden, der akkurat passen kann", wiederholte Trevor geduldig, „der ein gutes Verständnis für Taktik hat, der den Gegner umlaufen und genauso schnell denken wie rennen kann. Wenn ihr denkt, dass die Beschreibung auf euch passt, ich warte unten am anderen Ende vom Spielfeld. Und ich könnte zwei, drei Spieler brauchen, die mir dabei helfen." Er musterte die Mannschaft mit strengem Blick. „Für alle anderen hab' ich nur ein Wort – Abwehr."

Ein leises Gemurmel begann, aber Trevor hob erneut die Hand. „Ich will, dass ihr zwei Gruppen bildet. Übt Wegdrücken und Umlaufen. Je schneller wir dabei sind, desto wahrscheinlicher können wir einen wirksamen Angriff schaffen. Phil, dafür übertrage ich dir die Verantwortung, während ich die Testspiele mache." Er rieb sich entschlossen die Hände. „Okay, Jungs, in fünf Minuten seid ihr umgezogen und auf dem Platz. Wir haben heute Morgen schon genug Zeit verschwendet, und wenn wir Southend schlagen wollen, brauchen wir jede Sekunde Training, die wir kriegen können."

Innerhalb von Sekunden waren alle auf den Füßen und unterwegs zum Umkleideraum. Colin schlug Ed auf den Rücken, als sie sich umziehen gingen.

Okay, eine *Sorge weniger*, dachte Colin trocken. Es tat ihm nicht leid, Murphy gehen zu sehen.

Während der nächsten Stunde spielte Colin Opposition, damit die Vorwärtsspieler ihre Abwehr-Fertigkeiten üben konnten. Es wurde interessanter, als er Ed als Gegner bekam. Gott, der Mann war der reinste Rammbock. Was Colin am meisten freute – Ed schonte ihn nicht. Tatsächlich erinnerte ihn der Anblick von Eds ungezügelter Energie auf dem Spielfeld an Eds kraftvolle Stöße in der vergangenen Nacht. Und mir nichts dir nichts war er geil und hatte einen Ständer.

Gott sei Dank fahren wir nach Brighton. Colin hatte vor, einen Großteil des Ausflugs mit Ed im Bett zu verbringen. Bei der Vorstellung, wie Ed ihn von hinten nahm und ihm den Saft aus den Eiern fickte, zog sich sein Schließmuskel gierig zusammen.

Nach dem Training drängte sich die Mannschaft in den Umkleideraum, um zu duschen. Es war befriedigend, wenn Spieler sie ansprachen und ihnen auf den Rücken klopften, unterstützende Kommentare riefen. Unter der Dusche wurde es dann persönlicher.

„Dann ist es also offiziell, ja? Ihr zwei seid definitiv ein Paar?“, fragte Dave mit einem frechen Grinsen unter dem kräftigen, heißen Wasserstrahl hervor.

Zu Colins Überraschung meldete Ed sich zu Wort, ehe er selbst antworten konnte. „Nicht, dass dich das was angehen würde, aber ja, sind wir." Ed grinste genauso breit wie Dave. „Das ist doch kein Problem, oder?"

Mein lieber Schwan. Colin hätte im Leben nicht damit gerechnet, dass Ed das sagen würde.

Dave hob die Hand. „Nein, Mann." Dann zwinkerte er den anderen zu. „Ich wollte nur wissen, ob ich jetzt aufpassen muss, wenn ich mich in der Dusche bücke, das ist alles." Lautes, raues Gelächter folgte.

Ed prustete. „Ich hab' deinen Arsch gesehen, Dave. Glaub' mir – dir kann nichts passieren."

Colin fiel fast um vor Lachen. Ed fing seinen Blick auf und grinste. Colin schüttelte den Kopf, immer noch lachend. Er war überglücklich über die Unterstützung der Mannschaft, aber Eds Reaktion war geradezu fantastisch.

Er lächelte immer noch als er sich anzog. Colin stand neben Ed und gab sich Mühe, den nackten Körper seines Geliebten nicht anzustarren – *ja, so könnte man die Heteros gut zum Ausflippen bringen* – aber Scheiße, war das schwer. Es dauerte nicht lange, und sie waren die letzten beiden Spieler im Umkleideraum.

Pustekuchen. Rod Betnall war noch da.

Colin mochte Rod. Er war Ende Zwanzig und richtig süß, nicht dass Colin das zugegeben hätte, schon gar nicht vor dem Mann an seiner Seite. Colin blickte auf und lächelte, als Rod sich ihnen näherte. „Wie ich höre, darf man gratulieren."

Rods Lächeln ließ sein ganzes Gesicht erstrahlen. „Ja, ich war völlig von den Socken, als Trev mich zum neuen Scrum Half ernannt hat. Ich werde einen guten

Job machen“, sagte er ernst.

„Da bin ich sicher“, versicherte Colin. Als Rod sich weiter herumdrückte, offensichtlich nicht zum Gehen bereit, legte Colin den Kopf schief und fragte: „Ist was?“ Ed hörte auf, sein feuchtes Handtuch in die Sporttasche zu stopfen und schaute auf.

Rod errötete. „Eigentlich wollte ich nur sagen, dass ich es sehr… nun ja, *inspirierend* fand, wie du letzte Woche zur Mannschaft gesprochen hast, Colin – als du ihnen gesagt hast, dass du schwul bist.“

Colin musterte ihn scharf. „Inspirierend. Interessante Wortwahl.“ Er unterdrückte ein Lächeln. „Willst du uns was Bestimmtes sagen?“

Rod wurde noch röter. „Sieh mal, ich bin nicht so mutig wie du, okay? Ich habe mich gerade erst vor meiner Familie geoutet, und glaub mir, das war schwer genug.“ Er atmete tief durch. „Aber es ist schön zu wissen, dass ich nicht der Einzige in der Mannschaft bin.“

Ed warf ihm ein warmes Lächeln zu. „Willkommen in der Minderheit.“

Colins Lächeln spiegelte Eds wider. „Und was dein Coming-out vor der Mannschaft betrifft, das liegt ganz bei dir. Du musst nicht, weißt du. Aber wenn du je einen Rat brauchst, weißt du jetzt wenigstens, wo du hingehen kannst, ja?“

Rod nickte dankbar und verließ dann den Umkleideraum. Colin wartete einen Moment, dann trat er hinter Colin, der gerade den Reißverschluss an seiner Sporttasche zumachte. Colin drückte seine Nase an Eds Hals und genoss den Schauer, der ihn durchrann. Tief atmete er den Duft von frischgewaschenem Haar, Duschgel und das berauschende Aroma von purem Ed ein.

„Was hältst du davon, wenn wir die Taschen bei dir zuhause abladen und zusehen, dass wir auf die Straße kommen?", schlug er vor. Er zupfte mit den Zähnen an Eds Ohrläppchen, woraufhin sein Lover sich zu winden begann. Colin grinste in sich hinein und machte sich daran, Eds duftenden Hals zu küssen und daran zu saugen. Ed gab ein Stöhnen von sich und rollte den Kopf in den Nacken, lehnte sich an ihn. Colin griff um ihn herum und ließ seine Hand an Eds Vorderseite hinabgleiten; er wusste genau, was er finden würde. Es war wirklich schmutzig gespielt, so auf seinen Hals loszugehen. Nach einer Woche Sex wusste Colin, welche Knöpfe er zu drücken hatte, um eine Reaktion zu bekommen. Und wirklich war Ed in seinen Jeans steinhart. Colin streichelte ihn durch den Denimstoff hindurch, drückte den dicken Schaft.

„Wenn du so weiter machst", knirschte Ed, „kommen wir noch später los als geplant, weil dann schmeiß' ich dich da über die Bank und fick' dich gleich hier. Verdammte Scheiße, Col." Sein Atem kam stoßweise.

Colin zog langsam seine Hand zurück. „Heben wir uns das für heute Abend auf, ja?" Ed blieb hörbar die Luft weg, was Colin sehr deutlich sagte, dass ihm der Gedanke gefiel.

„Wir geh'n – auf der Stelle." Der heisere Klang von Ed Stimme war sehr erfreulich. Colin schnappte sich seine Sporttasche und folgte Ed aus dem Umkleideraum und vor das Clubhaus, wo die Harley wartete.

Ein erwartungsvoller Schauer rieselte Colin über den Rücken.

Oh, was werden wir heute Abend Spaß haben.

Er konnte es kaum erwarten, Eds Gesicht zu sehen.

Ed betrat ihr Hotelzimmer und riss staunend die Augen auf. Große Fenster boten einen Blick aufs Meer, und er konnte das Riesenrad sehen und den berühmten Pier von Brighton. Das Bett war breit, überspannt von einem fransenbesetzten Baldachin und bedeckt von einer dicken Steppdecke, alles in Gold. Das Badezimmer war dekadent mit einer Whirlpool-Badewanne und einer geräumigen, ebenerdigen Dusche ausgestattet.

„Das ist wunderschön", gab Ed zu, nachdem er alles genug bewundert hatte.

Colin lächelte, ließ seine Reisetasche auf den Fußboden fallen und trat zu Ed, um ihn langsam und gründlich zu küssen. Ed seufzte vor Wonne. Colin unterbrach den Kuss, trat zurück und sah Ed in die Augen. „Okay, sag mir die Wahrheit. Wann hast du zum letzten Mal in einem Hotel übernachtet?"

Ed überlegte einen Moment. „Weißt du was, ich kann mich nicht erinnern." *Und wie traurig ist das?* Er

schüttelte den Kopf. „Ich weiß noch, dass Blake mich letztes Jahr zwingen musste, Urlaub zu nehmen.“ Er konnte seien Boss immer noch brüllen hören.
„Zwingen?“, wiederholte Colin fassungslos. Er starrte Ed an. „Mein Gott ich hab’ mich mit einem Workaholic eingelassen.“
Ed antwortete finster: „Sieh mal, ich kann nichts dafür, wenn mein Leben so scheiße war, dass ich meinen Job gerne behalten würde, okay?“
Colin wurde sehr still. „Ich weiß so wenig über dich“, sagte er leise.
Ed zuckte die Achseln. „Da gibt’s nicht viel zu wissen.“ Es war ja nicht so, als würden sie viel Zeit mit Reden verbringen, wenn sie alleine waren. Ihre Abende folgten gewöhnlich einem Muster. Ed tauchte normalerweise in Colins Wohnung auf, nachdem beide schon gegessen hatten. Ein paar heiße, geile Stunden später brachen sie dann engumschlungen zusammen und schliefen ein, nur um so früh wieder aufzuwachen, dass Ed morgens in seine Wohnung zurückfahren, duschen und sich umziehen konnte. Es war nicht ideal, aber es hatte funktioniert.
Bis jetzt.
Colin musterte ihn abwägend. „Was hältst du davon, wenn wir uns mit einer Flasche Wein aus der Minibar auf dem Bett ausstrecken und ein bisschen miteinander reden? Bis zum Abendessen haben wir noch jede Menge Zeit, und danach geht’s dann in den Club.“
Ed staunte. „Wir gehen in einen Club?“ Dann traf es

ihn. „Ist das ein Schwulenclub?“

Colin lachte. „Nicht nur ist es ein Schwulenclub, er ist sogar hier im Hotel. Im Untergeschoss.“ Er warf Ed einen unschuldigen Blick zu. „Oh, hab’ ich dir etwa nicht gesagt, dass das *Legends* ein Schwulenhotel ist?“

Ed machte die Augen auf. „Äh, nein, hast du wohl vergessen.“ Der Gedanke, Colin besser kennen zu lernen, war jedoch sehr reizvoll. „Okay, Wein und Chillen auf dem Bett. Klingt gut“, stimmte er zu.

Colin strahlte. Ed kletterte auf das Bett und streckte sich aus, versank in den Kissen, während Colin den Inhalt der Minibar inspizierte. Er kam mit einer Flasche Weißwein und zwei Gläsern zum Bett zurück.

„Also, wer darf anfangen?“, fragte Colin und schenkte den Wein ein.

Ed zuckte die Achseln. „Ich, nehm’ ich an.“ Er faltete die Hände auf dem Bauch, um sich vom Herumzappeln abzuhalten. Es war klar, ihm zumindest, dass er und Colin aus ganz verschiedenen Welten kamen. Man brauchte sich nur anzuhören, wie Colins Stimme klang – er sprach so sicher und selbstbewusst, ganz anders als Ed.

Colin reichte ihm ein Glas. Nachdem er seins auf den Nachttisch gestellt hatte, legte er sich neben Ed, den Kopf in die Hand gestützt. „Bist du sicher, dass dir das nichts ausmacht? Denn im Moment sagt mir alles an dir, dass du dich unwohl fühlst.“

Ed nahm einen großen Schluck von dem köstlichen Wein, ließ sich davon abkühlen. Er stellte sein Glas weg und streckte sich erneut auf dem Bett aus. Die heiße Julisonne schien durch die offenen Fenster herein, und der Lärm von der Promenade unten drang ins Zimmer.

„Sieh mal, ich weiß, dass ich mich im Büro ziemlich von den anderen abhebe. Ich meine, die kommen aus dem ganzen Land, sogar aus dem Ausland, und ich aus dem East End von London."

Colin wurde still. „Schämst du dich wegen deiner Herkunft?" Er rückte näher. „Du *weißt* aber, dass ich die Art, wie du redest, verdammt sexy finde, oder?"

Ed starrte ihn an; er verspürte dasselbe Flattern im Bauch wie so oft, wenn er in Colins Nähe war. „Ja?"

Colin nickte. „Das ist eins von den Dingen, die ich schon immer an dir gemocht habe. Wenn wir nach dem Spiel mit den Jungs einen trinken gehen, hör' ich dir immer unheimlich gerne zu. Du nimmst kein Blatt vor den Mund. Du sagst, was du denkst. Gott, das ist heutzutage erfrischend. Bei manchen von den Leuten, mit denen ich Tag für Tag zu tun habe weiß man nie, was sie wirklich denken. Sie verstecken sich hinter dieser... Fassade, und die Hälfte der Zeit bin ich mir nicht einmal ganz sicher, mit wem ich überhaupt rede." Er sah Ed in die Augen. „Bei dir weiß ich immer, woran ich bin, und das gefällt mir richtig, *richtig* gut."

Das Flattern ließ nach. Ed legte sich auf die Seite, so dass er Colin das Gesicht zukehrte. Er fand es schön, wie Colins Bein sich mit seinem verhakte und sie miteinander verband.

„Meine Mum und mein Dad sind im East End

aufgewachsen und nie dort weggezogen. Dad hat sein Leben lang bei der Müllabfuhr gearbeitet, und Mum war Putzfrau. Ist sie immer noch, genau genommen, obwohl's uns Kids viel lieber wär', wenn sie aufhören würde." Er lächelte, als er an sie dachte. *Verdammt stures Weib.*

„Hast du nicht mal gesagt, dass du auf der Uni warst?", fragte Colin.

Ed nickte.

Colin schaute ihn mit glänzenden Augen an. „Das ist nicht schlecht für jemanden mit deiner Herkunft, weißt du."

Ed lachte. „Oh, ich weiß. Mum sagt, wie meine Lehrer angefangen haben, ihnen vorzuschwärmen, wie schlau ich doch bin, da hätten sie die Schule gebeten, mich mehr zu fördern. Mit elf haben sie mich dann für die Aufnahmeprüfung an der örtlichen Grammar School angemeldet."

„Ich gehe mal davon aus, dass du bestanden hast."

Ed grinste. „Du hättest mal ihre Gesichter sehen sollen, als der Brief kam, wo das mit dem Vollstipendium drinstand. Gott, mein Dad ist fast geplatzt vor Stolz." Sein Gesicht wurde traurig.

Colin legte ihm eine Hand auf den Arm. „Was ist denn?"

Ed seufzte. „Mein Dad ist mit Mitte Fünfzig an 'nem Herzinfarkt gestorben. Viel zu jung."

Colin streichelte ihm den Arm. „Wenigstens hat er seinen Sohn auf die Uni gehen sehen. Das muss ihn noch stolzer gemacht haben."

Ed nahm sein Glas und trank einen weiteren Schluck. „Ja, damals haben Studenten aus sozial schwachen Familien noch Studienbeihilfe gekriegt." Genau da knurrte sein Magen.
Colin grinste. „Ich glaube, ich füttere dich lieber, bevor wir weitermachen. Du wirst jedenfalls heute Abend deine Energie brauchen."
Ed schüttet den Rest von seinem Wein hinunter und ignorierte das merkwürdige, rollende Gefühl im Bauch.
Ich geh' in einen Schwulenclub. Verdammt.
Ed war so nervös wie eine Katze in einem Zimmer voller Schaukelstühle.

Kapitel 11

„Was denkst du?“, fragte Colin, als sie nebeneinander an der Bar standen.

Ed wollte ihm nicht sagen, was er *wirklich* dachte – dass er sich fehl am Platze und verdammt unbehaglich fühlte – also setzte er ein verkrampftes Grinsen auf und gab ihm das „Daumen-hoch“-Zeichen. Er schaute zur Tanzfläche, wo Körper sich unter herumwirbelnden Lichtern drehten und wo das Durchschnittsalter bei Ende zwanzig zu liegen schien, wie es aussah. Okay, er war zwar erst sechsunddreißig, aber wenn er diese Tänzer so beobachtete, spürte er jedes einzelne Jahr. Und dann war da noch ihr Aussehen. Keiner der Männer hier war auch nur annähernd so gebaut wie Ed. Er schaute zu, wie sie geschmeidig miteinander tanzten, mit sinnlichen, flüssigen Bewegungen, und dann betrachtete er seinen eigenen Körper – fleischige Schenkel in enge schwarze Jeans gequetscht, Muskeln, die beinahe sein schwarzes T-Shirt sprengten. Ed fühlte sich ungefähr so anmutig wie ein Schwein auf Rollschuhen.

Colin lächelte. „Ich glaube, wir fangen den Abend am besten mit einem Drink an. Vielleicht auch ein paar Drinks.“

Ed fand die Idee verdammt gut.

Er stand herum und sah sich die Show auf der Tanzfläche an, während Colin die Drinks holen ging. All die schlanken, jungen Körper – und zum ersten

Mal, seit sie zusammen waren, fragte er sich, was Colin eigentlich mit jemandem wie ihm machte, wenn er sich jederzeit einen Typen aussuchen konnte, der so aussah.

„Hier, trink das." Colin reichte ihm ein Schnapsglas. Zwei Gläser Lager standen auf der Bar.

Ed musterte das winzige Glas mit Argwohn. „Was'n das?"

Colin grinste. „Jägermeister, und glaub' mir, den wirst du mögen."

Ed zog die Augenbrauen hoch, und dann hob er das Glas an die Lippen und kippte es auf Ex. Er keuchte auf. „Schmeckt ganz schön stark", krächzte er.

Colin zuckte nonchalant die Achseln. „Hat nur 70% Alkohol", sagte er leichthin. Dann reichte er Ed das Bier und hob sein Glas. „Prost."

Ed stieß mit ihm an und nahm einen großen Schluck. Er lehnte sich an die Bar und trank nochmal. *Vielleicht fühl' ich mich ja nach ein, zwei Bier nicht mehr so fremd hier.* Er musste zugeben, dass ihn der Schnaps von innen heraus gründlich wärmte. Die Musik stieg ihm zu Kopf, pulsierte durch ihn hindurch. Ed merkte nicht einmal, dass Colin von seiner Seite gewichen war, bis er ein weiteres Schnapsglas angeboten bekam.

Ed grinste. „Du versuchst mich besoffen zu machen." Er beugte sich vor und sagte Colin ins Ohr. „Hast du gar nich' nötig, oder? Du *weißt* doch, dass du heute Nacht flachgelegt wirst."

Colin lachte. „Oh, ich hatte nicht an heute Nacht gedacht." Er nahm Ed das leere Glas ab, stellte es auf die Bar und nahm ihn dann an der Hand. „Ich wollte, dass du *hierfür* schön locker bist.“ Und dann zog er Ed auf die Tanzfläche zu.

Ganze fünf Sekunden lang war Ed nach Wiederstand zumute, aber dann übermannte ihn der Alkohol. Colin führte ihn in die Mitte der Tanzfläche und begann sich im Rhythmus der Musik zu bewegen, die Augen fest auf Ed geheftet. Er kam näher, bis sich ihre Körper fast berührten. Weitere Männer kamen dazu, und schon bald wurde es Ed in dem Gedränge ziemlich warm.

Colin neigte sich zu ihm. „Da kommt man ins Schwitzen, nicht?“ Seine Augen funkelten.

Ed nickte, und dann stockte ihm der Atem, als Colin langsam sein weißes Seidenhemd aufknöpfte und es verführerisch von seinen Schultern gleiten ließ. Ed schluckte. Die ganze Situation heizte ihm ziemlich ein, und zwar nicht auf angenehme Weise. Er hatte das Gefühl, als seien alle Augen im Raum auf ihn gerichtet. Colin steckte sein Hemd hinten in den Bund seiner Jeans. Er bewegte sich immer lasziver, kam immer näher, schlängelte sich um Eds Körper. Er schob seine Finger unter den Stoff von Eds Hemd und begann langsam die Knöpfe aufzumachen.

Ed biss sich auf die Lippe. Colins blaue Augen hingen an ihm; er leckte sich die Lippen und legte den Kopf ein klein bisschen schräg, wie um zu fragen, ob er weitermachen sollte. Ed atmete einmal tief durch und nickte. Colin grinste, ein träges, sexy Grinsen, bei dem Eds Bauchmuskeln ganz zittrig wurden. Colin streifte das Hemd von Eds breiten Schultern, bewegte seine Hände sinnlich über nackte Haut. Er zog Ed an sich und griff dann um ihn herum, um ihm das Hemd aus der Hose zu ziehen. Er nahm es weg und ließ sich Zeit dabei. Dann steckte er es in Eds hinteren Hosenbund, wobei seine nackte Brust in Kontakt mit Eds Brustkorb kam. Ed verbiss sich ein Stöhnen, als Colin ihn streifte.

Und plötzlich nahm Ed wieder wahr, was um ihn herum vorging.

Verdammt. Starren die etwa alle mich *an?*

Es kam ihm so vor, als musterten ihn sämtliche Männer, die sich um ihn drängten – und einige davon sahen aus, als fänden sie ihn zum Anbeißen. *Wenn das mal keine glühenden Blicke sind.* Ed wusste nicht, wie er auf all die Aufmerksamkeit reagieren sollte.

Und dann nahm Colin Eds Kopf in beide Hände, zog ihn an sich und küsste ihn, langsam und gründlich. Und *Oh mein Gott*, das war kein keuscher Kuss. Colin ergriff Besitz, schlicht und einfach. Er schob Ed die Zunge zwischen die Lippen, stieß sie tiefer hinein, fickte seinen Mund mitten auf der Tanzfläche. Und das war *sowas* von geil.

Als Colin sich schließlich von ihm löste und grinsend zurücktrat, musste Ed mühsam um Atem ringen.

„Herrgott nochmal, wir sind hier in der Öffentlichkeit, Col." Eds Stimme zitterte.

Colin beugte sich vor. „Ich melde nur meine Ansprüche an."

Ed starrte ihn für einen Moment an, dann brach er in

Gelächter aus. „Verdammt, du machst keine halben Sachen, was?" Ein wohliges Gefühl durchströmte ihn, und er verdrängte seine Nervosität und ließ einfach los.

Von da an wurde alles besser. Sie tanzten, tranken noch mehr, und Ed wurde schließlich locker genug, um sich zu amüsieren. Locker genug, um einen Typen zu bemerken, der in ihrer Nähe tanzte und die Augen nicht von ihm lassen konnte. Der Typ war Colin nicht ganz unähnlich – durchtrainierte, kräftige Arme und flacher Bauch. Er erwischte Ed beim Gucken und zwinkerte ihm zu. Ed grinste.

Sie gingen an die Bar, um sich noch was zu trinken zu holen, und Ed beobachtete den Typen weiter.

„Das is'n hübscher Kerl, der da drüben."

Colin zog die Augenbrauen hoch. „Muss ich mir etwa Sorgen machen?" Seine Lippen zuckten.

Ed spürte, wie ihm die Röte von der Brust bis in die Wangen stieg. „Ich hab' noch nie 'nen Kerl auf die Art angeschaut. Das ist alles so… neu."

Colin starrte ihn an. Ed stellte fest, dass seine Pupillen ganz groß und schwarz waren.

„Weißt du, wie geil ich gerade auf dich bin?", knurrte Colin. Er packte Eds Hand und zog sie um sich herum, drückte sie auf seinen Hintern. Dann fasste er Ed mit der anderen Hand in den Schritt und drückte seinen Schaft. Er senkte die Stimme. „Wie verdammt gern ich *den hier* jetzt in mir hätte?"

Gott, wenn er vorhin geglaubt hatte, steif zu sein…

Colins warmer Atem streifte Eds Hals. Er raunte ihm

ins Ohr: „Rauf. Sofort."
Was auch immer Ed hatte sagen wollen blieb ihm im Halse stecken. Er nickte, und Colin stellte sein Glas weg und führte Ed an der Hand aus dem Club und in den Aufzug. Keiner der beiden sprach, als sie den Flur entlang zu ihrem Zimmer gingen. Colin öffnete die Tür und schubste ihn hinein. Kaum hatte sich die Tür hinter ihnen geschlossen, drückte er Ed dagegen und saugte sich an seinen Lippen fest. Ed gab ein Ächzen von sich, als Colins Finger in seinen Jeans herumfummelten. Der Kuss war brutal, fordernd – und genau das, was Ed wollte.
Er stöhnte auf, als Colin auf die Knie fiel und ihm die Jeans herunterriss, dann seinen steinharten Schaft aus dem engen Slip befreite, in dem er gefangen war. Colin blickte zu ihm auf, ein lüsternes Lächeln auf den Lippen, dann fasste er Eds Penis an der Wurzel und nahm ihn tief in den Mund. Er hob eine Hand und zwickte Ed kräftig in die Brustwarze.
„Fuck!" Das Wort brach aus ihm heraus, als Colin seinen Schwanz zu bearbeiten begann, ihn hungrig schluckte. Und Ed wollte nur noch eins: diesen sinnlichen Mund ficken. Er packte Colins Kopf mit beiden Händen und hielt ihn still, stieß mit zuckenden Hüften tief in ihn hinein. Colins lautes Aufstöhnen sagte Ed alles, was er wissen musste. Colin umklammerte seinen Hintern und drückte. Ed ächzte und fickte Colins Gesicht, und dann stieß er ein tiefes, kehliges Stöhnen aus, als sein Schaft tief in Colins Kehle glitt. *Verdammt, ist das toll.* Um Längen besser als

jeder Blowjob, den Ed je erlebt hatte – Colin kniete da und *nahm* einfach alles, und seine Kehle umschloss Eds Schwanz so herrlich eng.

Zu eng. Verdammt nochmal *zu* gut.

Ed zog sich behutsam aus Colins Mund zurück, dann fasste er ihn unter den Armen und zerrte ihn mit einem Ruck auf die Füße. Er drängte ihn durchs Zimmer zu dem breiten Bett, das sie erwartete, und warf ihn mit dem Gesicht nach unten auf die Matratze. Colins Hemd segelte über das Bett. Eds Finger gehorchten ihm kaum; er kämpfte mit Knopf und Reißverschluss an Colins Jeans, aber schließlich hatte er sie über diesen Knackarsch gekriegt und konnte sie ihm ausziehen.

Ed beugte sich über ihn und rieb seinen Schwanz an Colins Hintern, ließ ihn zwischen seine Backen gleiten. Er biss Colin in den Hals. Colin schrie auf, und Ed knurrte ihm ins Ohr: „Ich fick' dich jetzt knallhart."

Colin hob den Kopf von der Matratze. Er musste sich verdrehen, um Ed anstarren zu können. „Ja. So hart, wie du kannst."

Ed öffnete die Schublade, in der sie die Kondome hatten, holte eins heraus und riss die Folie mit den Zähnen auf. Er rollte das Latex über seinen quälend harten Schwanz und griff nach dem Gleitgel, aber Colin fasste ihn am Schenkel.

„Kein Gleitgel. Ich will's spüren. Mach mich mit der Zunge nass", knirschte er.

Oh fuck. Ed hatte gar nicht gewusst, dass ein Schwanz *dermaßen* hart werden konnte.

Er packte Colin an den Hüften, zog seinen Hintern hoch und spreizte ihn, leckte sich die Lippen beim Anblick dieser pinkfarbenen Rosette, die nur auf ihn wartete. Mit einem Aufstöhnen tauchte er ein, saugte und leckte, drückte die Zunge gegen diesen straffen Muskel, der ihm Wiederstand leistete – wenn auch nicht für lange. Er drang mit spitzer Zunge tiefer ein, leckte Colin erbarmungslos, bis er sich entspannte.

„Oh, verdammt nochmal, hör auf mit dem Scheiß. *Fick* mich!“

Ed grinste und stieß Colin aufs Bett, dann kniete er sich hinter ihn und rammte ihm seinen Schwanz mit einem einzigen, langen Stoß bis zum Anschlag rein. Colin heulte auf und krallte sich an die Überdecke. Ed zog sich praktisch komplett wieder heraus, und dann machte er es nochmal. Und nochmal. Und nochmal. Sein Körper sang, als er Colins heißen, engen Arsch fickte; es brachte ihn zum Stöhnen, wie Colins Körper seinen Schwanz umschloss.

„Oh, Gott, genau so. Kannst du noch härter machen“, keuchte Colin.

„Wenn du… reden kannst“, presste Ed im Rhythmus seiner Stöße hervor, „dann mach’ ich… meinen *Job*… nich’ anständig!“ Er rammte sich kräftig in Colin hinein und genoss sein Ächzen, als Ed ihn ausfüllte. Ed gab Colin einen Schubs zwischen die Schulterblätter, drückte ihn gewaltsam auf die Matratze und hob seinen Arsch höher.

Ein weiterer harter Stoß, und Colin schrie auf: „Oh *fuck*, genau da!“

Ed lachte; es war die pure Freude, die da aus ihm heraussprudelte. Er hatte sich noch nie so… *lebendig* gefühlt. Es fühlte sich alles so verdammt *gut* an. Colins Körper unter ihm, so straff und muskulös. Die Laute, die Colin von sich gab, wenn Ed in ihn eindrang, wenn sein Schwanz in dieser Hitze versank. Der Geruch nach Sex, unverfälscht und urtümlich, gemischt mit Colins herbem Duft.

Ja. *Zu* verflucht gut. Ed stand kurz vor dem Orgasmus. Mit einer Hand umfasste er Colins Schwanz, und dann schob er einen Finger neben seinem Penis in Colins Öffnung. Colins wortloses, genießerisches Aufstöhnen trieb Ed in ungeahnte Höhen der Lust, und Colins Körper umschloss seinen Schaft wie eine Faust. „Das isses, ich spür' dich. Komm schon. Verdammt nochmal, *komm* für mich!"

Colin erstarrte, und plötzlich rann heißes Sperma über Eds Hand. Ed stieß einen heiseren Schrei aus, als Colins Orgasmus über seinen Schwanz preschte wie eine Flutwelle, seinen eigenen Höhepunkt aus ihm herausmolk. Ed stieß noch einmal fest zu, dann umschlang er Colins Oberkörper mit beiden Armen, riss ihn an sich und pumpte seinen Samen in das Kondom. Ed erschauerte, fest an Colin gepresst, und sein Schwanz pulsierte in Colin weiter.

„Verdammt, ist das geil. Das mag ich", flüsterte er Colin atemlos ins Ohr.

Colin drehte den Kopf und ihre Lippen trafen sich in einem leidenschaftlichen Kuss. Beide stöhnten leise auf, und Colin murmelte in Eds Mund: „Ich auch."

Ed lag da, den Schwanz immer noch tief in Colin, und wollte sich nicht bewegen, um den Zauber nicht zu brechen. Denn dieser eine Moment war einfach… vollkommen.

Ed lag auf dem Rücken, Colins Kopf auf seiner Brust, Colins Hand auf seinem Bauch. Ihn so in den Armen zu halten stand zwar im krassen Gegensatz zu ihrem ungestümen Fick von eben, aber es fühlte sich trotzdem irgendwie… richtig an. Ed hatte nie etwas gegen Kuscheln nach dem Sex gehabt, war aber davon ausgegangen, dass Männer nicht kuschelten. Er lächelte in sich hinein. Colin hatte ihn in der ersten Nacht, in der sie zusammen geschlafen hatten, eines Besseren belehrt. Und es kam ihm keineswegs falsch vor, einen Mann in den Armen zu halten, die schläfrige Wärme nach dem Sex zu genießen; nein, es fühlte sich – da war dieses Wort wieder – richtig an.

„Was denkst du gerade?“, murmelte Colin an seiner Brust.

Ed lächelte. „Dass das hier ein verdammt schönes Gefühl ist“, gestand er.

Colin stützte den Ellbogen auf Eds Bauch und legte den Kopf in die Hand. „Kann ich dich mal was fragen?“

„Klar.“ So wie Ed sich gerade fühlte konnte Colin ihn alles fragen.

„Der Typ auf der Tanzfläche, den du angeguckt hast…“
Ed seufzte. „Vielleicht hab’ ich mir ja was vorgemacht, und diese Gefühle war’n schon immer da. Keine Ahnung, vielleicht hab’ ich sie ja verdrängt. Aber ja, er hat gut ausgesehen, und auf die Art sind mir andere Männer früher nicht aufgefallen.“
Colin lachte leise. „Anschauen *ist* okay, weißt du.“ Er hob die Hand und legte sie an Eds Wange. „Hat dir der Abend gefallen?“
Ed lächelte breit. „Ja, obwohl ich ‘ne Weile gebraucht hab’, um mich mit dem Gedanken anzufreunden. So haben andere Typen mich noch nie angeguckt.“ Er mochte das Gefühl von Colins Hand auf seinem Gesicht, so sanft und zärtlich.
Colin lachte. „Oh, ich wette, dich haben schon jede Menge Typen so angeguckt – du hast es bloß nie bemerkt.“ Er gähnte.
Ed kicherte. „Ach, hab’ ich dich fertiggemacht?“
Colin grinste. „Ich glaube, du hast meinen *Arsch* fix und fertig gemacht.“ Er wälzte sich auf die Seite und schaute sich nach Ed um. „Möchtest du auch schlafen?“ Ed nickte. „Dann komm. Du weißt, wie ich gerne schlafe, wenn ich dich in meinem Bett habe.“
Das wusste Ed. Er kuschelte sich von hinten an Colin und legt einen Arm um ihn. Colins Hintern warm in seinem Schoß. Ed schmiegte sein Gesicht an die wohlriechende Haut von Colins Hals. *Gott, was liebe ich diesen Geruch.* Colin seufzte zufrieden und drängte sich an ihn, kuschelte sich an Eds Körper.

Ed schloss die Augen und ließ seine Gedanken treiben. Er zog Colin enger an sich und machte es sich in der satten Wärme seines Körpers gemütlich. Das letzte, was ihm vor dem Einschlafen durch den Kopf ging, war die Erinnerung an Colin, als Ed ihn gefickt hatte. So grob, beinahe urzeitlich, aber Colin hatte offensichtlich jede Minute in vollen Zügen genossen.
Fühlt es sich so gut an, etwas in sich zu haben? überlegte er schläfrig.
Eins war sicher – Colin fand es offensichtlich toll.

Kapitel 12

„Ich hab' gar nicht gehört, wie du aufgestanden bist."
Ed drehte sich zur Badezimmertür um, wo Colin stand – nackt. Er öffnete die Tür der Duschkabine und streckte den Kopf heraus. „Kommst du mit drunter?"
Colins strahlendes Lächeln beantwortete *diese* Frage.
Ed wartete, bis Colin unter der Brause stand und legte dann den Arm um ihn, zog ihn an sich. „Guten Morgen", sagte er leise. Er strich mit den Händen über Colins breite Schultern und verlor sich im Anblick der Wassertropfen auf seiner Haut.
Colin küsste ihn auf die Wange. „Morgen." Er legte den Kopf schief. „Woran in aller Welt hast du gerade gedacht? Du warst meilenweit weg." Er seifte sich die Hände ein und ließ sie dann über Eds Brustkorb gleiten.
Ed fasste ihn am Handgelenk und hielt seine Hand fest. „Wenn ich dich was frage, gibst du mir dann eine ehrliche Antwort?"
Colin wurde ebenso still. „Natürlich."
Ed stieß einen Seufzer aus. „Ich hab' mir gestern unten auf der Tanzfläche die ganzen Typen angeschaut. Machen wir uns nichts vor, da waren ein paar sagenhaft schöne dabei."
Colins Augen blitzten. „Sagt Ed mit seiner neuen Homo-Brille."
Ed lachte. „Ja, okay, dann merk' ich's eben jetzt, wenn ein Typ gut aussieht." Er zögerte. „Col, so wie du

aussiehst, könntest du einen absolut umwerfenden Kerl als Freund haben. Also muss ich mich fragen… was willst du mit so einem wie mir?“ Er verstummte, den Blick auf Colins Gesicht gerichtet.

Colin starrte ihn an. „Mein Gott, du meinst das ernst“, sagte er leise. Ed öffnete den Mund zum Sprechen, aber Colin legte ihm einen Finger auf die Lippen. „Warte. Du wolltest eine ehrliche Antwort von mir und die kriegst du auch, okay?“ Ed nickte und Colin nahm seine Hand weg. Er fuhr mit seifigen Fingern den Konturen von Eds Bizeps nach. „Ich liebe das“, sagte er leise. „Die ganzen Muskeln, diese… Kraft. Das war eins von den ersten Dingen, die ich an dir attraktiv fand – deine Größe. Ich habe mir vorgestellt, wie du mich fickst, mich mit deinem Gewicht in die Matratze drückst, mich unten hältst…“

Eds Wangen standen in Flammen.

„Ich mag große, kräftige Männer“, fuhr Colin fort. „Aber einen Typen zu finden, der so gebaut ist wie du und auch noch schwul?“ Er schnaubte. „Als ich dich zum ersten Mal gesehen habe, das war wie Weihnachten.“ Ed lachte leise. „Aber als ich dich kennengelernt habe, und du ja anscheinend hetero warst, da musste ich mich damit begnügen, dich unter der Dusche zu beobachten, auf dem Spielfeld, überall, wo ich dich anschauen konnte, ohne allzusehr aufzufallen.“ Er streichelte Eds Brust, brachte ihn zum Erschauern. „Und nur damit wir uns richtig verstehen, Mr. Fellows.“ Er ließ seine Hände über Eds Schultern gleiten. „Das hier ist verflucht sexy.“

Er fuhr mit den Fingern durch die Haare auf Eds Brust, zwirbelte sie und zog sanft daran. Ed stöhnte.
Colin grinste. „Und dann diese prachtvollen Brusthaare? Oh Gott, hör mir bloß damit auf." Er presste sich an Ed, rollte langsam die Hüften. Ed schloss die Augen und erschauerte, als Colins dicker, schwerer Schwanz seinen streifte. Colin streichelte ihm den Rücken, und dann blieb Ed fast die Luft weg, als Colin ihm einen einzelnen Finger in die Ritze schob und sanft seine Rosette massierte. Ed öffnete die Augen und stellte fest, dass Colin ihn eindringlich anschaute.
„Col", fing er an. Seine Stimme versagte fast, als jener Finger seinen Anus rieb, langsam und zielbewusst. „Ich weiß, dass du auf große Typen stehst, aber…" Er zögerte, unsicher, wie er seine Gedanken in Worte fassen sollte. Colin unterbrach den Blickkontakt nicht. Ed atmete tief ein.
„Würdest du… würdest du's komisch finden, einen Typen zu ficken, der größer ist als du?" Er schluckte.
Colin wurde ganz still. „Was willst du damit sagen?" Sein Finger unterbrach seine sinnliche Beschäftigung.
Ed war die Kehle wie zugeschnürt. Er begegnete Colins eindringlichem Blick direkt. „Ich will damit sagen, dass ich was ausprobieren will. Was wir bisher noch nicht gemacht haben."
Oh, der Blick in Colins Augen…
Colin fasste Eds Hintern mit beiden Händen, zog Ed eng an diesen köstlich straffen Körper. Seine Stimme war ein raues Flüstern in Eds Ohr: „Du willst, dass ich

dich ficke?“
Ed nickte, da er kein Wort herausbrachte.
„Bist du da sicher?“, fragte Colin. „Es zwingt dich nämlich nichts und niemand dazu, okay? Ich mache auch liebend gern einfach so weiter wie bisher.“ Er wartete und konzentrierte sich inzwischen ganz auf Ed und darauf, ihn zu waschen.
Ed stieß einen Seufzer aus. Es war ein wunderbares Gefühl, von Colins Händen am ganzen Körper gestreichelt zu werden, während das Wasser auf sie niederprasselte und ihm die Haare flach an die Brust klebte. „Ich hab’ dich letzte Nacht beobachtet. Als wir gefickt haben. Du hast ausgesehen, als würdest du’s richtig genießen.“
Colin grinste. „Das lag wahrscheinlich daran, dass es so war. Ich find’s toll, dich in mir zu haben.“ Er küsste Eds Brust, wobei er den Brustwarzen besondere Aufmerksamkeit widmete. Ed zischte, als Colin an dem kleinen, harten Nippel saugte und sanft hineinbiss.
„Gott, wenn du mir je gesagt hättest, dass ich *so* einen steinharten Ständer kriege, wenn mich ein Typ in die Brustwarzen beißt…“, stöhnte Ed und packte Colin an den Haaren. Er zog ihn hoch und schnappte sich dann Colins Mund in einem wilden Kuss, stieß seine Zunge hinein. Colin stöhnte auf und griff nach Eds Schwanz, begann ihn zu bearbeiten. Er schob die Vorhaut zurück, und Ed wimmerte in seinen Mund.
Ed bebte. Er löste sich von Colin und stöhnte laut auf: „Bitte, Col…“

Colin hielt ihn fest. „Was?“, keuchte er. „Sag mir, was du willst.“ Er umfasste ihre beiden Schwänze mit seiner Hand, drückte und rieb sie aneinander.
Ed fühlte sich wie kurz vor dem Verglühen. „Oh Gott, Col, geh’ mit mir ins Bett und fick mich.“
Für einen Moment starrte Colin ihn schweigend an, dann ließ er seinen Schwanz los und gab sich Duschgel in die hohle Hand. Er griff mit einer Hand um Ed herum, drückte seinen Arsch und spreizte ihn dann die Backen, strich mit einem einzelnen, eingeseiften Finger über Eds Anus. Ed schnappte nach Luft, als Colins Finger langsam in ihn eindrang.
„Fuck.“ Colin bewegte sich auf jungfräulichem Gebiet. Colins Augen strahlten. „Du willst mich da drin haben? Willst meinen Schwanz in dir haben?“ Der Finger glitt heraus, drang aber gleich wieder ein, tiefer diesmal.
Ed stöhnte auf. „*Heilige* Scheiße, das fühlt sich…“
Es fühlte sich gut an. Verdammt gut. Und Ed wollte mehr.
Colin glitt ein und aus, immer schneller. Und *FUCK*, jetzt war noch ein Finger in ihm drin.
„Col, bitte“, flehte Ed. Seine Beine zitterten. Sein Herz pochte. Er wollte keine Sekunde länger warten. Und dann drehte Colin seine Finger in Ed, drückte sie auseinander, dehnte ihn. Es brannte ein bisschen, und Ed hörte ein Wimmern durch die Duschkabine hallen. Dann wurde ihm bewusst, dass es von ihm kam.
„Ich muss dich für mich bereit machen“, flüsterte Colin. Er drang tiefer ein, und Ed keuchte auf bei dem

Gefühl. Mit den Fingern fest in Eds Hintern hielt Colin inne und sagte: „Hör mal, eins muss dir klar sein – das erste Mal ist nicht immer das beste, okay? Aber danach wird es besser."

Die surreale Situation traf Ed wie ein Schlag, und er starrte Colin ungläubig an. „Col, du fickst gerade meinen Arsch mit den Fingern, und da sagst du mir das *jetzt*?" Er lachte. „Ich hab' in meinem Leben so einige Jungfrauen gefickt, Kumpel. Und ja, anal auch. Ich rechne irgendwie damit, dass es wehtun wird, okay?"

Colin glitt langsam aus seinem Körper und Ed zuckte zusammen. Colin sah ihm in die Augen. „Ich pass' auf dich auf, klar? Ich werde es dir so angenehm machen, wie ich nur kann."

Wärme durchströmte Ed bei Colins Worten. „Ja. Verstehe", sagte er leise. Er küsste Colin auf die Lippen. „Und jetzt, wie wär's wenn wir ins Bett gehen und du mir zeigen würdest, wie schön es sein kann."

Colin drehte das Wasser ab und öffnete die Tür der Dusche. Er schnappte sich ein Handtuch und reichte es an Ed weiter, der sich rasch abtrocknete, während Colin dasselbe tat. Ed versuchte, das ungute Gefühl im Bauch zu ignorieren. Etwas nagte an ihm.

„Was ist?" Colin ließ sein Handtuch fallen und kam näher. Er legte die Arme um Ed. „Deine Lippen sagen ‚fick mich', aber deine Körpersprache sagt was anderes. Komm schon, rede mit mir." Ed ließ den Kopf hängen, aber damit kam er bei Colin nicht durch. Er fasste Ed am Kinn und hob es hoch. „Ed." Das

Wort war ein Flehen.

Ed holte tief Luft. „Pass auf, bloß weil ich mich von dir… siehst du mich… siehst du mich doch nicht…“ Er brachte die Worte nicht heraus.

Colins Stirn glättete sich. „Ed, bin ich für dich weniger Mann, weil ich mich gerne ficken lasse?“

Ed riss die Augen auf. „Scheiße, nein!“

Colin lächelte wissend. „Dann bist du auch nicht weniger Mann, weil du dasselbe erleben willst. Okay?“ Er küsste ihn. „Ich lass’ mich unheimlich gern ficken. Ich liebe das Gefühl, wenn ein Mann bis zu den Eiern in mir steckt und mich ausfüllt.“ Sein Lächeln wurde breiter. „Ich will dich nicht anlügen. Es ist ein fantastisches Gefühl. Deshalb bin ich versatil. Ich krieg’ das Beste aus beiden Welten.“ Ein weiterer langsamer, ausgedehnter Kuss. „Und wenn du hinterher beschließt, dass du lieber nur toppen willst, ist das okay.“ Er sah Ed tief in die Augen. „Wirklich.“

Bei seinen Worten löste sich etwas in Ed. „Danke“, sagte er nach einer Weile.

Colin legte den Kopf schräg. „Aber falls du Zweifel hast, dann hören wir sofort…“

Ed fiel ihm ins Wort mit einem Kuss, bei dem er sich Zeit ließ. Er legte seinen Mund an Colins Ohr. „Fick mich.“ Seine Stimme war rau vor Begehren.

Ohne ein Wort führte Colin ihn an der Hand ins Schlafzimmer. Ed legte sich auf das Bett und streckte die Arme nach Colin aus, der sich neben ihn legte. Colins Lippen streiften seine, und erneut reagierte Ed hungrig darauf. Er konnte von Colins Küssen nicht

genug bekommen.
Gott, er könnte mich stundenlang küssen und ich würde immer noch mehr wollen.
Colin löste sich aus der Umarmung und Ed stieß ein enttäuschtes Stöhnen aus, dessen Tonfall sich sofort änderte, als Colin ihm die Beine auseinanderspreizte und abtauchte, um an seine Rosette zu lecken. „Gott, ja, ich liebe es, wenn du das machst."
Colins warmer Atem kitzelte seine Eier. „Ich weiß." Und dann war diese bewegliche Zunge wieder da, umkreiste leckend den Rand und drang in ihn ein. Ed packte Colin an den Haaren, hielt ihn dort fest. Colin lachte, und das kitzelte an seinem Anus. „Hab's kapiert, okay? Weiterlecken. Verdammt, da hat's aber einer nötig." Und schon war er wieder dabei, Ed zum Zittern zu bringen, ihn geil zu machen.
Nur, dass ihm Colin jetzt einen Finger in den Hintern schob.
„Oh ja, ja…" Ed biss sich auf die Lippen, als Colin eine Hand um seinen Schaft legte und ihn tief in den Mund nahm, während er diesen Finger rein und raus bewegte. Ed hätte nicht sagen können, was sich besser anfühlte. Und dann setzte Colin noch einen drauf, indem er sich an seinem Schwanz auf und ab bewegte, ihn mit der Hand bearbeitete und gleichzeitig die Vorhaut vor und zurück schob, wobei dieser Finger immer tiefer in ihn eindrang.
Ed wand sich auf dem Bett, stemmte die Hüften hoch, um mehr von seinem Schwanz in Colins geilen, wartenden Mund zu zwängen, und drängte sich dann

wieder Colins Finger entgegen – aus dem plötzlich zwei wurden. Ed stieß zischend den Atem aus.
„Das… das fühlt sich… oh Scheiße… fühlt sich so *voll* an."
Colin gab seinen feucht glänzenden Schwanz frei und hob den Kopf. „Soll ich aufhören?"
„Nein", keuchte Ed, „wehe, du hörst auf!"
Colin grinste. Er holte das Gleitgel unter dem Kopfkissen hervor, gab sich etwas davon auf die Finger und schob sie sofort wieder rein. Dieser sagenhafte Mund schloss sich wieder um Eds Penis.
Ed wölbte sich vom Bett hoch. „Oh Fuck!" Aber inzwischen war das Gefühl eher „gar nicht schlecht" und dann wurde es plötzlich ganz toll – und er war bereit für mehr. Ed stieß auf Colins Finger herab, folgte ihnen. „Col… Himmelherrgott nochmal…" Es war ihm egal, dass die Worte wie ein Jammern klangen.
Colin zog behutsam seine Finger heraus und kroch an Eds Körper hoch, bis er auf Augenhöhe mit ihm war. „Bist du bereit?"
Ed stöhnte. „Gott, ja!"
Colin packte ihn und zog ihn über sich, so dass er unter Ed lag. „Pariser sind in der Schublade."
Ed riss hastig die Schublade auf und griff nach einem der quadratischen Folienpäckchen. Mit zitternden Fingern riss er die Verpackung auf und holte das aufgerollte Kondom heraus. Colin hielt seinen Penis an der Wurzel fest, und Ed verhüllte den harten Schaft. Er starrte ihn an und sein Schließmuskel verkrampfte sich, bis Colin ihn zu sich herunterzog

und ihn langsam und voll glühender Leidenschaft küsste. Ed verlor sich in dem sinnlichen Ansturm. Seine vorübergehende Panik war vergessen. Colin löste sich aus dem Kuss und schaute mit glänzenden Augen zu ihm auf.

„Er passt rein, das verspreche ich dir."

Ed erschauerte. Er spreizte die Beine weit und brachte sich über dem langen, dicken Schwanz in Position, fühlte den Druck gegen seine Öffnung. Colin nahm seine Hand und verschränkte ihre Finger miteinander, als Ed sich gegen die stumpfe, breite Eichel presste. Er fühlte den Widerstand des Schließmuskels. Trotz all seiner Erfahrung erlebte er einen Moment unlogischer Panik.

„Es geht nicht, Col, ich…"

Ihm blieb die Sprache weg, als seine Öffnung endlich nachgab und Colin in ihn hineinglitt, fast ohne sich zu bewegen, aber *verdammt*, Ed fühlte es. Sein Atem entwich in einem langen Stoß, und er drückte das Kreuz durch. Colin hielt still und ließ ihn wieder zu Atem kommen.

Verdammt, Colins Schwanz kam ihm *riesig* vor. Und Gott, tat das weh.

Ed erschauerte unter dem fremdartigen Gefühl.

Colin schaute zu ihm auf, ohne auch nur einmal den Blick von ihm zu lassen. „Atme. Atme einfach. Versuch dich zu entspannen. Lass dir so viel Zeit, wie du brauchst", sagte er leise. Er nahm Eds Schwanz in die Hand und streichelte ihn, bearbeitete ihn langsam, ohne Eds Hand loszulassen.

Ed holte mehrmals tief Luft und entspannte sich bewusst. Er konzentrierte sich auf Colins Berührungen, auf ihre verschränkten Hände. Dann stieß er mit den Hüften zu, als er merkte, dass die Schmerz… nachließ, sozusagen. Tatsächlich schmolz er mit jedem Streicheln von Colins Hand über seinen Schaft mehr dahin. Und was ihm vorhin wehgetan hatte fühlte sich jetzt … gut an.
Colin lächelte ihn an. „Das ist es, ja."
Ed begann sich zu bewegen, stemmte sich langsam hoch und ließ diesen dicken Schwanz aus sich herausrutschen, dann senkte er sich wieder darauf herab. Colin blieb reglos und ließ Ed sein eigenes Tempo finden.
Ed packte Colins Hand fester und begann ihn zu reiten, bewegte sich mit wiegenden Hüften zwischen dem Schwanz in seinem Hintern und der Faust um seinen Schaft hin und her. Colin füllte ihn bis zum Anschlag, und Ed schrie jedes Mal auf, wenn er auf diesen fabelhaft fetten Schwanz herabsank. Colin starrte zu ihm auf, die Augen geweitete, die Lippen leicht geöffnet und voll auf *ihn* konzentriert.
Oh verdammt, fühlt sich das gut an.
Er rollte die Hüften, ritt Colin jetzt heftiger, doch das war nicht genug. „Oh Gott, Col, fick mich." Die Worte brachen aus ihm heraus wie ein atemloses Gebet.
Colin ließ seine Hand und seinen Schwanz los. Er packte Ed an den Hüften und pfählte ihn mit einem harten Ruck auf seine Erektion. „So ungefähr?",

keuchte Colin.

Ed heulte auf. „Scheiße, ja. Härter." Alle Luft wurde aus seinen Lungen gepresst als Colin ihn noch fester packte und ihm mit beiden Händen die Arschbacken auseinander zog. Colin lag jetzt nicht mehr passiv da, sondern fickte ihn, stieß – nein, *rammte* – sich heftig in seinen Hintern. „*Fuck*, ja!"

Colin zog ihn zu sich herab und küsste ihn, erhob mit Zunge und Lippen Anspruch auf ihn, nahm ihn in *Besitz*. Ed stöhnte in seinen Mund. Colin pflügte ihn durch, dass seine Eier an Eds Hintern klatschten; das Geräusch war laut und so verdammt *sexy*. Jetzt wichste er Ed schneller und mit mehr Druck.

Und da war es – dieses elektrisierende Kribbeln in seinen Eiern, das den bevorstehenden Höhepunkt ankündigte.

Ed richtete sich auf, die Hände auf Colins Brust, und starrte auf ihn hinab. „Scheiße, Col… ich komm' gleich." Verdammt, er konnte einfach nicht stillhalten auf diesem steifen Schaft, der ihn so komplett ausfüllte.

Colins Augen funkelten. „Dann komm. Komm auf meinem Schwanz. Lass es mich fühlen." Er stieß zu; seine Hüften zuckten, sein Atem kam rau und abgehackt. „Oh ja, das ist es. Dein Arsch wird so eng. Fühlst du das?"

Ob er das fühlte? Colin fühlte sich, als bestünde seine Welt nur noch aus diesem dicken Schwanz, der ihm den Arsch auseinander riss, der ihn zum Höhepunkt brachte.

„Verdammt, ist das ein geiles Gefühl. Komm schon, Baby. Komm für mich." Es war ein Befehl, den Eds Körper nicht ignorieren konnte.

Und Ed kam mit Gebrüll.

Ein gewaltiger Schauer durchlief seinen ganzen Körper, und er brach aus wie ein Vulkan. Dünne Spritzer zeichneten ein Muster auf Colins Brustkorb bis hinauf an sein Kinn. Colin stieß einen heiseren Schrei aus, rammte sich in ihn hinein und erstarrte.

Oh Gott. Ed konnte *fühlen*, wie Colin kam. Er beugte sich vor, um Colin zu küssen, um ihre Verbindung so eng wie nur irgend möglich zu machen. Er spürte das Pulsieren von Colins Schwanz in seinem Inneren, die Wärme, die sich in seinem Körper ausbreitete wie Wellen in einem Teich, bis in seine Finger- und Zehenspitzen. Der Kuss war zärtlich, nun, da aller Hunger gestillt war; träge erforschten sie einander, ließen ihre Hände über feuchte Haut wandern. Letzte Überreste dieses elektrisierenden Gefühls durchfuhren Ed wie Stromstöße und ließen ihn erschauern.

Colin hielt ihn in den Armen. Ihre Körper waren fest aneinander gepresst, Colins Schwanz immer noch tief in Ed vergraben. Er streichelte ihm sanft die Wange, und Ed schloss die Augen und konzentrierte sich aufs Fühlen. Colin bewegte sich unter ihm, und Ed fühlte Colins jetzt schlafferen Schwanz aus der Enge seines Körpers gleiten. Und verdammt, das fühlte sich an, als hätte er etwas Lebenswichtiges verloren, etwas…

Colin rollte Ed auf den Rücken und kuschelte sich an ihn. Sein Schwanz war schlaff und steckte immer noch in dem Kondom, zusammen mit dem Beweis für seinen Höhepunkt. Er strich mit der Hand über Eds schweißnasse Brust.

„Also… wie war's?" Seine Augen musterten suchend Eds Gesicht. „Wie fühlst du dich?"

Wärme durchströmte Ed.

Das Erste woran er denkt – wie's mir geht. Bei dem Gedanken fühlte er sich verdammt wohl.

Ed lächelte Colin an. „Hast recht gehabt. Es war toll." Er umfasste Colins Hinterkopf und zog ihn an sich, um ihn zu küssen. Ihre Münder berührten sich sanft. Er wich mit einem zufriedenen Seufzer zurück. „Und ja, ich will das nochmal machen."

Colin strahlte. „Wirklich?"

Ed lachte glucksend. „Oh Gott, ja. Dich in mir zu haben war…" Ihm fehlten die Worte für eine angemessene Beschreibung. Seine Stimme wurde weich. „Ich fand's fantastisch, okay?"

Colins Gesichtsausdruck ließ sein Herz höher schlagen.

Dann fielen ihm Colins Worte wieder ein und er konnte nicht wiederstehen. Er setzte ein ernstes Gesicht auf. „Weißt du, seit unserem ersten Fick wart' ich drauf, dass mich irgendwas am Sex mit einem Typen abtörnt. Ich meine, bisher fand ich alles, was wir gemacht haben, einfach nur fantastisch."

Colin zog die Augenbrauen hoch. „Und was soll da jetzt schlecht dran sein?" Seine Augen funkelten vor Belustigung.

Ed kicherte. „Versteh' mich nicht falsch. Ich find's

toll, wenn wir ficken. Schnell, hart und manchmal geradezu schmutzig… ich konnte bloß nicht glauben, dass sich schwuler Sex so…. so *richtig* anfühlt. Und ich hab' ständig gedacht, gleich hinter der nächsten Ecke wartet bestimmt was Fieses, irgendwas, wovon's mir so richtig vergeht."

Falten bildeten sich auf Colins Stirn. „Und?"

Ed seufzte. „Und jetzt ist es passiert."

Die Sorge in Colins Augen war rührend. „Sag's mir. Hab' ich was Falsches gemacht?" Ed nickte gravitätisch. „Was war es?"

Ed umfasste Colins Gesicht mit beiden Händen. Seine Lippen zuckten. „Sag' nicht *Baby* zu mir, okay?" Ungefähr vier Sekunden lang hielt er durch, dann bekam er einen Lachanfall.

Colins Gesicht war unbezahlbar.

Und dann fand Ed heraus, dass er an Stellen kitzlig war, von denen er nie etwas geahnt hatte.

Kapitel 13

Colin speicherte die letzten Änderungen an seinem Design ab und schloss die Datei. Er lehnte sich zurück und stieß einen zufriedenen Seufzer aus.

Nur noch ein, zwei Stunden, und dann kann ich ihn wiedersehen.

Ed war ihm den ganzen Tag nicht aus dem Kopf gegangen.

Colin musste den Tatsachen ins Auge sehen. Was als gesunder Fall von Geilheit begonnen hatte, entwickelte sich allmählich zu etwas ganz anderem, und er war sich im Moment nicht sicher, was er davon halten sollte. Bei ihrem Strandspaziergang in Brighton am Sonntagnachmittag war ihm alles viel klarer vorgekommen. Er und Ed waren nach dem Mittagessen spazieren gegangen, und das war toll gewesen. Die heiße Augustsonne brannte auf sie herab, die Brandung plätscherte um ihre Knöchel, während sie mit bloßem Oberkörper am Meeresrand entlang schlenderten, und die Luft roch nach Meer, salzig und frisch… Irgendwann hatte Colin sich nichts dringender gewünscht, als mit Ed Händchen zu halten, war aber im letzten Moment davor zurückgeschreckt.

Wer weiß, wie er das gefunden hätte.

Er war sich ziemlich sicher, dass es für Ed nur um den Sex ging. Mehr hatte Colin auch nicht erwartet. Doch das hieß nicht, dass er nicht gehofft hätte.

Colin schloss die Augen. Immer noch konnte er Ed

bei diesem harten Ritt vor sich sehen, den ekstatischen Ausdruck auf Eds Gesicht, als sein Orgasmus in seinem Innern explodiert war. Und Himmel nochmal, die Enge von Eds Körper um seinen Schwanz zu fühlen...

Colin gab sich mental einen leichten Schubs. Ja, der Sex war gut. Dann lachte er laut auf.

Wem versuche ich hier was vorzumachen? Der Sex war phänomenal.

Sein letztes Date lag schon eine ganze Weile zurück, und überhaupt waren die letzten paar nichts Besonderes gewesen. Dieser Aspekt seines Lebens war in letzter Zeit in den Hintergrund getreten, da sein Job bei Wilson & Beckett ihn immer mehr in Anspruch nahm. Aber es hatte eindeutig nichts gegeben, was mit seiner Zeit mit Matthew vergleichbar war. Bis jetzt.

Colins laissez-faire Philosophie bekam gerade einige Beulen. Zum ersten Mal seit langer Zeit dachte er im Zusammenhang mit einem Mann an eine Beziehung. Nur dass er nicht wusste, wie der fragliche Mann reagieren würde.

Er entdeckt gerade erst, dass er auf Schwänze steht. *Mehr kann ich ihm nicht zumuten.*

Colin schüttelte den Kopf. Das hielt ihn jedoch nicht vom Wünschen ab.

Das Läuten seines Telefons schreckte ihn auf. Colin lächelte. Letzte Nacht hatte er Ed in seinem Bett vermisst. Er wollte schon drangehen, als ein Blick auf den Bildschirm ihn inne halten ließ. *Matthew.*

Colin runzelte die Stirn. Er hatte schon fast ein Jahr

lang nicht mehr mit seinem Ex gesprochen. Zuletzt hatte er nach Matthews Umzug nach Leeds von ihm gehört, wohin seine Firma ihn versetzt hatte.

„Hey, Matthew."

Die rauchige Stimme hatte sich nicht verändert. „Hi, Colin. Wie geht's dir?"

„Gut, danke. Was verschafft mir das Vergnügen?"

„Ich bin seit letzter Woche wieder in London. Anscheinend läuft in der Firma nichts ohne mich."

Colin schnaubte. „Kleiner Anfall von Größenwahn, was? Du bist Buchhalter, Matt. Ich bin ziemlich sicher, dass sie ganz gut ohne dich zurechtgekommen sind."

Matt lachte leise. „Okay, dann hab' ich eben gelogen. Ich habe es in Leeds keine Sekunde länger ausgehalten. Ich hab' sie *angefleht*, mich wieder nach London zurück zu versetzen."

Colin lachte. „Ja, das klingt schon eher wahrscheinlich. Also bist du wieder nach London umgezogen?"

„M-hm, deshalb ruf' ich ja an. Meinst du, wir könnten uns vielleicht heute Abend auf einen Drink treffen?"

Colin zögerte. Er hatte eigentlich nach der Arbeit mit Ed zu Abend essen wollen. „Heute?"

„Oh. Du hast schon was vor."

Matt war die Enttäuschung deutlich anzuhören. „Ist es so wichtig?", fragte Colin. Er hatte keine Bedenken, sich mit Matt zu treffen. Was ihn so gewaltig störte war der Gedanke, Ed im Stich zu lassen.

„Hör mal, es ist okay, wenn du nicht kannst. Das kann warten." Aber etwas in Matts Tonfall sagte das Gegenteil.

Colin traf eine rasche Entscheidung. „Pass auf, ist schon gut, okay? Wir treffen uns in diesem kleinen Pub in Soho, wo wir immer hingegangen sind. Das neben dem Restaurant *Gay Hussar*, weißt du noch?“

„Ja, ich kann mich erinnern.“ Der dankbare Unterton in Matts Stimme entging Colin nicht. „Danke Colin. Das ist wirklich nett von dir. Wieviel Uhr?“

„Gegen sechs Uhr dreißig? Ich komme direkt von der Arbeit dorthin.“

Matt pfiff. „Ooooh, Colin im Anzug. Was bin ich doch für ein Glückspilz.“ Er lachte glucksend.

Colin kicherte. „Das reicht jetzt, du. Also, bis sechs Uhr dreißig dann.“ Er legte auf.

Und jetzt zum schwierigen Teil.

Colin kam sich vor wie ein komplettes Arschloch. In Wahrheit hätte er den Abend viel lieber mit Ed verbracht, aber Matt hatte bei Colins Zögern so niedergeschlagen geklungen.

Muss was Wichtiges sein.

Er drückte die Kurzwahltaste für Eds Nummer. Nach mehrmaligem Läuten meldete er sich.

„Hey!“ Ed klang begeistert, von ihm zu hören. „Konntest nicht wegbleiben, wie? Hast du mich letzte Nacht vermisst?“ Ed lachte leise.

Colin wusste, dass er nur scherzte, aber das hielt den Gedanken nicht auf, der ihm durch den Kopf schoss.

Gott, ja.

„Na klar doch“, erwiderte er bewusst leichtherzig. „Hör mal, es tut mir echt leid, aber ich muss unser Essen heute Abend absagen. Deshalb ruf' ich dich an.

Mir ist was dazwischengekommen."
„Och, das ist doch nicht dein Ernst. Dabei hatte ich mich so drauf gefreut." Das klang aufrichtig, und Ed seufzte ins Telefon. „Okay, gut. Ist wahrscheinlich besser so. So wie's hier im Moment aussieht, muss ich wahrscheinlich sowieso länger arbeiten. Probleme mit den Druckern." Er gab ein Geräusch von sich, das sich nach schierer Verzweiflung anhörte. „Rufst du mich heute Abend an?"
„Ja", antwortete Colin prompt. „Und ich mach's wieder gut, versprochen."
Ed lachte erneut. „Als würd' ich dich das vergessen lassen." Colin hörte Stimmen im Hintergrund. „Okay, ich muss auflegen. Bis später, ja?"
Colin versicherte ihm, dass alles okay war und legte auf. Ihm wurde ganz schwer ums Herz bei der Erkenntnis, dass Ed annahm, es handele sich um ein berufliches Problem – und dass er ihn in diesem Glauben ließ.
Warum hast du ihm nicht von Matt erzählt?
Das wusste Colin selber nicht genau. Es war ja nicht so, als hätte er etwas zu verbergen. Aber ein Teil von ihm fragte sich, was Ed wohl davon halten würde, dass er sich mit seinem Ex-Freund traf.
Dann seufzte er.
Das wäre Ed wahrscheinlich völlig egal. Ist ja nicht so, als ob wir zusammen wären.
Warum tat ihm dann das Herz so weh?

Colin saß an einem Ecktisch, von wo aus er die Tür des Pubs sehen konnte. Die großen, zweiteiligen Fenster zur Straße hin waren gekippt, um Luft in den warmen Innenraum zu lassen. Der August entwickelte sich allmählich zu einem der wärmsten seit Beginn der Wetteraufzeichnungen. Colins Sakko hing über der Lehne seines Stuhls, seine Krawatte steckte bereits zusammengerollt in seiner Hosentasche, und er hatte sein Hemd aufgeknöpft. Gott sei Dank war sein Büro klimatisiert.

Er blickte auf, als die Tür aufging und Matt hereinkam. Er musste zugeben, dass der jüngere Mann gut aussah. Colin überschlug es rasch im Kopf. Matt musste inzwischen Ende Zwanzig sein, und seit ihrer Trennung waren zwei Jahre vergangen. Sein Blick blieb kurz an dem blütenweißen Hemd hängen und schweifte dann südwärts zu den engen schwarzen Lederhosen und den schwarzen Stiefeln.

Immer noch so stylish wie früher.

Als Matt ihn entdeckte, breitete sich ein strahlendes Lächeln über sein Gesicht aus. Colin stand auf, um ihn zu begrüßen. Zu seiner Überraschung küsste Matt ihn ausgiebig und genüsslich auf den Mund.

Colin zuckte zurück und starrte ihn ungläubig an. „Äh, geht's noch?"

Matt grinste. „Ach, komm schon. Wir *waren* mal ein Paar, stimmt's"

Colin sah ihm fest in die Augen. „Betonung auf ‚waren'. Stimmt's?"
Matt zuckte die Achseln. „Tut mir leid, ich konnte mich einfach nicht bremsen." Seine Augen glänzten. „Daran bist du schuld. Ich kann nichts dafür, dass du so –"
„Und das kannst du auf der Stelle bleiben lassen", sagte Colin mit Nachdruck. „Was möchtest du trinken?"
„Ein Glas Weißwein, bitte." Matt nahm Platz und streckte seine langen, schlanken Beine aus, die in engem Leder steckten. Mit Bestürzung stellte Colin fest, dass sein Blick sich auf Matts Schritt richtete.
Fang bloß nicht damit an.
Noch schlimmer war, dass Matt es bemerkt hatte. Er warf Colin ein dreistes Grinsen zu.
Colin flüchtete sich an die Bar. Während er auf den Barkeeper wartete, beobachtete er Matt verstohlen. Matt ließ Colin nicht aus den Augen und gab sich anscheinend besonders viel Mühe, aufreizend zu wirken. Er saß zurückgelehnt auf seinem Stuhl, einen Arm auf dem Tisch; eine Hand ruhte auf seinem Oberschenkel, glitt aber langsam höher bis dicht an seine Leistengegend, wo sich unverkennbar eine Erektion abzeichnete. Colin schüttelte sich. Es war schon lange her, seit er in diesem Zusammenhang an Matt gedacht hatte, und wenn er ehrlich war, gefiel ihm der Blick nicht, mit dem Matt ihn musterte. Es lag etwas beinahe… Raubtierhaftes darin. Und was er da mit seiner Hand gemacht hatte? Es kam ihm so vor,

als versuchte Matt, Colins Aufmerksamkeit auf sich zu ziehen.

Na ja, das hat er ja eindeutig geschafft, oder?

Colin bekam allmählich ein ungutes Gefühl bei diesem Treffen.

Er kehrte an den Tisch zurück, reichte Matt ein Glas mit gekühltem Weißwein und setzte sich wieder zu seinem Bier. Matt nippte an seinem Wein und gab ein leises, anerkennendes Summen von sich, dann wandte er Colin seine volle Aufmerksamkeit zu.

„Du siehst richtig gut aus, Colin", sagte er lächelnd. „Wie läuft's in deinem Job?"

„Gut." Colin legte den Kopf schräg. „War's der Job, der dir nicht gefallen hat, oder Leeds allgemein?" Er konnte sich ein hämisches Grinsen nicht verkneifen. Höchstwahrscheinlich hatte Matt Leeds erdrückend gefunden, nachdem er den Großteil seines Lebens in London verbracht hatte.

Matt stöhnte. „Oh Gott, hör mir bloß auf." Er fuhr sich bedächtig mit einer Hand durch sein kurzes, braunes Haar. „Okay, ja, es gibt eine blühende schwule Gemeinschaft in Leeds, aber ich hatte schreckliches Heimweh nach London. Leeds kam mir so… klein vor."

Colin lachte. „Und du hast mehr Platz gebraucht, was?" Er warf Matt einen scharfen Blick zu. „Bist du Single geblieben, nachdem du London verlassen hast?"

Da war wieder dieses nonchalante Achselzucken. „Klar, ich hatte ein paar Dates und sogar ein-, zweimal einen festen Freund."

Das freute Colin. „Na, das ist doch gut, oder?"
Matt zog eine Grimasse. „War's auch, ja, bis zu meinem letzten Kerl. Da wurde es dann ein bisschen... schwierig." Er senkte den Kopf und blickte durch seine langen, dunklen Wimpern zu Colin auf. An diesen Blick erinnerte Colin sich noch gut. So hatte Matt ihn angeschaut, wenn er ihn verführen wollte.
Und das hat auch mal gut funktioniert, dachte Colin mit einem innerlichen Lächeln. *Jetzt allerdings nicht mehr.*
Colin beschloss, dass es Zeit wurde für ein deutliches Wort.
„Matt, warum bin ich hier?"
Matts Augen wurden groß und rund. „Weil... weil ich dich wiedersehen wollte", sagte er stockend. „Ich dachte, es wäre doch schön, wenn wir uns treffen könnten und –"
„Matt, du redest hier mit *mir*. Wir waren drei Jahre lang zusammen, also darfst du mir glauben, dass ich es merke, wenn du nicht ganz ehrlich zu mir bist." Colin verschränke die Arme vor der Brust und wartete.
Matt öffnete den Mund und klappte ihn wieder zu. Seine Wangen wurden rosa. „Schau, es gab da schon ein paar Typen, okay? Die sind gekommen und gegangen – also, sie kommen und dann sind sie weg, wenn du verstehst, was ich meine", sagte er mit einem Grinsen. „Aber ich komme immer wieder zu dir zurück." Er hob die Hände. „Ja, ich weiß, wir sind sehr verschieden. Ich weiß, unsere Freunde haben nicht zusammengepasst –"

„Überhaupt nicht", warf Colin lächelnd ein.

Matt nickte. „Ja, ja, ich weiß. Aber in letzter Zeit hab' ich viel nachgedacht, und ich möchte, dass wir es nochmal miteinander versuchen." Ein weiterer direkter Blick. „Ich glaube, für mich bist du der Eine, Colin."

Colin stieß einen geduldigen Seufzer aus. *Oh, Scheiße.* „Matt, du hast gerade sämtliche Gründe aufgezählt, warum das mit uns nicht funktioniert hat. Wir haben drei Jahre gebraucht, um dahinter zu kommen, dass wir zu verschieden sind. Und du hast recht – unsere Freunde verstehen sich nicht miteinander." Er schaute Matt voll Zuneigung an. „Für eine Weile war es ganz schön, aber seit unserer Trennung hat sich nichts geändert. Es würde nicht funktionieren."

„Aber ich habe mich seither weiterentwickelt", protestierte Matt. „Und du bist auch älter geworden. Ich glaube, wir würden das hinkriegen." Dabei setzte er diese eigensinnige Miene auf, an die Colin sich nur zu gut erinnern konnte.

Sag's ihm.

Colin lächelte. „Matt, ich bin mit jemandem zusammen."

Matt wirkte gerade mal zwei Sekunden lang schockiert, dann hatte er seine Gesichtszüge wieder unter Kontrolle. „Seit wann?"

„Seit ein paar Wochen."

Matt schniefte. „Na gut, das ist ja nicht, als ob du verlobt wärst oder sowas."

Und genau da reichte es Colin endgültig.

„Eins hast du anscheinend vergessen", sagte er und

stand auf. Matt starrte ihn mit offenem Mund an. „Wenn ich in einer Beziehung bin, dann bin ich das zu hundert Prozent. Und eins mache ich ganz sicher nicht, nämlich rumspielen.“ Er nahm sein Glas in die Hand und trank es aus. Nachdem er das Glas wieder auf den Tisch gestellt hatte, sagte er mit einem höflichen Lächeln: „Das war’s dann. War nett, dich mal wiederzusehen, Matt. Viel Spaß hier in London. Ich erwarte nicht, dass sich unsere Wege allzu oft kreuzen.“ Colin nahm seine Jacke und ging mit großen Schritten auf die Tür zu.

Matt streckte die Hand aus, um ihn aufzuhalten. „Schau, das ist nicht so gelaufen, wie ich’s geplant hatte.“

Colin zuckte die Achseln. „Spielt keine Rolle. Jetzt ist es vorbei. Tschüss, Matt.“

Und damit marschierte er ohne einen einzigen Blick zurück hinaus auf die Straße. Sein einziger Gedanke war, dass ihn dieser Scheiß einen Abend mit Ed gekostet hatte.

Ed zappte durch die Kanäle in der Hoffnung, etwas – *irgendwas* – zu finden, was sein Interesse weckte. Null Chance bisher. Er hatte zwar eigentlich gar keine Lust, Fernsehen zu gucken, aber es war besser, als die Wände anzustarren und sich zu wünschen, mit Col zusammen zu sein.

Genau da traf es ihn.
Was genau ist Colin eigentlich für mich?
Er und Colin waren von Freunden zu guten Freunden-die-miteinander-vögeln geworden und dann zu… etwas Anderem.
Aber zu was genau?
Um eins kam er nicht herum – der Sex war fantastisch. Anscheinend waren sie immer gleichzeitig geil. *Oder sind Schwule einfach so?* Ed wusste nur eins: wenn er bei Colin war und Lust auf Sex hatte, konnte er darauf gehen, dass Colin voll dabei war. Jedes verdammte Mal. Und Colin hatte genauso viel Stehvermögen wie er. Normalerweise vögelten sie *stundenl*ang.
Ed lächelte vor sich hin. *Hat Sex mit einem Mann* überhaupt *irgendwelche Nachteile?*
Wenn ja, dann hatte er die bisher noch nicht gefunden. Aber damit blieb immer noch die brennende Frage offen – was genau war Colin für ihn? Er wusste, wann ihm der Gedanke zum ersten Mal gekommen war: am Sonntagnachmittag bei ihrem Spaziergang am Strand. Na gut, es war ein herrlicher Tag für einen gemütlichen Bummel gewesen. Aber mit einem Mann am Strand entlangzulaufen hatte in Eds Vorstellung einen ganz schön… romantischen Beiklang gehabt.
Das gab ihm zu denken. *Romantisch?*
Ed war nicht romantisch. *Er* doch nicht.
Aber – war Colin romantisch? Ed hatte keine Ahnung. Und das war noch so eine Sache – was war er eigentlich für Colin?
Will ich das überhaupt wissen?

Also, das war eine Frage, die sein Herz zum Pochen brachte.
Das Telefon klingelte und erschreckte ihn fast zu Tode. Als er Trevors Namen sah, sank ihm das Herz. *Ach verflixt, was ist denn jetzt schon wieder los?*
„Trev, was gibt's?"
„Hör mal, Ed, könntest du mir vielleicht einen Gefallen tun?"
Ed setzte sich aufrecht hin. „Schieß los."
„Du weißt doch, dass ich Rod zum Scrum Half gemacht habe, als Ersatz für Murphy? Nun, anscheinend hat er Zweifel, ob er der Position gewachsen ist. Also hab' ich mir überlegt, wo wir doch am Samstag kein Training haben, könntet ihr zwei euch da nicht im Club treffen und ein bisschen üben? Vielleicht kannst du mit ihm an seinen Pässen arbeiten, ihn mal so richtig zeigen lassen, was er kann?"
Ed dachte über die Bitte nach. Wenn er das Treffen mit Rod früh genug ansetzte, blieb ihm immer noch der ganze Rest des Wochenendes für Colin – vorausgesetzt natürlich, dass Colin überhaupt Zeit mit ihm verbringen wollte.
„Ja, klar", sagte er nach einem kurzen Moment. „Schick mir seine Nummer per SMS, dann ruf' ich ihn an und mach' was mit ihm aus."
„Ach, danke, Ed, das ist echt nett von dir." Trevor legte auf.
Ed lächelte vor sich hin. Rod schien ein guter Kerl zu sein; er war sehr ehrgeizig und hatte das Zeug zu einem verdammt guten Spieler. Und wenn mit ihm zu

arbeiten der Mannschaft half, mehr Spiele zu gewinnen, hätte Ed seine Zeit gut verwendet.

Er warf einen Blick auf die Uhr und beschloss, mal zu schauen, ob Colin mit seiner Arbeit fertig war.

„Hi." Colins Stimme hatte diesen wunderbar warmen Klang, als freute er sich wirklich über Eds Anruf. „Bist du zuhause?"

„Ja." Ed streckte sich auf dem Sofa aus und machte es sich bequem. „Bist du jetzt fertig mit Arbeiten?"

„Ja. Bin eben erst zur Tür reingekommen." Ed hörte das Klirren von Colins Schlüsseln auf dem Glastisch im Flur. Es gab eine kurze Pause. „Du hast mir gefehlt heute Abend."

Bei Colins Worten wurde ihm innerlich ganz wohl zumute. „Ja, du mir auch." Ed räusperte sich. Es war ihm fast peinlich, seine Gefühle so deutlich auszusprechen. „Hör mal, ich weiß, dass wir Samstag kein Training haben, aber ich wollte mich mit Rod zum Einzeltraining treffen, ja?"

Eine weitere Pause. „Ach?" Ed konnte Colins Reaktion nicht einschätzen. Sein Tonfall verriet nichts.

„Ja, anscheinend ist Rod ein bisschen nervös, weil er Murphys Platz einnehmen soll, also wollte ich mit ihm ein bisschen an seinen Pässen arbeiten." Er wartete, doch von Colin kam nichts weiter. „Wir können uns trotzdem hinterher noch treffen, wenn du magst?"

Ein, zwei Sekunden später antwortete Colin: „Ja, das wäre gut. Hey, ich hab' eine Idee. Würdest du gern am Samstagabend was essen gehen? Nur was essen, nicht so wie beim letzten Mal, ehrlich." Er lachte leise.

Ed stöhnte. „Oh Gott. War's denn *so* offensichtlich, dass ich mich dort verdammt fehl am Platz gefühlt hab'?" *Und dabei hab' ich mir auch noch eingebildet, ich hätte mich so gut geschlagen.*

„Oh nein, gar nicht." Es lag etwas in Colins Stimme, das Ed verriet, dass er bei diesen Worten lächelte. Ed konnte dieses Lächeln vor sich sehen, diese strahlenden Augen. „Also, bist du dabei?"

„Klar." Es hörte sich gut an.

„Und nach dem Essen könntest du vielleicht mit zu mir kommen."

Ed lachte gackernd. „Ooooh, krieg' ich dann da meinen Nachtisch?" Sein Schwanz wurde steif bei der Vorstellung, in Colins Bett mit ihm zur Sache zu kommen.

Colin lachte. „Oh, verlass' dich drauf!"

Ed grinste. Oh ja, da war er voll dabei.

Kapitel 14

„Das war echt super." Ed rieb sich den Bauch, ein zufriedenes Lächeln auf dem Gesicht, als sie aus dem Pub kamen.

Colin musste lachen. „Warum hab' ich jetzt plötzlich das Gefühl, dass du mit Steak und Pommes in einem Pub viel glücklicher warst als beim Dinner in einem feinen Restaurant?" Sie gingen in gemütlichem Tempo die Straße entlang, zurück zu dem Parkplatz, wo Ed die Harley abgestellt hatte.

Ed lachte schallend. „Weil du mich zu gut kennst, Kumpel, deshalb." Er grinste. „Also, was ist jetzt mit Nachtisch bei dir?" Ein spitzbübisches Funkeln lag in seinen Augen.

Colin zog die Augenbrauen hoch und kam näher. Er senkte die Stimme. „Wenn „Nachtisch" eine Umschreibung für mehrere Stunden geilen Sex ist, dann ja." Eds Augen leuchteten auf, und Colin grinste. Gott, er sehnte sich geradezu nach Ed.

Es hat keinen Zweck. Ich muss den Tatsachen ins Auge sehen. Ich bin süchtig nach Ed Fellows.

Und das Heilmittel? Ja, Colin wusste, was dagegen half – und er hatte vor, seine Medizin heute und morgen ausgiebig zu nehmen. Seit ihrem Wochenende in Brighton übernahm Ed liebend gerne auch mal die passive Rolle im Bett, und damit war Colin sehr einverstanden.

Im Moment kam es ihm vor, als sei der

Samstagmorgen schon ein halbes Leben lang her, seit er auf der Suche nach Ed das Rugbyfeld des Vereins betreten hatte – und ihn gesehen hatte, wie er Rod einen Arm um die Schultern legte, als sie gemeinsam vom Spielfeld kamen. Er konnte die plötzlich aufwallende Panik nicht erklären, die sein Herz zum Pochen gebracht hatte. Okay, Rod war jung und verdammt sexy. Deshalb musste Ed doch nicht unbedingt an ihm interessiert sein – oder?

Colin musste sich ständig daran erinnern, dass Ed auf Entdeckungsreise war, was seine Sexualität betraf. Vielleicht hatte er schon darüber nachgedacht, mit anderen zu experimentieren – und das schloss vielleicht einen so jungen, gutaussehenden Typen wie Rod mit ein.

Und brachte dieser Gedanke Colin nicht völlig ins Schleudern?

Er gab sich mental einen raschen Tritt in den Allerwertesten. Ed hatte natürlich keinerlei Tendenzen in diese Richtung gezeigt. Hier machte nur Colins Fantasie Überstunden – hoffentlich.

Kurz vor dem Parkplatz läutete Eds Handy. Auf seinem Gesicht malte sich Überraschung.

„Rod, was gibt's, Kumpel?"

Colin erstarrte. Warum in aller Welt rief Rod an? Er hatte den ganzen Morgen mit Ed verbracht. Colin beobachtete Eds Gesicht aufmerksam.

„Was, jetzt? Ernsthaft?" Ed verzog das Gesicht. „Jetzt passt's mir grade ganz schlecht, um ehrlich zu sein. Kann das nicht warten, bis –" Er verstummte und lauschte aufmerksam. Seine Miene wurde besorgt. „Oh, verstehe." Er seufzte. „Okay, na gut, bleib' mal kurz dran." Er drückte sich das Telefon an die Brust und schaute Colin an, die Stirn in Falten gelegt. „Rod will sich mit mir treffen. Er will mit mir reden."

Colin blieb stehen. „Jetzt?" *Oh, das kann doch nicht dein Ernst sein. Mit Rod reden – statt ficken?*

„Ja." Das musste Colin ihm zugutehalten, Ed sah rechtschaffen zerknirscht aus deswegen. „Pass auf, hättest du was dagegen, wenn wir unsere Pläne ändern würden? Hört sich an, als ob es wichtig wäre." Ed sah ihm in die Augen. „Ja, ich weiß, ich weiß, das Timing ist echt beschissen. Ich komm dann bei dir vorbei, wenn ich fertig bin, ja?"

Er klang so entschuldigend, dass Colin ein schlechtes Gewissen bekam, weil er schlecht von ihm gedacht hatte. „Einverstanden. Geh dich mit Rod treffen. Wir sehen uns, wann auch immer du zur Wohnung kommen kannst, okay?"

Ed lächelte ihn dankbar an. „Danke, Kumpel. Hör mal, du kommst doch irgendwie nach Hause? Oder soll ich dich erst absetzen?"

Colin winkte ab. „Nein, geh ruhig zu Rod. Außerdem, je eher ihr zwei mit Reden fertig seid, desto schneller bist du bei mir, stimmt's?" Er setzte ein strahlendes, fröhliches Lächeln auf.

„Stimmt." Ed drückte ihm kurz den Arm und nahm dann wieder das Telefon ans Ohr. „Ich komm' vorbei, okay, Kumpel? Bin da, so schnell ich kann." Ed steckte sein Handy ein, nickte Colin zu und lief schnell zu seiner Harley. Colin sah zu, wie er auf das Motorrad stieg und den Helm aufsetzte. Ed winkte ihm fröhlich zu, als er vom Parkplatz fuhr und in die Straße einbog. Colin ging weiter zum nächsten Taxistand und stieg in ein schwarzes Taxi.

Auf der ganzen Fahrt zu seiner Wohnung kreisten seine Gedanken nur um eins.

Wird Ed seine Sexualität erforschen wollen? Oder wäre ich ihm genug?

Wenn er daran dachte, dass Ed sich mit Rod traf, gefiel ihm die Antwort nicht.

Es war fast acht, als er das Foyer seines Wohnhauses betrat. Der Nachtportier stand auf, um ihn zu begrüßen.

„Mr. Reynolds, für Sie ist etwas abgegeben worden." Ian hatte ein rätselhaftes Funkeln in den Augen.

„Ach?" Colin erwartete keine Lieferung. Er machte große Augen, als Ian hinter dem Empfangstisch verschwand und einen Riesenstrauß roter Rosen dahinter hervorholte. *Was zum…*

„OOOOh, da liebt Sie jemand", sagte Ian mit einem dümmlichen Grinsen.

Colin nahm die Blumen und dankte Ian. Sobald er im Aufzug war, pflückte er den kleinen weißen Umschlag zwischen den Blüten heraus und schaute auf die steife Karte. Er stöhnte auf, als er die Inschrift las.

Ich habe jedes Wort ernst gemeint. Bitte denk darüber nach.
Ich liebe dich, für immer.
Matt.

Colin machte ein finsteres Gesicht. *Verdammte Scheiße – das fehlt mir jetzt grade noch.*

Er schloss die Wohnungstür auf, warf die Blumen auf den Kaffeetisch und ging ins Schlafzimmer, um sich etwas Bequemeres anzuziehen. Als er in Jogginghose und T-Shirt wieder ins Wohnzimmer kam, schaute er mit einem Seufzer auf die Rosen und nahm sie dann mit in die Küche, um eine Vase zu suchen.

„Ihr könnt ja nichts dafür, dass der Typ, der euch mir geschickt hat, ein hinterhältiger kleiner Wichser ist", versicherte er den Blumen, als er sie im Wasser arrangierte. Dann brach er in Gelächter aus. „Das war's. Jetzt hat's mich vollends erwischt. Ich rede mit Rosen."

Immer noch lächelnd brachte er die Blumen ins Wohnzimmer und stellte sie auf den Kaffeetisch. Die Karte war mitsamt dem Umschlag auf den Boden gefallen, und Colin hob sie auf und legte sie umgedreht neben die Vase.

Er streckte sich auf dem Sofa aus und richtete die Fernbedienung auf den Fernseher. Kaum war das Bild da, läutete auch schon sein Telefon. Er lächelte, als er Eds Namen sah.

„Erzähl mir nicht, dass ihr schon fertig seid", sagte er und kuschelte sich wieder in die weichen Kissen. Unwillkürlich verspürte er Erleichterung. Er hatte sich erst vor ungefähr einer Stunde von Ed getrennt. Das war definitiv nicht lange genug, um irgendwas anzustellen. Dann erteilte er sich innerlich einen

Rüffel, dass er überhaupt so etwas denken konnte.
„Col, würdest du mir einen Gefallen tun?“ Ed sprach hastig.
„Klar.“
„Kann ich Rod mit zu dir bringen? Wir müssen mit dir reden.“
Colins Mund war plötzlich staubtrocken. „Worüber?“
„Sieh mal, das ist einfacher zu erklären, wenn ich da bin, okay?“
Colins Herz raste. Ganz plötzlich konnte er sich zu seinem Entsetzen vorstellen, worauf Ed hinauswollte. *Oh Gott, bitte mach, dass ich mich irre.* Aber er konnte ihm nichts abschlagen.
„Okay. Kommt ruhig, alle beide.“ Er musste sich anstrengen, damit seine Stimme nicht brach.
„Danke, Mann. Du bist ‘n echter Kumpel“, sagte Ed herzlich. „Wir kommen so schnell wir können.“ Und dann war er weg.
Colin ließ das Telefon fallen, als hätte er sich daran die Finger verbrannt. In seinem benebelten Hirn ergab das alles einen Sinn.
Ed merkt jetzt so langsam, wie es ist, von anderen Männern begehrt zu werden. Rod ist eindeutig scharf auf ihn. Er ist mit dem Vorschlag an Ed herangetreten. Und jetzt will Ed mehr. Gott, vielleicht will er einen Dreier.
Bei dem Gedanken, Ed mit jemandem zu teilen, wurde ihm schlecht.
Ich glaube nicht, dass ich das schaffe. Ehrlich gesagt bin ich sogar verdammt sicher, dass ich’s nicht kann.
Colin teilte nicht. Hatte er noch nie. Das lag ihm

einfach nicht.
Er schaltete den Fernseher aus, und dann saß er einfach nur da und starrte auf den Teppich. Er würde es bald genug wissen.
Ungefähr eine halbe Stunde später summte die Sprechanlage, und Colin rappelte sich auf die Füße, um sie einzulassen. Er öffnete die Tür und lauschte auf das leise Surren des Aufzugs. Ed kam als erster heraus, gefolgt von Rod, der ausgesprochen nervös aussah.
„Kommt rein." Colin führte sie ins Wohnzimmer und gab Rod einen Wink, seine Jeansjacke auszuziehen.
Rods Blick irrte ziellos durch die Wohnung.
„Setz dich, bitte", forderte Colin ihn auf.
Rod schaute ihn dankbar an und setzte sich aufs Sofa, wobei er verlegen auf der äußersten Sofakante balancierte. Ed warf Colin ein Lächeln zu, das beim Anblick der Rosen gleich wieder verlosch. Ed sagte nichts, doch er presste die Lippen zusammen, setzte sich neben Rod und tätschelte ihm das Knie.
Colin nahm den Sessel. „Okay, was ist so wichtig, dass du's mir am Telefon nicht sagen konntest?" Er versuchte den Kloß in seiner Kehle zu ignorieren, ganz zu schweigen von dem mulmigen Gefühl in seinem Magen.
Ed warf Rod einen Blick zu, und Rod nickte. Sein blasses Gesicht wirkte angespannt.
Ed seufzte. „Rod ist zu mir gekommen und hat mich um Rat gebeten, aber ich kann ihm nicht helfen, glaub' ich. Wahrscheinlich hat er gedacht, ich hätte viel mehr Erfahrung. Und da hab' ich an dich gedacht." Er sah

Colin in die Augen. „Siehst du, Rod hat seiner Familie gerade erst gesagt, dass er schwul ist, und jetzt ist er ein bisschen durcheinander. Er hatte einen Riesenkrach mit seinem Bruder deswegen und weiß jetzt nicht, was er machen soll."

„Es tut mir leid, dass ich euch zwei damit nerve", warf Rod ein, „aber ich hatte sonst niemanden, an den ich mich wenden konnte. Ich kenne keine Schwulen außer euch beiden." Er sah zutiefst unglücklich aus.

Colin hatte mit widerstreitenden Emotionen zu kämpfen. Sein Herz flog dem jungen Mann zu. Colin konnte sich nur zu gut an diese erste Zeit erinnern, als er endlich genug Mut zusammengerafft hatte, um jemandem von seiner Sexualität zu erzählen.

Und Colins Gesicht begann bei der Erinnerung an seine vorschnellen Unterstellungen zu kribbeln. *Was war ich doch für ein Idiot, Ed auch nur im* Entferntesten *sowas zuzutrauen.*

Wenn er an seine dummen Befürchtungen zurückdachte, brannten seine Wangen noch heißer.

Er schob allen Selbstekel beiseite und konzentrierte sich stattdessen auf Rod.

„Ich weiß, dass im Moment alles schwierig erscheint", tröstete er, „aber es *wird* besser, ehrlich." Er lächelte Rod an. „Und obwohl es für deinen Bruder bestimmt ein Schock war, er wird drüber wegkommen. Steht ihr euch nahe?"

Rod nickte. „Ich konnte es gar nicht fassen, als er so reagiert hat."

Colin stand von seinem Sessel auf. „Ich glaube, ich

mache uns einen Kaffee – was *einen* von uns *sehr* glücklich machen dürfte" – er suchte Eds Blick und warf ihm ein schiefes Grinsen zu – „und dann können wir uns drüber unterhalten."

Rod stieß einen erleichterten Seufzer aus. „Danke."

Colin ging in die Küche und schloss die Tür halb hinter sich. Er legte beide Hände flach auf den Küchentisch und atmete erst einmal tief durch.

Wie konnte ich nur an Ed zweifeln? Kenne ich ihn denn immer noch nicht?

Der Zwischenfall hatte ihn erschüttert. Ed hatte nichts getan, um Colins Misstrauen zu verdienen. Den Ball ins Rollen gebracht hatte nur sein eigener Mangel an Vertrauen in Ed. Colin richtete sich auf und erhaschte einen Blick auf sein Gesicht in dem kleinen Spiegel auf dem Fensterbrett.

Wenn du ernsthaft eine Beziehung mit ihm haben willst, dann solltest du lieber anfangen, an ihn zu glauben, ermahnte er sich streng.

Als er sich wieder ruhiger fühlte, setzte er Kaffee auf, den er dann seinen Gästen brachte. Die drei Männer unterhielten sich ungefähr eine Stunde lang miteinander, und Colin sah mit Befriedigung, dass Rod immer ruhiger wurde. Schließlich stand Rod auf, um zu gehen.

„Vielen, vielen Dank euch beiden", sagte er mit einem freundlichen Lächeln. „Ich weiß es wirklich zu schätzen, dass ihr euch an eurem gemeinsamen Abend die Zeit genommen habt, mir einen Rat zu geben."

„Bist du sicher, dass ich dich nicht nach Hause fahren

soll?", fragte Ed.

Colin musste lächeln. Sein Ed war eben ein großherziger Teddybär.

Dann hielt er inne. *Sein* Ed?

Rod schüttelte den Kopf. „Danke, aber gleich um die Ecke ist eine U-Bahn-Haltestelle. Außerdem hab' ich schon genug von eurer Zeit in Anspruch genommen."

Colin brachte ihn zur Tür und umarmte ihn rasch. „Wenn du *irgendwelche* Fragen hast, weißt du ja jetzt, wo du mich findest."

Rods Gesicht strahlte. „Ihr zwei seid die nettesten Typen, die ich kenne." Er lächelte und ging dann zum Aufzug.

Na, und wenn *das* keine glühenden Kohlen auf Colins schlechtes Gewissen häufte?

Er schloss die Wohnungstür, ging zurück ins Wohnzimmer – und blieb wie angewurzelt stehen.

Ed las gerade die Karte.

Er hob ruckartig den Kopf, als Colin das Zimmer betrat. Für einen Moment sagte er nichts. Dann begegnete er Colins Blick. „Nette Blumen", bemerkte er. Dann verstummte er.

Scheiße aber auch.

Colin biss sich auf die Lippe. „Ich wollte es dir gerade sagen."

Eds Augenbrauen hoben sich und Colin drehte sich der Magen um. „Schon okay, du musst mir nichts sagen." Sein Ton war kühl.

Scheißescheißescheißescheiße…

„Nein, wirklich", fing Colin an, „lass mich –"

„Ich glaube, ich fahr' jetzt doch lieber nach Hause, wenn's recht ist.“ Ed sah ihm nicht in die Augen.

Colins Herz schlug so schnell, dass es gleich zu explodieren drohte. „Bitte, Ed, bleib. Es ist –“

„Ich hab' doch gesagt, dass es okay ist, oder?“ Seine Stimme hatte einen schneidenden Unterton. Ed begann auf die Tür zuzugehen.

„Die sind von meinem Ex“, platzte Colin heraus.

Ed blieb stehen. „Okay, sie sind von deinem Ex“, sagte er lächelnd. Ein falscheres Lächeln hatte Colin noch nie gesehen. „Aber ich geh' trotzdem heim.“ An der Wohnungstür hielt er kurz inne. „Ich ruf' dich an, okay?“

Ach, und wieso glaub' ich das nicht?

„Hör mal, du kannst doch jetzt nicht einfach gehen und das so stehen lassen“, protestierte Colin. „Kannst du dich nicht wenigstens hinsetzen und mir mal eine Minute lang zuhören?“

Ed stand stocksteif. „Was gibt's da noch zu reden?“, fragte er fordernd. „Du sagst, die sind von deinem Ex? Na schön. Unterhaltung beendet.“ Seine Augen glühten. „Kann ich jetzt gehen?“

„Okay, klar“, sagte Colin zuletzt. Er sah zu, wie Ed mit hochgezogenen Schultern seine Wohnung verließ.

Das war's? Um Himmels Willen, geh' ihm nach, schrie eine Stimme in Colins Kopf.

Er lief schnell zur Wohnungstür und sah, dass Ed gerade in den Aufzug steigen wollte. Er rief seinen Namen.

Ed drehte sich um. „Col, geh' einfach wieder rein. Wir

reden morgen miteinander."

„Und wenn ich jetzt reden will? Was ist dann?"

Ed sah ihn an. „Aber ich will nicht, okay? Das kann bis morgen warten."

Und damit war er weg.

Colin starrte auf die geschlossene Aufzugstür und lauschte, als die Kabine summend nach unten fuhr und Ed immer weiter und weiter von ihm wegbrachte. Das Öffnen der Türen im Erdgeschoss war gerade noch hörbar.

Mit schmerzender Brust und schweren Gliedern schleppte Colin sich zurück in seine Wohnung und machte die Tür zu, sperrte die Welt aus.

Im Moment wollte Colin mit der Welt außerhalb seiner Wohnung nichts zu tun haben.

Das ist jetzt die Rache, dachte er zusammenhanglos. *Genau das ist es – die Rache dafür, dass ich Ed nicht von vorneherein vertraut habe.*

Und Rache tat höllisch weh.

Kapitel 15

Ed hasste es, einen Kater zu haben. Vor allem einen von Whisky.

Da bist du verdammt nochmal selber schuld, du Trottel. Hättest eben nicht so viel davon trinken sollen, nicht?

Er hatte am Samstagabend mit dem Whisky angefangen, und als dann der Sonntag kam, hatte er keine Lust gehabt, damit aufzuhören. Und warum? Alles nur wegen Matt, wer auch immer er war.

Wer auch immer er ist, ich kann's jedenfalls nicht mit ihm aufnehmen. Ich wüsste nicht mal wie.

Sämtliche Zweifel und alle Unsicherheit, die der Club in ihm geweckt hatte, waren mit ganzer Macht wieder da. Es spielte keine Rolle, dass Ed sich mit Colin verbunden fühlte, dass etwas Gutes sich zwischen ihnen entwickelt hatte. All das trat in den Hintergrund. Ein paar Worte auf einem Kärtchen neben einer Vase voller schöner Rosen hatten gereicht, und schon zweifelte Ed an allem.

Aha, Matt liebt Colin also. Na schön. Jetzt wusste er wenigstens Bescheid und brauchte sich nicht mehr zu fragen, was er, Ed, Colin bedeutete – denn offensichtlich bedeutete er ihm nichts.

Das weißt du nicht sicher, sagte ihm sein Verstand. Aber dann standen ihm plötzlich wieder diese fünf kleinen Worte auf der Karte vor Augen, die sich in sein Gedächtnis eingebrannt hatten.

Ich liebe dich, für immer.

Siehste?, sagte er sich. *Warum sollte Colin sich mit so einem wie mir abgeben, wenn's da einen Kerl gibt, der ihm Blumen schickt und ihm sagt, dass er ihn liebt, verdammte Scheiße?*
In Eds gequältem, unter Schlafmangel leidendem Hirn ergab das alles vollkommen Sinn. Colin brauchte ihn nicht. Colin hatte Matt.
Fickt er auch mit Matt? Diese Frage hatte Ed bis in die frühen Morgenstunden des Sonntags geplagt, als er sich nach dem süßen Vergessen des Schlafs sehnte, das ihm verwehrt blieb. Er wusste nicht, warum ihn das stören sollte, aber so war es.
Als der Montag kam, hatte Ed dem Morgen mit schmerzendem Kopf und schwerem Herzen entgegengesehen. Und wäre Blake nicht am Dienstag im Büro zurückerwartet worden, Ed wäre im Bett geblieben. Doch so stand er auf, nahm zwei Aspirin und schaffte es gerade noch fünf Minuten zu früh zur Arbeit.
Rick war in der Küche und hatte auch schon die Kaffeemaschinen angeworfen. Er war ein Schatz. Ed schenkte sich welchen in die größte Tasse, die er finden konnte, und versuchte, in den sicheren Hafen seines Büros zu kommen, um vor der Teambesprechung sein Hirn auf Touren zu bringen. Doch damit hatte er Pech – Rick hatte nicht vor, ihn entkommen zu lassen.
„Du siehst furchtbar aus." Rick sprach mit gedämpfter Stimme, wofür Ed zutiefst dankbar war. Lärm konnte er jetzt überhaupt nicht brauchen. Rick schenkte sich einen Kaffee ein.

Ed seufzte. „Daran ist Johnnie Walker schuld." Er nippte an seinem Kaffee und schloss die Augen beim ersten Schuss Koffein. Nektar

Rick runzelte die Stirn. „Möchtest du mal eben mitkommen in mein Büro?"

Eds warf ihm einen niedergeschlagenen Blick zu. „Eigentlich nicht, aber das lässt du als Ausrede bestimmt nicht gelten, was?" Rick schüttelte den Kopf. Ed war gerührt über die Besorgnis in seinen Augen. Er schnaubte. „Dann geh voraus." Er folgte Rick den Flur entlang in sein gemütliches kleines Büro.

Rick schloss die Tür hinter ihnen und lehnte sich an seinen Schreibtisch. „Okay, was gibt's?"

Für ein, zwei Sekunden überlegte Ed, ob er ihn abwimmeln sollte. Dann wurde ihm klar, dass er mit jemandem reden musste. Er setzte sich, nahm einen weiteren großen Schluck Kaffee, und dann schüttete er sein Herz aus. Nur darüber zu *reden* tat schon weh. Rick hörte ihm nur schweigend zu und trank seinen Kaffee. Als Ed fertig erzählt hatte, lehnte er sich zurück, für den Moment völlig erledigt.

Rick musterte ihn mit ausdruckslosem Gesicht. Dann verdrehte er die Augen. „Gott, Ed, du bist ja so blöd."

Ed fiel der Unterkiefer runter. „Was?"

Rick zog die Augenbrauen hoch. „Du hast Colin keine Chance für eine Erklärung oder irgendwas gelassen, was?"

Ed dachte darüber nach. Mit schuldbewusstem Schrecken erkannte er, das Rick recht hatte.

Rick nickte. „Wenn du das wirklich willst, dann *kämpfe*

um ihn, um Himmels Willen." Er neigte den Kopf. „Hat Colin eigentlich *gesagt*, dass er dich nicht dort haben wollte?"

Ed machte ein langes Gesicht. „Nein, er hat gesagt, dass ich bleiben soll." Er konnte Colins Gesichtsausdruck immer noch vor sich sehen.

Ricks Augen leuchteten triumphierend auf. „Und da hast du's. Willst du wissen, was ich denke?"

Ed musterte ihn argwöhnisch. „Das sagst du mir sicher gleich, ob ich will oder noch, also bring's einfach hinter dich, ja?"

Rick verschränkte die Arme vor der Brust. „Ich glaube, das ist alles nur in deinem Kopf." Er legte die Stirn in Falten. „Was hast du damit gemeint, du konntest es nicht mit ihm aufnehmen?"

Ed deutete auf seinen Körper. „Komm schon, Rick, schau mich doch an. Ich hab' keine Ahnung, wie dieser Matt aussieht, aber bestimmt ganz anders als ich, das würd' ich wetten." Er stierte in seinen Kaffeebecher. Darüber hatte er lange und gründlich nachgedacht. „Ich bin offensichtlich nicht schwul genug für Colin."

Ein Geräusch als wäre Rick gerade knapp vor dem Ersticken ließ Ed hastig aufblicken. Rick starrte ihn mit großen Augen an.

„Also, jetzt hab' ich wirklich alles gehört." Rick sah aus, als versuchte er, nicht zu lachen. „Nicht schwul genug? Es gibt keine *Skala des Schwulseins*, okay?" Er schüttelte den Kopf. „Hast du nicht gesagt, dass Colin dein Aussehen gefällt?"

„Ja, na ja", begann Ed, plötzlich nicht mehr so selbstsicher. „Das hat er gesagt, aber –"

„Was würdest du machen, wenn Colin eine Frau *wäre* und du denken würdest, dass da möglicherweise noch jemand mit im Spiel ist?", fragte Rick herausfordernd.

Kein Zögern. „Ich würd' sie darauf ansprechen."

Ein Schimmern trat in Ricks Augen. „Und warum sollte das hier anders sein?" Er schob entschlossen das Kinn vor. „Du nimmst jetzt gefälligst dein Telefon und rufst Colin *augenblicklich* an. Nimm dir den Vormittag frei, wenn nötig, aber bring das in Ordnung. Ich kann solange hier die Stellung halten."

Gott, das war verführerisch. Konnte es wirklich *so* einfach sein?

Rick begegnete seinem Blick. „Ed, mir ist allein vom Zuhören klar, dass das zwischen dir und Colin – wie auch immer es angefangen hat – inzwischen weit über unverbindliche Treffen zum Sex hinausgeht. Wieviel weiter es von jetzt an noch geht, liegt ganz bei dir." Dann breitete sich ein freundliches Lächeln über sein Gesicht aus. „Aber du willst mit diesem Mann zusammen sein, nicht?"

Gott helfe ihm, ja, das wollte er.

Ed steckte die Hand in die Tasche und wollte gerade nach seinem Handy greifen, als es unter seinen Fingerspitzen zu vibrieren begann. Er holte es heraus und blickte staunend auf den Bildschirm. Colin.

Rick stieß ein leises Kichern aus. „Ich lass dich dann mal in Ruhe telefonieren. Bleib hier. Ich bin mal kurz weg." Er verschwand aus dem Büro und ließ Ed zurück, der immer noch sein Handy anstarrte. Ihm schwirrte der Kopf. Das Handy klingelte hartnäckig weiter.

Er gibt nicht auf, was?

Mit einem Seufzer nahm Ed das Gespräch an. „Hi."

Am anderen Ende hörte er Colin den Atem ausstoßen. „Guten Morgen." Er verstummte.

Ed wartete ängstlich darauf, dass Colin weitersprach. Als es still blieb, wurde ihm klar, dass er den ersten Schritt tun musste. „Meinst du, wir könnten uns heute Morgen auf einen Kaffee treffen? Irgendwo zwischen deinem Büro und meinem?"

Colins Reaktion kam sofort. „Gegenüber von Kings Cross Station gibt's ein Café. Kennst du das? Wir treffen uns dort in einer halben Stunde."

Erleichterung durchströmte Ed. „Okay. Bis dann." Sie legten auf.

Ed drückte das Handy an seine Brust und atmete tief durch.

Okay, jetzt konnte er Rick sein Büro zurückgeben – und ihm Bescheid sagen, dass er sein Angebot annahm. Rick konnte die Teambesprechung leiten. Ed hatte einen wichtigen Termin.

Colin schaute schon zum fünften Mal auf die Uhr.

Er kommt ganz bestimmt. Geduld.

Colin konnte immer noch nicht glauben, dass Ed so

bereitwillig zugesagt hatte. Seit Ed am Samstagabend aus seiner Wohnung marschiert war, hatte Colin sich praktisch davon überzeugt, dass er es endgültig vermasselt hatte. Und als Ed am nächsten Tag nicht wie versprochen angerufen hatte, war ihm das wie eine Bestätigung vorgekommen. Ein Tag später, und Colin fühlte sich beschissen. Er hatte kaum geschlafen, und das war ihm anzusehen.

Die Tür des Cafés ging auf und Ed kam herein, seine Motorradjacke über der Schulter. Er entdeckte Colin sofort und kam auf ihn zu.

Jesus, er sieht so schlecht aus wie ich mich fühle. Colins nächster Gedanke war erfreulicher. *Aber wenigstens ist er hier.*

„Ich habe mit dem Bestellen gewartet, bis du auch da bist. Filterkaffee, schwarz?“ Colin kannte Eds Kaffeegeschmack inzwischen.

Ed nickte. „Ja, und mach’ einen Großen draus, hm?“ Er rieb sich mit der Hand über eine stoppelige Wange.

Colin lächelte. „Ja, für mich ist heute auch so ein Tag.“ Er ließ Ed sich hinsetzen und ging die Kaffees holen. Als er an den Tisch zurückkam, saß Ed zurückgelehnt auf dem gemütlichen Sofa. Er wirkte angeschlagen. Colin stellte die großen Becher auf den Tisch und setzte sich neben ihn.

„Konntest du dir so einfach ohne Probleme freinehmen?“ Colin wusste, dass Ed die Verantwortung hatte, bis Blake wieder aus dem Vaterschaftsurlaub kam.

„Ja. Rick kümmert sich für mich drum.“ Ed trank

einen großen Schluck Kaffee und lächelte. „Gott, schmeckt das gut."
Colin nippte an seinem schwarzen Kaffee und genoss das Aroma. Für einen Moment sagten beide nichts.
Mit einem hohlen Gefühl in der Magengrube wartete Colin darauf, dass Ed etwas sagte, *irgendwas*, woraus er erahnen konnte, was gerade in Eds Kopf vorging. Denn diese Warterei trieb ihn allmählich –
„Tut mir leid, dass ich nicht geblieben bin, okay?"
Colin hob ruckartig den Kopf, um Ed in die Augen zu sehen.
„Ja, ich weiß, ich war ein Idiot", sprach Ed weiter. „Das hat mir heute schon mal einer klargemacht."
„Ich würde nicht sagen, dass du ein Idiot warst", sagte Colin ruhig. „Es war genauso meine Schuld wie deine. Ich hätte dir sagen sollen, dass ich mich mit Matt getroffen habe." Er seufzte. „Matt will mich zurück."
Er wusste, dass es das Beste war, ehrlich zu sein. *Denn guck nur, wo die Scheiß-Heimlichtuerei mich hingebracht hat.*
Ed schluckte, dass sein Adamsapfel hüpfte. „Ach."
„Pass auf, er kann wollen, was immer er will", fügte Colin hastig hinzu. „Daraus wird trotzdem nichts. Ich will ihn nicht zurück."
Eds Augen weiteten sich. „Bist du sicher? Ich hab' gedacht, vielleicht…" Seine Worte verklangen.
„Was? Was hast du gedacht?" Colin wollte es wissen. Er konnte den Blick nicht von Ed wenden.
Ed stieß einen tiefen Seufzer aus. „Ich hab' gedacht, vielleicht hast du ja einen gefunden, der… du weißt schon…" Er senkte für einen kurzen Moment den

Kopf, und Colin konnte den Rest gerade noch hören.
„…schwuler ist."
Colin staunte. Was zum…?
Ed schaute auf und lächelte. „Ist okay. Rick hat's mir schon gesteckt. Jetzt weißt du, warum er mich einen Idioten genannt hat."
Dieser Rick gefiel Colin immer besser.
Er beugte sich vor. „Ich wiederhole: Du bist kein Idiot. Und nur damit das klar ist: Ich mag dich so, wie du bist."
Eds Wangen verfärbten sich rosa.
Colin legte seine Hand neben Eds auf den Tisch. Er streichelte die Seite von Eds Hand mit seinem kleinen Finger. Moment der Wahrheit.
„Ich will Matt nicht zurück. Hab' ich schon gemacht, kenne ich schon, und hat nicht funktioniert. Aber ich würde wirklich gerne sehen, wo das mit dir hinführt." Er sah Ed fest in die Augen. „Sehr, sehr gern."
Ed erwiderte seinen Blick mit leicht geöffnetem Mund, die Stirn in Falten gelegt. Er blinzelte, was Colin sehr deutlich verriet, dass Ed nicht wusste, wie er auf Colins Worte reagieren sollte.
Colin gab einen geduldigen Seufzer von sich. „Ed, was wir bisher hatten, fand ich sehr schön. Der Sex ist … fantastisch und ich fühle mich wirklich wohl mit dir. Aber ich muss ehrlich zu dir sein. Ich will mehr."
Die hellgrünen Augen weiteten sich.
Colin lehnte sich zurück. „Pass auf. Sag jetzt nichts, okay? Vielleicht musst du erstmal drüber nachdenken." Er stand auf. „Deshalb geh' ich jetzt wieder zurück in

mein Büro und lass dich genau das tun. Und wenn du bereit bist, mir zu sagen, was du davon hältst – ruf mich an, okay?“

Ed fand endlich seine Stimme wieder. „In Ordnung“, stimmte er zu.

Colin lächelte. „Danke.“ Er sehnte sich danach, den Mann zu küssen, sehnte sich schmerzlich danach, ihn in die Arme zu nehmen, aber dafür war hier nicht der rechte Ort. „Bis bald, hoffentlich.“ Er nahm sein Sakko von der Stuhllehne und nickte Ed ein letztes Mal zu, dann verließ er das Café.

Sobald er draußen war, holte Colin tief Luft.

Hoffentlich, hoffentlich hab’ ich hier das Richtige getan.

Und er wusste genau, dass er sich erst wieder entspannen würde, wenn er Ed wieder hatte. Er sandte dem Mann, den er im Café zurückgelassen hatte, eine stumme Bitte.

Bitte, Ed, überstürze das nicht. Denk’ drüber nach.

Ed hatte schon seine Schlüssel bereit, um die Tür zum Büro von Trinity aufzuschließen, da merkte er, dass bereits offen war.

Natürlich. Blake ist wieder da.

Normalerweise hätte er sich gefreut wie ein Schneekönig, seinen Boss wiederzusehen. Aber nach einer weiteren, fast schlaflos verbrachten Nacht konnte Ed nicht klar denken. Zunächst einmal war es ihm völlig entfallen, das Blake hier sein würde.

Wie konnte ich das bloß vergessen?

Blake, der Ed besser kannte als jeder andere – und der anscheinend imstande war, Eds Gedanken zu lesen. Logischerweise wusste er, dass das nicht möglich war, aber Gott, der Mann hatte ein unheimliches Talent dafür, ihn komplett zu durchschauen.

Und gerade jetzt ist das das Letzte, was ich will.

Blake, der genau in diesem Moment auf ihn zukam. Sein Boss sah aus, als könnte er eine ganze Woche Schlaf gebrauchen, aber er hatte trotzdem ein Lächeln auf den Lippen.

„Schön zu sehen, dass du immer noch ein Frühaufsteher bist."

Ed schnaubte. „Du warst grade mal… wie lange, fünf Wochen weg, Boss? Hast du gedacht, ich lass den Laden inzwischen verlottern?" *Und hoffentlich sagt ihm niemand was von dem kleinen Ausrutscher gestern…*

Blake zog lediglich die Augenbrauen hoch. Dann grinste er. „Kaffee?"

Ed erwiderte sein Grinsen. „Gott, ist das schön, dich wieder zu haben, Boss." Dann fiel es ihm wieder ein. „Und du glaubst ja nicht, wer hier angetanzt ist und einen Job haben wollte." Er konnte es kaum erwarten, Blakes Gesicht zu sehen.

Blake drehte sich um und ging Richtung Küche. Er gab Ed einen Wink, ihm zu folgen. „Das kann warten, bis ich meinen Kaffee getrunken habe. Heute Morgen hab' ich keinen gekriegt."

Das Aroma von frischgebrühtem Kaffee erfüllte die Küche, und Ed schnüffelte genießerisch. Blakes Worte kamen plötzlich bei ihm an.

„Kümmert sich dein Mann etwa nicht um dich?“, fragte er amüsiert.

Blake lachte. „Ich hab’ keinen Kaffee gekriegt, weil ich verschlafen habe. Sophie schläft noch nicht durch, und wir wechseln uns mit dem Füttern ab. Ich war gestern Abend so müde, dass Will versprochen hat, das Füttern zu übernehmen. Und als ich dann aufgewacht bin, hatte Will keinen Kaffee gemacht, weil er auf dem Beistellbett in Sophies Zimmer eingeschlafen war. Als ich reinkam, lag sie neben ihm und hat mich angelacht.“

Ed fand Blakes Gesichtsausdruck hinreißend. Er war eindeutig total vernarrt in seine kleine Tochter. „Wie geht’s ihr?“ Sophie war drei Wochen zu früh auf die Welt gekommen.

Blakes Gesicht strahlte. „Sehr gut. Sie hat ein ganz gesundes Gewicht, und normalerweise schläft sie zwischen den Mahlzeiten gut. Nur gestern nicht.“

Ed lächelte. „Wahrscheinlich hattest du ein schlechtes Gewissen, weil du wieder zur Arbeit gehst und sie und Will alleine lässt, und das hat sie mitgekriegt. Babys spüren sowas.“ Blakes Augenbrauen schossen in die Höhe, und Eds Gesicht wurde ganz heiß. „Hab’ ich gehört“, schob er hastig nach.

Blake schüttelte den Kopf, immer noch mit ganz großen Augen. „Sieh an, sieh an. Die Seite kenne ich ja noch gar nicht an dir. Wer bist du, und was hast du mit meinem schnoddrigen, erst-reden-dann-denken Büromanager gemacht?" Er lachte glucksend.

Ed blinzelte.

Oh, du hast noch nich' mal die Hälfte gehört.

Blake lehnte sich an die Arbeitsfläche. „Du wolltest mir doch gerade erzählen, wer sich hier beworben hat?" Er trank einen großen Schluck Kaffee und seufzte zufrieden.

„Ach ja." Ed wartete, bis Blake den Mund wieder voll Kaffee hatte. Perfektes Timing. „Melissa Richards."

Der Kaffee landete überall auf Blakes Anzug, ganz zu schweigen vom Teppich. Ed gab ein bösartiges, gackerndes Lachen von sich.

Als er endlich wieder Luft bekam, starrte Blake Ed ungläubig an. „Du nimmst mich auf den Arm, stimmt's?" Er schnappte sich einen Lappen und begann den Kaffee aufzuwischen. Er schaute angewidert an sich herab auf sein einstmals sauberes Hemd.

Ed kicherte. „Als ob ich mir sowas ausdenken würde." Er berichtete Blake von dem Gespräch. Blake hörte mit großen Augen und offenem Mund zu.

„Du hast sie doch hoffentlich im hohen Bogen rausgeworfen", sagte Blake, nachdem Ed geendet hatte.

Ed nickte.

Shane tauchte im Türrahmen auf; als er Blake sah, breitete sich ein Grinsen über sein Gesicht aus. „Willkommen zurück, Boss." Er blinzelte beim Anblick der Kaffeeflecken auf Blakes Hemd. „Ach, hatten wir einen kleinen Unfall? Den Mund verfehlt, hm?“

Blake lächelte. „Morgen. Und wie weit sind wir mit unserer Suche nach einem Ersatz für dich?“ Ein boshaftes Funkeln lag in seinen Augen.

Shane seufzte dramatisch. „Verstehe. Da arbeitet man sechs Jahre lang für jemanden, und er kann's gar nicht erwarten, einen los zu sein.“

„Bewerbungsgespräche sind alle für Ende der Woche vereinbart“, fügte Ed hinzu. „Und sei lieb zu dem Kleinen. Wir haben ihn nicht mehr lange.“

Blakes Gesichtsausdruck wurde niedergeschlagen. „Erinnere mich nicht daran. Ich dachte wirklich, ich hätte es geschafft, als ich dich eingestellt habe.“ Er warf Shane einen gespielt finsteren Blick zu. „Hoffentlich weiß Laura, was sie da für ein Schnäppchen macht. Habt ihr zwei schon ein Datum festgesetzt?“

Shane nickte. „Wir haben ein Haus gefunden – das heißt, unsere Freundin Lauren, die in Sydney lebt, hat ein Haus gefunden – und wir wollen in drei Monaten umziehen. Die Hochzeit findet direkt vor unserer Abreise statt, und die Flitterwochen verbringen wir dann drüben.“

„Nett“, bemerkte Blake. „Na denn, wollen wir beide uns mal mit dem Haufen Arbeit befassen, den du mir freundlicherweise auf den Tisch gelegt hast?“

Ed kicherte. „Dann lass' ich euch mal weitermachen.“ Er verließ die Küche und ging den Flur entlang in sein Büro. Nachdem er die Tür hinter sich geschlossen hatte, lehnte er sich dagegen. Je weniger Zeit er mit Blake verbrachte, desto besser. Blakes Intuition war zeitweise einfach zu gut.

Für den Rest des Morgens stürzte Ed sich in seine Arbeit. Nur damit konnte er gegen die Gedanken ankämpfen, die ihm wie wild im Kopf herumschwirrten. Immer noch konnte er Colins Gesicht vor sich sehen, den Blick in seinen Augen, als er es gesagt hatte…

Und wenn ich *mehr will? Was sagt das über mich?*

Das war der Teil, über den Ed nicht nachdenken wollte.

Er wollte gerade Mittagspause machen, als die Tür aufging und Blake hereinkam. Seine Augen funkelten gutgelaunt. Er zog sich den Stuhl gegenüber von Ed heraus und setzte sich, die Arme über der Brust verschränkt.

„Also… möchtest du mir vielleicht was sagen?“

Oh… Scheiße.

Kapitel 16

„'tschuldigung?" Ed schluckte. Sein Herz pochte so laut, dass Blake es ganz bestimmt hören konnte.

Blake drohte ihm mit dem Finger. „Hast du gedacht, du könntest es geheim halten? Das ganze Team redet schon darüber."

Ohscheißeohscheißeohscheiße…

Ed konnte nicht sprechen. Seine Kehle war wie zugeschnürt.

„Also, wie heißt sie?"

Moment… spul' mal zurück…

Ed legte den Kopf schräg. „Wie heißt wer?" Das wurde langsam komisch.

Blake grinste. „Die geheimnisvolle Frau, wegen der du seit ein paar Wochen alle anlächelst. Den ganzen Tag über höre ich ständig: ‚Ed ist verliebt',„ Er wackelte mit den Augenbrauen. „Also, sagst du mir jetzt, wer sie ist?"

Ed konnte ihn auf keinen Fall anlügen. Nicht Blake.

„Hör zu, ich muss mit dir reden, ja?" Ed sah seinem Boss in die Augen. „Aber nicht hier."

Gott, das reinste Déjà-vu…

Blake musterte ihn aufmerksam. Dann holte er sein Handy heraus und drückte eine Taste. Beim Sprechen schaute er Ed an. „Hi, Babe. Hör mal, ich weiß ja nicht, was du zum Abendessen machen wolltest, aber wir sind heute einer mehr am Tisch." Er machte eine Pause. „Ed kommt vorbei." Blake lächelte. „Ja, das klingt toll. Bis heute Abend.“ Eine weitere Pause. „Ich liebe dich auch. Gib Sophie einen Kuss von mir.“

Blake steckte sein Handy ein und sah Ed forschend an. „Gut so?“

Ed stieß einen erleichterten Seufzer aus. „Ja, perfekt.“

Blake nickte. „Dann lass ich dich mal weitermachen. Nur damit du's weißt, jetzt hast du mich richtig neugierig gemacht. Ich kann's kaum erwarten, das zu hören.“

Ed kicherte. „Pech gehabt. Schaff deinen Arsch wieder in dein Büro, Mr. Davis. Jetzt, wo wir dich wieder hier haben, kannst du ruhig auch mal was tun, ja?“

Blake öffnete die Tür, doch ehe er ging, warf er Ed einen gespielt finsteren Blick zu.

Ed sackte in seinem Stuhl zusammen. Er hatte seinem Freund eine Menge zu erzählen, und er wusste nicht, wo er anfangen sollte.

Woll'n doch mal sehen… „Also, ich war grade dabei, Colin einen zu blasen…“

Ed schnaubte. Blake würde sich nicht mehr einkriegen.

„Verdammt, Will, du kannst kochen.“ Ed lehnte sich zurück und rieb sich anerkennend den Bauch. „Nett zu sehen, dass du was Produktives mit deiner Zeit anfängst, wie zum Beispiel Kochen lernen.“ Er zwinkerte Blake zu. „Denn sonst sitzen Schriftsteller ja bloß den ganzen Tag rum, trinken Kaffee und chatten auf Facebook, das weiß ja jeder."

Blake johlte. „Gott, du lebst gern gefährlich, was?" Er wandte sich seinem Ehemann zu, der neben ihm saß, und küsste ihn zärtlich. „Und hör bloß nicht auf den gemeinen kleinen Troll da drüben", sagte er grinsend. „Ich weiß, wie du deine Tage verbringst, Babe."

Will kuschelte sich enger an Blake und legte ihm den Kopf auf die Brust. „Dankeschön." Er streckte Ed die Zunge heraus. Ed lachte.

Er klopfte auf die Lehne des Sofas, auf dem er saß. „Hattet ihr schon immer zwei Sofas, oder ist das hier neu?"

Blake zog die Augenbrauen hoch. „Erstens, ja, es ist neu, und zweitens, warum erzählst du uns nicht, was du *mir* im Büro nicht erzählen konntest? Ich bin nämlich ziemlich sicher, dass du nicht hier bist, um über Inneneinrichtung zu diskutieren."

„Ja, es sei denn, du bist plötzlich schwul geworden, seit wir uns das letzte Mal gesehen haben", fügte Will mit einem spöttischen Kichern hinzu.

Scheiße… Für einen Moment war Ed sprachlos – und in Panik.

Blake wurde ganz still. „Ed? Bist du okay?" Will setzte sich aufrecht hin und musterte Ed, die Stirn in Falten gelegt.

Na schön, was du heute kannst besorgen…

„Passt auf, ich hab' jemanden kennengelernt", begann Ed und spielte nervös mit dem rotsamtenen Kissen, das er auf den Schoss genommen hatte.

„Ach, was du nicht sagst", kicherte Will. „So viel weiß

ich schon von Blake."

Ed schüttelte den Kopf. „Ja, aber…" Verdammt, er hatte darüber doch schon mit Rick gesprochen, warum kam es ihm jetzt so viel schwerer vor?

Weil da drüben einer von deinen engsten Freunden sitzt, deshalb.

Ed holte tief Luft. „Die Sache ist bloß die…'s ist 'n Typ."

Blake starrte ihn an. Starrte ihn einfach nur an. Und dann breitete sich langsam ein Grinsen über sein Gesicht. „Na, leck' mich am Arsch."

Ed gewann wieder etwas von seiner Fassung zurück. „Lieber nicht, wenn's recht ist… ich glaub', da hätte dein Mann was dagegen", schnaubte er.

Will brach in Gelächter aus. Er hielt sich den Bauch und lachte, bis ihm die Tränen über die Wangen liefen.

Blake stieß ihn mit dem Ellbogen an. „Sei leise, du weckst Sophie auf."

Das brachte ihn rasch zum Schweigen. Will riss sich zusammen und wischte sich die Augen.

Blake warf ihm einen liebevollen Blick zu, dann konzentrierte er sich auf Ed. Seine Augen funkelten. „Also, das erinnert mich alles schwer an Tom Daley."

Er schmunzelte. „Das muss ich hören. Aber als erstes will ich eins wissen… wer?"

Will sagte mit einem triumphierenden Lächeln: „Es ist dein Rugby-Kamerad, Colin."

Was zum Teufel…? Ed fiel der Unterkiefer runter, und er starrte ihn verblüfft an. „Woher weißt du das, verdammt?"

Will polierte sich die Fingernägel an seinem Hemd. „Weil mein Gaydar *fantastisch* ist, daher." Dann lächelte er. „Ich hab' da sowas mitgekriegt, als ich ihn im Krankenhaus kennengelernt habe. Es war allerdings nicht zu übersehen, dass *du* nichts davon gemerkt hast."

Blake stand auf, ging in die Küche und kam mit drei dickwandigen Whiskygläsern und einer Flasche Whisky wieder zurück. Er stellte alles auf den Tisch und schenkte ein. Er reichte Ed und Will je ein Glas, dann setzte er sich wieder hin, legte den Arm um Will und zog ihn an sich. „Okay, fangen wir am Anfang an, ja?"

Ed seufzte. Er nahm einen Schluck Whisky und genoss das Brennen in seiner Kehle, dann begann er zu erzählen. Die beiden anderen hörten hauptsächlich schweigend zu; gelegentlich stellte einer von ihnen eine Frage. Als er geendet hatte, sackte Ed wieder in die Kissen zurück. „Da… jetzt wisst ihr alles."

„Aber das ist noch nicht alles, oder?", fragte Blake mit verständnisvollem Blick. „Irgendwas macht dir doch zu schaffen. Ich seh's dir an den Augen an." Er sah Ed voll Zuneigung an. „Komm schon, Kumpel. Wir kennen uns schon zu lange, um Heimlichkeiten voreinander zu haben. Was ist es?"

Ed schlürfte einen weiteren Schluck von seinem Whisky. „Ich versuch' nur rauszufinden, wo ich dabei bleib`"

Blake schaute verwirrt drein. „Was meinst du damit?"

Ed tat sein Bestes, um seine Gefühle in Worte zu fassen. „Ich bin gern mit Col zusammen. Ich find' den

Sex toll – Gott, der Sex ist *fantastisch*“ – Will und Blake kicherten beide, und Eds Wangen wurden heiß – „und wir verstehen uns echt gut. Also… macht mich das schwul? Ich meine, ich hatte Freundinnen, ja? Also, bin ich jetzt schwul, bi…?“

Blake lächelte. „Wieso brauchst du ein Label? Lass’ es sein, was es ist. Versuch’ nicht, das alles zu sezieren oder in eine ordentliche kleine Schachtel zu packen. Akzeptier’ es einfach.“

Ed dachte über seine Worte nach. Das fühlte sich… richtig an.

„Mich interessiert mehr, was als nächstes passiert“, sagte Will, den Blick auf Ed gerichtet. „Colin hat gesagt, dass er mehr will – was sagst du dazu?“

Ed starrte in seinen Whisky. „Ich hab’ ganz schön Schiss, wenn du’s unbedingt wissen musst.“

„Das ist verständlich“, sagte Will ruhig. „Aber nach allem, was ich sehe, kommst du ganz gut damit zurecht.“

Ed hob den Kopf. „Echt?“ Will nickte. „Danke, Mann.“ Er ließ die bernsteinfarbene Flüssigkeit in seinem Glas kreisen. „Ja, wenn ich ehrlich bin… ich will auch mehr. Bloß, ich will’s im Moment noch nich’ überall rumposaunen. Das heißt, meine Rugby-Kumpels wissen Bescheid und haben anscheinend auch kein Problem damit – und wir sind endlich dieses Arschloch von Murphy los – und dann seid da ihr zwei, und Rick und Angelo, aber sonst will ich’s im Moment noch niemandem sagen.“ Er schaute die beiden an. „Ist das okay?“

Blake lächelte. „Ed, mein Freund, es ist dein Leben. Du entscheidest, wem du Bescheid sagst, ja? Wenn es dir allerdings wirklich ernst ist mit Colin, wirst du's irgendwann deiner Mutter sagen müssen."

Das gab ihm zu denken. „Gott, meine Mum… ich hab' keine Ahnung, wie sie's aufnehmen wird."

„Es gibt keinen Grund zur Eile", versicherte Will. „Lass' dir einfach Zeit, ja? Ihr seid noch ganz am Anfang. Schau doch erstmal, wohin das mit euch beiden geht, bevor du ihr irgendwas sagst."

Ed musterte ihn für einen Moment schweigend. Dann grinste er. „Mit euch zwei und dann noch Rick und Angelo fehlt's mir nicht an Leuten, die ich um Rat fragen kann." Es war ein tröstender Gedanke.

Blakes Blick war warm. „Jederzeit, Kumpel. Jederzeit." Dann leuchtete sein Gesicht auf. „Magst du dir ein kleines Mädchen anschauen, das im Moment gerade schläft?"

„Ich dachte schon, du fragst nie", schmunzelte Ed. „Ich wette, ihr zwei habt gedacht, ich wär' wegen *euch* gekommen, was?"

Darüber lachten alle drei. Ed stand vom Sofa auf und folgte Blake und Will zum Zimmer ihrer Tochter. Er spähte durch die halb offene Tür und sah die Kleine auf dem Rücken in ihrem winzigen Gitterbett liegen, die Fäustchen geballt, den Mund leicht geöffnet.

„Gott, sie ist so klein", flüsterte Ed. „Aber wunderschön. Leute, sie ist bezaubernd."

Blake und Will standen neben ihm, hielten sich in den Armen und sahen ihre kleine Tochter liebevoll an. Sie zogen ihn weg und schlossen die Tür bis auf einen kleinen Spalt. Auf dem Rückweg ins Wohnzimmer lachte Will leise vor sich hin. „Wollen doch mal sehen, ob du das immer noch sagst, wenn du dran bist mit Babysitten."

Colin schaltete den Fernseher aus und ließ die Fernbedienung auf das Polster neben sich fallen. Er hatte sowieso nicht auf das geachtet, was im Fernsehen lief. Sein Verstand war mit anderen Sachen beschäftig – nun ja, mit einer anderen Sache, ehrlich gesagt.

Er konnte kaum glauben, dass seit der Nacht im Krankenhaus erst fünf Wochen vergangen waren. Es kam ihm viel, viel länger vor. Er hatte seit dem Kaffee gestern nichts mehr von Ed gehört, und er sagte sich ständig, dass keine Nachrichten gute Nachrichten waren.

Was, wenn ich ihn verscheucht habe? Was, wenn Ed nur jemanden zum Vögeln will, und keine feste Bindung?

Es war ja nicht so, als hätte Colin nicht schon oft genug Gelegenheitssex gehabt. Damit war er auch immer mehr als zufrieden gewesen. Aber Ed? Ed war etwas Anderes.

Das Summen der Gegensprechanlage schreckte ihn aus seiner Träumerei. Er warf einen Blick auf seine Uhr und stellte überrascht fest, dass es schon nach zehn war. Colin tappte barfuß zur Wohnungstür und drückte den Sprechknopf. „Hallo?“

„Col, tut mir leid, dass ich einfach so bei dir reinplatze.“ Beim Klang von Eds Stimme beschleunigte sich Colins Herzschlag. „Komm rauf“, sagte er und drückte den Türöffner. Er öffnete die Tür und schaute den Flur entlang zum Aufzug, wobei er fieberhaft überlegte, was wohl hinter Eds Besuch stecken mochte. Der Aufzug kam summend zum Stehen, und Ed tauchte auf. Er lächelte, als er Colin in der geöffneten Tür warten sah.

„Das ist ja eine schöne Überraschung“, sagte Colin auf dem Weg durch die Diele ins Wohnzimmer. „Ich hatte nicht damit gerechnet, dich so bald wiederzusehen.“

Ed blieb stehen, die Hände in den Hosentaschen. „Ich komm’ grade von Blake und Will.“

„Ach? Wie geht’s dem Baby?“ Colin nahm auf dem Sofa Platz und gab Ed einen Wink, sich zu ihm zu setzen.

„Gott, Col, sie ist hinreißend.“ Ed lächelte strahlend. „Und sie sieht echt gut aus.“

„Ich hab’ eben erst an die Nacht damals gedacht.“ Colin lehnte sich zurück. „Es kommt mir jetzt vor, als wäre das schon viel länger her.“

„Und seither ist viel passiert“, fügte Ed hinzu. Seine Stimme sank herab. Er zog die Schultern hoch und beugte sich vor, die Ellbogen auf die Knie gestützt. Für einen Moment sagte keiner von ihnen etwas.

„Möchtest du was trinken?“, fragte Colin.

Ed schüttelte den Kopf. „Nee. Ich muss dir was sagen.“

Colins Herz pochte. Er brachte kein Wort heraus. Er... wartete einfach.

Ed starrte eine Zeitlang auf den Teppich, dann hob er den Kopf und sah Colin an. „Sieh mal, ich werd' keine Regenbogen-Flagge schwenken und arschwackelnd in der Pride Parade mitlaufen –"

Colin brach in schallendes Gelächter aus. Er konnte einfach nicht anders. Eds Augen weiteten sich und Colin wedelte mit der Hand. „Gott, entschuldige bitte. Das war echt unhöflich von mir. Aber ich kann mir einfach nicht vorstellen, wie du arschwackelnd *irgendwo* rumläufst."

Ed lächelte. „Ja, nicht auszudenken, was?" Sein Gesichtsausdruck wurde ernster. „Aber wie gesagt... ich würd' gern sehen, wohin das führt. Mit uns, mein' ich."

Colin staunte. „Ist das dein Ernst?"

Ed nickte, den Blick fest auf Colin geheftet. „Mein voller Ernst." Er schluckte. „Falls du das auch immer noch willst." Er leckte sich die Lippen.

Verlangen packte Colin und durchströmte ihn heiß. „Gott, ich würde dich am liebsten auf der Stelle küssen."

Ed stöhnte auf. „Oh, um Himmels Willen, Col, sag mir das doch nich'- *mach's* einfach, verdammt nochmal."

Colin schubste Ed rücklings auf das Sofa, streckte sich auf diesem fabelhaften Körper aus und attackierte diesen Mund, der geradezu darum bettelte, mit einem alles verzehrenden Kuss. Ihre Zungen stießen zusammen, Hände wanderten über ihre Körper. Beide gaben drängende Laute reinen Begehrens von sich, je erregter sie wurden.

„Fuck“, keuchte Ed, als er zum Luftholen hochkam.

„Gute Idee“, sagte Colin grinsend. „Hier oder im Bett?“

Eds Augen funkelten. „Warum nicht beides?“

Colin lachte. „Oh, mir gefällt, wie du denkst.“

Und das beendete jegliche Konversation für die nächsten ein, zwei Stunden.

„Also, was hast du für einen Eindruck von den Kandidaten?“, fragte Ed Karen. Die letzte Bewerberin war gerade hineingegangen, und er wollte Karens Meinung hören. Sie hatte eine gute Menschenkenntnis.

Karen spitzte die Lippen. „Dieser Tom hat mir gefallen, falls Blake die Tradition mit einem männlichen PA weiterführen will. Er war sehr sympathisch, wenn auch ein bisschen schüchtern.“ Sie nippte an dem Tee, den Ed ihr gebracht hatte. Tee war natürlich nur ein Vorwand – Ed hatte von vorneherein vorgehabt, Karen auszufragen.

„Das spricht nicht gegen ihn“, sagte Ed grinsend. „Guck dir Shane an. Am Anfang hat er keinen Piep rausgebracht, und jetzt guck ihn dir nur an.“ Er lachte in sich hinein. „Neulich hab’ ich gehört, wie er Blake eine freche Antwort gegeben hat.“ Ed legte eine Hand auf sein Herz. „Ich war ja *so* stolz auf ihn." Beide lachten.

„Roberta wirkte sehr kompetent", meinte Karen. „Ich finde, dass sie von allen dreien am besten für den Job geeignet ist. Sie kam mir echt eifrig vor und war sehr freundlich."

„Vielleicht", sagte Ed achselzuckend. „Auf dem Papier sieht allerdings Samantha am besten aus." Sie war die letzte Kandidatin, die gerade ihr Vorstellungsgespräch hatte.

Karen kniff die Lippen zusammen und sagte gar nichts.

Ed runzelte die Stirn. „Was? Was ist?"

Karen zuckte die Schultern. „Ach, wahrscheinlich liegt es nur an mir, aber…"

„Aber?" Ed hockte sich auf die Kante von Karens Schreibtisch. „Komm schon, Babe. Bist doch sonst nie so zurückhaltend." Er gab ihr einen sanften Schubs gegen die Schulter. Es war kein Geheimnis bei Trinity, dass Karen eine Schwäche für ihn hatte.

Karen nahm einen weiteren Schluck Tee, ehe sie antwortete. „Okay, was für sie spricht? Sie ist älter. Das ist gut – die Jüngeren hat Blake bisher immer vergrault." Ed schnaubte. „Sie hat jede Menge Erfahrung im Verlagswesen."

„Einverstanden." Ed verschränkte die Arme vor der Brust.

„Sie benimmt sich sehr professionell, und sie ist attraktiv."

Ed sagte nichts, sondern wartete auf die Pointe.

„Es ist nur so, dass…“ Karen machte ein finsteres Gesicht. „Sie hat irgendwas an sich, was mir nicht gefällt. Irgendwas Unbestimmtes, und ich kann beim besten Willen nicht den Finger drauflegen.“ Sie trommelte mit ihren manikürten Fingern auf dem Schreibtisch herum.

Ed stand auf, als er Blakes Stimme im Flur hörte. Blake kam um die Ecke, begleitet von Samantha, die ein makelloses, graues Kostüm trug. Sie schüttelten sich die Hände.

„Danke, dass Sie gekommen sind“, sagte Blake mit einem breiten Lächeln. „Ich werde in Kürze meine Entscheidung treffen, und Sie werden in jedem Fall von uns hören. Es hat mich gefreut, Samantha.“

„Ganz meinerseits“, antwortete sie mit einem genauso breiten Lächeln, „und nennen Sie mich Sam, bitte.“

„Sam“, wiederholte Blake. „Auf Wiedersehen und nochmals danke.“

Ed sah ihr nach, als Sam mit einem fröhlichen Winken den Empfangsbereich verließ. Dann wandte er sich an Blake und zog die Augenbrauen hoch. „Und?“

Blake grinste zufrieden. „Oh, keine Frage. Sie kriegt den Job. Sie macht einen sehr kompetenten Eindruck, sie ist höchst qualifiziert und bei ihr kann ich mir nicht vorstellen, dass sie sich darüber beschwert, was ich doch für ein Tyrann bin, also hält sie es vielleicht sogar länger aus als Shane.“ Er wandte sich an Karen. „Setz bitte ein Bestätigungsschreiben auf, ja, Karen? Und dann sieh zu, dass es heute noch zur Post kommt.“ Er wirbelte herum und marschierte pfeifend zurück in

sein Büro.
Karens Gesichtsausdruck wurde angespannt.
Ed drückte ihr die Schulter. „Vielleicht liegt deine weibliche Intuition ja daneben, hast du dir das mal überlegt?“
Sie rümpfte die Nase. „Kann sein.“
Ed warf ihr ein warmes Lächeln zu und verzog sich wieder in sein Büro. Im Weggehen hörte er sie noch vor sich hin murmeln: „Vielleicht aber auch nicht.“

Kapitel 17

„Bist du nervös?“, wandte Ed sich an Rod, als sie sich für das Spiel umzogen. Im Umkleideraum war es laut, da alle schon ganz heiß auf das Spiel waren.

„Ein bisschen“, bekannte Rod mit einem schüchternen Lächeln. „Aber nicht mehr so sehr wie vor zwei Wochen, das ist mal ganz sicher. Du hast mir echt geholfen.“

Ed schnaubte, und Colin klopfte ihm auf den Rücken. „So ist er eben, unser Ed“, grinste er. „Hilfreiche, kleine Seele.“

„Klein? Ed?“, schnaubte Harrison. Er zwinkerte den anderen Spielern zu, die sich um ihn herum umzogen. „Ich glaube, Colin braucht ‘ne Brille.“ Das weckte Gekicher.

„Warum?“, fragte Pete mit funkelnden Augen. „Ist Eds Pimmel so klein, dass er ihn ohne nicht sieht?“ Schallendes Gelächter hallte von den Fliesen wider.

Colin hob die Hand. „Erstens brauch’ ich keine Brille, und zweitens hat Pete in der Dusche offenbar nicht richtig hingeschaut, wenn er den *Baseballschläger,* den Ed zwischen den Beinen hat, für klein hält.“ Er zwinkerte.

„Jaja, aber kann er auch damit umgehen?“, rief jemand. Gejohle und Kraftausdrücke folgten.

„Okay, jetzt kommen wir definitiv in Bereiche, über die ich gar nichts wissen will“, stöhnte Jeff und hielt sich Ohren zu. „La la la la la la la…”

Lautes, raues Gelächter schallte durch den Raum.
Colin warf Ed einen kleinlauten Blick zu. „Tut mir leid, du weißt ja, wie sie sein können."
Ed sah ihn an. „Darüber unterhalten wir zwei uns später noch, ja?" Sein Grinsen verriet, dass es keine echte Drohung war.
„Woo hoo! Sieht aus, als hätte Colin heute Nacht was zu erwarten, Jungs!"
„Okay, das reicht jetzt." Trevor schüttelte den Kopf. „Ich schwöre, ihr werdet immer schlimmer."
Es klopfte laut an der Tür. Jeff öffnete sie gemächlich. Zu Colins Überraschung drängten sich ungefähr fünf oder sechs Spieler von Southend in den Raum. Eds Mannschaft stand auf. Aller Augen richteten sich auf die Eindringlinge.
„Also, wo sind die Schwulen?", fragte der größte Spieler und schaute sich suchend um. Seine Mannschaftskameraden standen hinter ihm.
Die Reaktion der Spieler war unverkennbar. Alle erstarrten.
„Und?" fragte der Southend-Spieler. „Wir haben einen Anruf gekriegt, also haben wir uns gedacht, wir gucken uns die berühmten „Schwuchteln" mal an, von denen wir so viel gehört haben." Er grinste.
Colin sah die Anspannung in den Gesichtern seiner Mannschaftskameraden, die sich langsam auf die Gegner zu bewegten. Trevor trat vor sie hin.
„Kriegen wir hier ein Problem?"
Der Anführer machte ein bestürztes Gesicht. „Oh Gott, nein, Mann! Ihr habt uns ganz falsch

verstanden.“

„Ja.“ Ein weiterer Southend-Spieler schob sich nach vorn. „Ihr kennt doch alle Derek Miles, unsere Nummer Acht? Der ist schwuler als ‘n lila Bohrturm.“

Colins Mannschaftskameraden wechselten überraschte Blicke.

„Warum seid ihr dann hier?“, fragte Pete herausfordernd.

Der Anführer lächelte. „Wir wollten euch Bescheid sagen, dass uns dieser boshafte kleine Drecksack mit seinen Anrufen völlig kalt gelassen hat. Derek wird euch zwar sagen, dass er sich von uns eine ganze Menge gefallen lassen muss, sicher, aber wir stehen hinter unseren Leuten. Da draußen wird’s keine hinterhältigen Sachen geben, Jungs. Verlasst euch drauf.“

Colin konnte beinahe sehen, wie die Anspannung sich löste. Steife Rücken und zurückgenommene Schultern entspannten sich.

Jeff deutet auf Colin und Ed. „Die zwei da, das sind unsere schwulen Maskottchen“, sagte er mit einem frechen Grinsen.

Der Anführer folgte seinem deutenden Finger und schnappte nach Luft. „Maskott*chen*? Der da ist gebaut wie ein Panzerschrank!“ Weiteres raues Gelächter folgte, und die gute Stimmung von vorhin kehrte wieder ein. Eds Gesichtsausdruck war hinreißend, eine Mischung aus verlegenem Erröten und schockiertem Mundaufsperren, und dazu noch einem Funken Stolz.

„Okay, Jungs. Zurück in euren Umkleideraum.“

Trevor übernahm die Kontrolle. „Uns bleiben nur noch knapp fünf Minuten. Wir sehen uns dann draußen.“ Er nickte ihnen freundlich zu. Die Spieler grinsten die Heimmannschaft an und gingen hinaus. Trevor starrte seine Mannschaftskameraden an. „Und wenn ihr Primadonnas dann soweit seid, wir haben ein Spiel zu gewinnen.“ Er zwinkerte.

Colin zog sein rot-schwarzes Trikot an. Er war kampfbereit.

Rod näherte sich ihnen. „Derek Miles ist schwul?“, fragte er in ehrfurchtsvollem Ton.

Ed machte große Augen. „Soso, stehen wir etwa auf Derek, hm?“ Er wackelte mit den Augenbrauen.

Rod kroch die Röte den Hals hinauf bis in die Wangen. Er hustete, und Ed und Colin lachten. Rod rückte näher an Colin heran. „Und? *Kann* Ed nun damit umgehen?“, fragte er mit einem schlitzohrigen Grinsen.

Colin brach in Gelächter aus. „Das geht dich nichts an!“ Dann neigte er sich zu ihm und senkte die Stimme zu einem lauten Flüstern. „Und ob – darauf kannst du einen lassen.“ Er hörte Ed nach Luft schnappen und lachte leise in sich hinein.

Ed sagte mit finsterem Blick: „Wenn du dann mal fertig wärst mit deinen jugendgefährdenden Sprüchen…“

Colin kicherte immer noch, als er mit Ed, Rod und dem Rest der Mannschaft aufs Spielfeld joggte. Alle schienen in großartiger Stimmung zu sein.

„Scheiß-Schwuchteln! Was für 'ne Schande, hier Tunten mitspielen zu lassen!"

Colin blieb der Mund offen stehen. *Was zum Teufel?*

Harrison kam mit finsterer Miene angerannt. „Gibt's etwa jetzt schon Zwischenrufe? Das Spiel hat noch nicht mal angefangen."

Colin richtete sich auf und reckte den Kopf. „Das kommt von da drüben."

Eine beträchtliche Menge hatte sich bereits eingefunden. Die Mannschaft von Kensington war beliebt; sie hatten eine große Fangemeinde.

Colin suchte die Zuschauermenge ab. „Kannst du erkennen, wer das macht?"

Phil und Jeff kamen ebenfalls dazu. Sie musterten die wartenden Zuschauer.

„Co-lin Rey-nolds mag 'nen Schwanz im A-harsch."

Skandierende Männerstimmen erhoben sich über die Menge. Eiseskälte breitete sich in Colins Körper aus.

Phil erstarrte plötzlich. „Oh, dieser verfluchte kleine *Wichser*!"

Ed erschien an Colins Seite. Sein Gesicht war blass. „Ich hab's gehört. Wen meinst du, Phil? Kennst du einen von denen?"

Colin hörte Gemurmel von Leuten aus der Menge, die Widerspruch gegen die Zwischenrufer anmeldeten.

Phil nickte langsam. „Oh ja. Drei von denen spielen für Maida Vale, und das sind alles ganz fiese Typen.

Kein einziger von denen spielt sauber." Er machte ein finsteres Gesicht. „Aber was mich erst recht ankotzt – wisst ihr, wer da noch dabei ist?" Er wandte sich seinen Mannschaftskameraden zu. „Murphy."

Und jetzt änderte sich der Sprechgesang.

„Ed Fel-lows, Ed Fel-lows fickt schwule Ärsche scham-los."

Weitere Stimmen erhoben sich und forderten die Störer auf, still zu sein.

Colin wirbelte herum und sah Ed an. Sein Gesicht war weiß.

„Dichten können die jedenfalls nicht", scherzte er, doch seine Stimme klang wacklig, und Colin konnte sehen, dass Ed zitterte.

Spieler aus dem gegnerischen Team kamen auf die kleine Gruppe zugetrabt. Unter ihnen war die Nummer Acht von Southend, Derek. Er zog eine Grimasse. „Ich glaub', ich geh' mal da rüber und verpass' denen einen Denkzettel." Er ballte seine gewaltigen Fäuste.

Harrison fasste ihn am Arm. „Ich komm' mit."

Derek runzelte die Stirn. „Das ist nicht dein Kampf."

Harrison biss die Zähne zusammen. „Aber deiner, weil du schwul bist und ich nicht? Scheiß drauf." Seine Augen waren kalt. „Ich bin vielleicht nicht schwul, aber zwei von meinen Teamkollegen schon, und ich sage, zeigen wir den *Arschlöchern* da drüben, dass sie sowas nicht machen können."

Derek nickte. „Auf geht's." Seine Stimme war angespannt.

Die beiden Riesenkerle marschierten steifbeinig über

das Spielfeld auf Murphy zu, der von drei johlenden Kerlen flankiert wurde. Murphys Gesicht war eine Maske des Hasses. Colin konnte die Worte nicht verstehen, als die sechs Männer einander gegenüberstanden, doch ihre Gesichter sagten genug.
Derek griff sich zwei von den Typen aus der Menge und verprügelte beide gleichzeitig. Harrison ging mit fliegenden Fäusten auf Murphy los. Der dritte Mann warf einen Blick auf das Getümmel und verkrümelte sich unter dem Hohn und Spott der Menge.
Und dann war der Schiedsrichter da, gefolgt von Trevor und Doug, dem Mannschaftskapitän von Southend. Die drei Männer zerrten die Kontrahenten auseinander und hielten sie an den Armen fest.
„Oh Gott", stöhnte Phil laut auf. „Der Schiri wird Derek und Harrison aus dem Spiel nehmen."
„Was?" Ed fiel der Unterkiefer runter. „Aber die haben doch gar nicht angefangen!"
„Spielt keine Rolle", sagte Phil niedergeschlagen. „Hör' dir bloß mal den Aufruhr an."
Trevor und Doug schickten Murphy und seine beiden Freunde zum Teufel. Buhrufe der umstehenden Zuschauer begleiteten die drei Männer, als sie sich davonschlichen.
Derek klopfte sich den Schmutz ab, machte einen Schritt auf Harrison zu und zog ihn in eine feste Umarmung. Die Zuschauer brachen in Jubelrufe aus, als die beiden Männer sich umarmten, ehe sie der Schiedsrichter vom Platz stellte.
Colin wandte sich zu Ed um. „Bist du okay?", fragte er

seinen Geliebten.
Ed atmete tief durch. „Das wird schon. Im Moment bin ich so stinksauer, dass ich kotzen könnte.“ Er begegnete Colins besorgtem Blick. „Lass uns spielen, hm?“, sagte er und straffte seine breiten Schultern.
„Klasse Idee“, brummte Phil, und von beiden Teams gab es zustimmendes Nicken.
Als sie losrannten, um das Spiel in Gang zu bringen, kämpfte Colin mühsam gegen seinen aufwallenden Zorn an.
Wann findet dieser ganze Hass endlich ein Ende?

„Fabelhaftes Spiel, Jungs!“, jubelte Trevor, als er aus dem Umkleideraum kam und durch seine Mannschaftskameraden watete, die lachend und schwatzen herumstanden. Er klopfte jedem Spieler im Vorbeigehen auf die Schulter. „Und was für ein Ergebnis!“ Es war knapp gewesen, aber Kensington hatte Southend um fünf Punkte geschlagen. Spieler aus beiden Mannschaften standen vor dem Clubhaus und schmiedeten Pläne, zusammen noch einen trinken zu gehen.
„Gehen wir in den Pub?“, fragte Colin, nachdem er seine Sporttasche in das Gepäckfach der Harley gezwängt hatte.
Eds Gesicht leuchtete auf. „Na klar!“ Seine Laune hatte sich seit Beginn des Spiels erheblich gebessert.

Aber so war Ed eben. Bei allem, was er tat, war er immer mit ganzen Herzen dabei. Colin mochte das sehr an ihm. Bei Ed Fellows gab es keine halben Sachen.

Colin schaute sich um. „Hast du Rod gesehen? Ich will ihm gratulieren. Sowas von blitzschnellen Reaktionen – der Junge war das reinste Wunder da draußen."

Ein spitzbübisches Lächeln stahl sich über Eds Gesicht. „Rod ist… äh, beschäftigt", sagte er und bekam rosa Wangen.

„Beschäftigt? Mit was?"

„Damit." Ed deutete mit einem Kopfnicken auf etwas über Colins Schulter. Colin drehte sich um – und staunte.

„Ach nee."

Rod kam aus dem Clubhaus geschlendert, in ein eindeutig fesselndes Gespräch mit Derek Miles vertieft. Was das Ganze noch interessanter machte war die Art, wie Derek Rod anschaute.

„Denkst du grade, was ich denke?", fragte Ed mit einem Grinsen.

Colin sah ihm in die Augen. „Oh ja." Er streckte die Hand aus. „Jetzt gib mir einen Helm und hör auf, sie anzustarren. Sonst machen wir ihn am Ende noch nervös."

Ed warf verstohlen einen weiteren Blick in Rods Richtung. „Och, ich finde das echt süß."

„Helm – sofort."

Ed zog die Augenbrauen hoch. „Guck an. Muss ich dich etwa dran erinnern, wer in dieser Beziehung das

Sagen hat?“ Seine Augen funkelten.
Colin bewegte sich auf ihn zu. „Aha…dann sind wir also definitiv in einer Beziehung?“ Er lächelte.
Eds Stimme wurde heiser. „Wie sagtest du doch so schön? „Oh ja“.“
Colin rückte noch näher, angelockt von Eds weichen Lippen – bis jemand eine Sporttasche nach ihm warf, die ihn mitten auf den Rücken traf.
„Sucht euch ‘n Zimmer.“
„*Wollt* ihr uns etwa zum Kotzen bringen?“
„Nimm ‘ne kalte Dusche, Mann!“
Colin wirbelte herum; da standen seine Mannschaftskameraden und grinsten breit. „Ihr Säcke.“
Ed drückte ihm den Helm an die Brust. „Komm schon, du, das Bier ruft. Ich hör’s bis hier.“
Unter Gelächter und Gekicher stieg Colin hinter Ed auf die Harley.
„Halt’ dich fest“, rief Ed ihm zu. „Und mit der Ware wird nicht gespielt.“
Colin fasste Ed mit beiden Armen um die Taille, schmiegte sich ganz eng an den starken, straffen Körper, den er so gern vor sich spürte. Er legte Ed das Kinn auf die Schulter.
„Spielverderber.“
Eds Lachen hallte in ihm wider.

„Verflixt noch eins, es ist ansteckend", stöhnte Pete.

Ed folgte Petes Blickrichtung und musste lächeln. Die beiden Teams hatten sich vor etwa zwei Stunden ins *Elephant & Castle* gedrängt und fast alle Tische mit Beschlag belegt. Spieler saßen auf Hockern an den Tischen oder hatten sich in die gepolsterten Bänke gequetscht; auf den Tischen standen zahlreiche Biergläser mit unterschiedlichem Füllstand.

In einer Ecke steckten Derek Miles und Rod die Köpfe zusammen. Derek redete mit gedämpfter Stimme auf Rod ein, und der schmächtiger gebaute junge Mann schaute ihn mit großen Augen an, einen Ausdruck gespannter Aufmerksamkeit im Gesicht. Besonders bemerkenswert war Dereks Hand, die beiläufig Rods Schenkel streichelte. Und Rod schien unter dieser Berührung geradezu dahinzuschmelzen.

„Willst du uns was mitteilen, Rod?", rief Jeff, gefolgt von Gekicher und gedämpftem Gelächter aus seiner Umgebung.

Dereks Hand spannte sich fester um Rods Schenkel, aber Rod schaute zu Derek auf und lächelte. Dann suchte er einmal kurz Eds Blick und holte tief Luft.

„Nein", sagte er grinsend. „Ich hätte gedacht, es liegt klar genug auf der Hand." Und dann wandte er sich wieder seinem Gespräch mit Derek zu.

Jeff blieb der Mund offen stehen. „Oh mein Gott. Noch einer." Er starrte seine Mannschaftskameraden mit großen Augen an. „Werden jetzt noch *mehr* von uns schwul?" Gelächter brach aus.

Ed konnte nicht widerstehen. „Hast du's noch nicht

gehört? Alles schon geplant. Wir sind scharf auf die Weltherrschaft." Er zwinkerte Colin zu. „Nächstes Jahr um diese Zeit ist das hier die Schwulen-Rugbymannschaft von Kensington."

„Scheiße aber auch." Phil schüttelte den Kopf. „Gott, das ist ja wie mit Bussen. Kein einziger schwuler Spieler weit und breit, und plötzlich kommen drei auf einmal daher."

Für einen Moment herrschte Schweigen, dann brach das gesamte Lokal in Gelächter aus.

„Hey, Harrison!" rief Derek. Harrison schaute ihn an, und Derek prostete ihm mit seinem Bierglas zu. „Du warst klasse heute, Kumpel. Denen haben wir's gezeigt, was?" Seine weißen Zähne erstrahlten in einem breiten Lächeln.

Harrison hob sein Glas ebenfalls. „Und wie. Jederzeit wieder, Derek." Er nickte der Nummer Acht bekräftigend zu. Derek grinste und wandte seine Aufmerksamkeit dann wieder Rod zu.

Phil pfiff. „Ich würde ja sagen, bei dem hast du Chancen, Kumpel, aber der Platz ist wohl schon besetzt." Er warf Harrison einen anzüglichen Blick zu. „Es sei denn, Derek da drüben steht auf flotte Dreier."

Colin bekam einen Lachanfall, und mehrere Spieler stimmten ein. „Oh Gott, Jungs, ich krieg' mich nicht mehr ein."

Ed beobachtete das Geschehen, doch in Gedanken war er ganz woanders.

Colin stupste ihn mit dem Knie an. „Wo bist du? Und was denkst du gerade?"

Ed stieß einen Seufzer aus. „Ich hab' über heute nachgedacht. Wie's einerseits solche Wichser wie Murphy geben kann, die vor lauter Hass nich' mehr gradeaus gucken können, und andererseits?" Er schaute sich unter den lachenden Spielern um. „Dann gibt's wieder solche wie die Jungs hier, die dich einfach akzeptieren und weitermachen." Sein Blick streifte Derek und Rod, die ins Gespräch vertieft waren. „Ich meine, guck' dir Rod an. Wir wissen beide, dass er ganz schön Bammel davor hatte, es den Jungs zu sagen, nicht? Und doch ist er dann ins kalte Wasser gesprungen und hat's einfach gemacht." Er grinste. „Und die Truppe hier ist ganz locker geblieben."

Colin strahlte ihn an. „Vielleicht ist es ihm leichter gefallen, nachdem er ihre Reaktion heute gesehen hat. Vielleicht hat ihm das ein bisschen Mut gegeben." Er blickte sich prüfend im Pub um und machte eine Handbewegung in Richtung der Spieler. „Aber täusch' dich nicht. Das hier ist nicht typisch. Es wird immer Scheißkerle wie Murphy geben, die dir das Leben schwermachen wollen, weil du schwul bist. Aber dann triffst du manchmal auf Leute wie diese, und das gibt dir echt den Glauben an die Menschheit zurück."

Ed musterte für einen Moment Colins Gesicht. „Ich glaube, ich spiele für die richtige Mannschaft." Er lächelte.

„Ich wäre ein guter Schwuler, glaub' ich", verkündete Tony Meadows der versammelten Gruppe. Schallendes Gelächter und Würgegeräusche von seinen Mannschaftskameraden begrüßten seine Worte.

Er schaute sich verwundert um. „Was? Ganz bestimmt. Ich steh' im Einklang mit meiner weiblichen Seite."

Jeff prustete Bier. „Schwul sein hat nix mit deiner weiblichen Seite zu tun, Kumpel." Er deutete auf Colin und Ed. „Ich meine, guck' dir die zwei da an. Und Derek. Die sehen alle aus wie fiese Schlägertypen."

Phil lachte schallend auf. „Wisst ihr was, Jungs? Ich glaube, Ed und Col verscheißern uns bloß." Er hatte ein boshaftes Funkeln in den Augen. „Ich meine, die *sagen* zwar, dass sie schwul sind, aber haben wir je einen Beweis dafür gesehen? Nee."

Pete krümmte sich vor Lachen. Er wischte sich die Augen und schüttelte den Kopf über Phil. „Wie sollen sie's dir denn beweisen? Sich von dir beim Ficken zugucken lassen?" Grölendes Gelächter schallte durch das überfüllte Pub.

Phil verschluckte sich an seinem Pint. „Scheiße, nein." Seine Mannschaftskameraden kicherten. Dann warf er Ed und Colin ein durchtriebenes Grinsen zu. „Aber ich würd' gutes Geld dafür bezahlen, sie beim Küssen zu sehen." Er zwinkerte seinen Freunden zu. „Ihr nicht auch? Zwei große, starke Typen wie die beim Knutschen?"

Colin bebte vor Gelächter. Ed starrte seine Mannschaftskameraden nur an. Komischerweise hatte er kein bisschen Angst. Tatsächlich gab ihm die Vorstellung, Colin vor Publikum zu küssen, sogar einen leichten erotischen Kick.

Colin sah ihm in die Augen. „Bist du bereit, dich ein für alle Mal zu outen?“, fragte er mit einem Lächeln.
Eds Herz pochte wie wild. Er erwiderte Colins direkten Blick ohne mit der Wimper zu zucken. „Warum nicht?“
Colin wandte sich an Phil. „Also gut, zeig’ uns dein Geld.“
Phil quollen fast die Augen aus dem Kopf. „Was?“ Ihm blieb der Mund offen stehen.
Colins Augen funkelten. „Eben gerade hast du gesagt, du würdest gutes Geld bezahlen, um Ed und mich beim Küssen zu sehen, also… ich will erst das Geld sehen, sonst gibt’s keine Vorstellung.“ Phil machte ein Gesicht, bei dem Ed sich das Lachen verbeißen musste.
„Er hat recht, Phil. Du musst blechen!“, rief einer der Spieler von Southend. Seine Teamkollegen wiederholten die Forderung.
Phil plusterte sich auf. Er griff in die Tasche seiner Jeans, zog eine zerknitterte 5-Pfund-Note heraus und warf sie vor Colin auf den Tisch. „Da!“ Mit rotem Kopf lehnte er sich zurück und verschränkte die Arme vor der Brust.
Jeff warf einen prüfenden Blick auf die Banknote und lachte. „Und was erwartest du dafür von ihnen?“ Er schüttelte den Kopf. „Geizhals.“
Phil wirkte gequält. „Was, mehr?“
Pete lachte schallend. „Kumpel, du verlangst von zwei Kleiderschränken von Rugbyspielern, sich mitten in einem Pub zu küssen, und das vor einem Haufen

Heteros. Sorg' lieber dafür, dass es sich auch für sie lohnt.“ Er zwinkerte Ed und Colin zu. Colin antwortete mit einem Grinsen.

Phil grummelte vor sich hin und griff tiefer in die Tasche. Er zog ein Bündel Geldscheine hervor und begann sie durchzusehen. Harrison, der neben ihm saß, spähte in Phils Hand, dann schnappte er sich eine Zwanzig-Pfund-Note aus dem Bündel und warf sie auf den Fünfer. „Na, das sieht doch schon besser aus“, sagte er mit einem boshaften Grinsen.

Phil fiel der Unterkiefer runter. „Hey! Das ist mein Geld, mit dem du da so großzügig umgehst.“ Er griff danach, aber Harrison legte die Hand darauf.

„Ah-ah“, warnte er. Dann schaute er Ed und Colin an. „Ist das genug für euch?“

Colin warf Ed einen fragenden Blick zu. Der zuckte die Achseln. Die ganze Situation war einfach nur surreal. „Klar.“

Ed kam es so vor, als starrte jeder einzelne Mann im Pub sie an, als Colin ihn zu küssen begann – erst sanft, aber dann mit immer mehr Verlangen. Ed musste ein Stöhnen unterdrücken, das direkt hinter seinen Lippen war. Auf keinen Fall würde er seine Kumpels erkennen lassen, welchen Effekt Colins Kuss auf ihn hatte. Colin packte seinen Kopf mit beiden Händen, während er Eds Mund verschlang. Nach ein paar Sekunden unterbrach Colin den Kuss und lehnte sich zurück. Seine Augen glänzten.

Und Ed war steinhart.

„Heilige Scheiße“, sagte Pete mit gedämpfter Stimme.

„Das war…“ Er verstummte.

„Hammergeil war das.“ Dereks Stimme drang durch den Nebel der Lust in Eds Hirn. Derek begann langsam Beifall zu klatschen, und andere Spieler schlossen sich an. Der Applaus wurde lauter.

Ed tauchte aus dem Kuss auf und starrte die Rugby-Spieler an, die ihn mit unterschiedlichen Mienen musterten. Er räusperte sich und hielt seine Hände bewusst von seiner Leistengegend fern, obwohl er nur zu gern seinen qualvoll steifen Schwanz zurechtgerückt hätte.

„Und jetzt seid ihr hoffentlich alle zufrieden“, sagte er, als der Applaus erstarb. „Ich lass’ euch jetzt mal in Ruhe weiterpicheln und bring’ Colin nach Hause.“ Er stand auf.

Pfiffe und Gejohle erhoben sich unter den Spielern.

Colin blickte sich im Pub um und zwinkerte. „Ich glaube, heute Nacht hab’ ich Glück, Jungs.“

Ed knurrte, packte Colin am Oberarm und zerrte ihn unter Gegröle und Gelächter aus dem Pub.

Es war Montag, ehe Ed die Welt außerhalb von Colins Wohnung wiedersah. Und das war ihm nur recht.

Kapitel 18

„Oh, manchmal könnte ich der Frau eine scheuern!“, schimpfte Karen, die sich in der Büroküche einen Kaffee einschenkte.

Ed blickte überrascht von seinem Mittagessen auf. Karen war normalerweise so friedfertig; es sah ihr gar nicht ähnlich, so zu keifen. „Was gibt’s denn, Babe?“

Karen stieß ein leises Knurren aus. „Ich wollte Blake fragen, ob ich mir ein paar Tage frei nehmen kann. Meine Kusine heiratet, und ich bin zur Hochzeit eingeladen, aber die ist in Deutschland, also bräuchte ich mindestens drei oder vier Tage frei.“

Ed runzelte die Stirn. „Und wo ist das Problem? Blake machen solche Sachen normalerweise nichts aus.“

„Das Problem ist“, presste Karen mit zusammengebissenen Zähnen hervor, „dass ich gar nicht an Blake rankomme und ihn nicht fragen kann. Sam nimmt jetzt alle Anrufe für ihn entgegen, also kann man ihn nicht mehr direkt anrufen.“

Ed starrte sie an. „Dann geh’ doch einfach bei ihm vorbei.“ Für ihn lag das klar auf der Hand.

„Denkst du, da wär’ ich nicht schon von selber drauf gekommen?“, maulte sie. „Aber jedes Mal, wenn ich zu seinem Büro gehe, ist die Tür zu und auf dem Schild steht, dass man sich bei Sam melden soll. Und *sie* lässt mich nicht zu ihm rein. Er ist immer „beschäftigt“„ – sie krümmte die Finger in der Luft – „oder „hat eine Telefonkonferenz“ oder sonst irgendwas." Sie rümpfte die Nase und sah Ed in die Augen. „Also? Wann hast *du* zum letzten Mal mit Blake gesprochen?"

Ed überlegte kurz. Jetzt, wo sie es erwähnte… Ed sah Blake nicht mehr gleich morgens als Erstes; wenn er zur Arbeit kam, war Sam immer schon da und machte Kaffee. Sicher, Ed bekam E-Mails, aber das war es auch schon. Und ja, in den letzten paar Wochen hatte er Blake immer seltener gesehen.

„Und dann sind da die Teambesprechungen", fuhr Karen fort. „Sam hat sie zur Formsache gemacht. Immer gibt es eine straffe Tagesordnung. Es ist, als würde sie einfach *alles* bis ins letzte Detail organisieren", sagte sie bedrückt. „Hier ist einfach nichts mehr wie früher. Jedenfalls kommt's mir so vor."

Ed stand auf, nahm Karen in den Arm und drückte sie fest. Sie lehnte sich an ihn. „Hör zu", sagte er ruhig. „schick' Blake eine E-Mail, dass du dir frei nehmen willst, ja? Die sieht er. Und mach' dir keine Sorgen. Vielleicht ist Sam nur 'n bisschen übereifrig, du weißt schon, neuer Job und alles." Jedenfalls hoffte er, dass es nur das war. Er ließ Karen los, und sie trat errötend zurück.

„Danke, Ed. Du bist süß."

Ed schenkte sich einen Kaffee ein und lächelte sie ein letztes Mal an, dann verließ er die Küche und machte sich auf in sein Büro. Unterwegs dachte er über Karens Worte nach. In den letzten paar Wochen war es im Büro ziemlich hektisch zugegangen. Jeden Tag schien eine neue Flut von Manuskripten sie zu überschwemmen. Ed und sein Team hatten noch nie so viel zu tun gehabt.

Vielleicht hab' ich deshalb noch nichts mitgekriegt, dachte Ed. *Zuviel Arbeit.*

Dann bekam er einen roten Kopf vor lauter Schuldgefühl. Nicht nur die Arbeit hatte seine Zeit in Anspruch genommen. Da gab es auch noch einen gewissen hinreißenden Mann, der die meisten seiner Abende in Anspruch nahm. Ganz zu schweigen von gelegentlichen Momenten während des Tages, wenn die Gelegenheit günstig war – wie jetzt…

Er ging in sein Büro und schloss die Tür. Er hatte zwar schon gegessen, aber seine Pause war noch nicht ganz vorbei. Er hatte gerade noch Zeit für einen Anruf.

Ed setzte sich, legte die Füße auf den Schreibtisch und holte sein Handy heraus. Er wusste, dass Colin nach wenigen Klingeltönen rangehen würde. Das hier war inzwischen ein regelmäßiges Ereignis geworden.

„Ich wollte dich grade anrufen", sagte Colin. „Wie war denn dein Morgen? Je weniger über meinen gesagt wird, desto besser."

„Was war denn?" Ed lehnte sich bequem zurück.

„Oh, nichts womit ich dir das Ohr abkauen will", antwortete Colin. „Kommst du heute Abend zu mir zum Essen?"

„Ja, das klingt super." Ed lächelte beim Gedanken an ein Abendessen mit seinem Lover.

Mein Lover. Schon die Worte allein ließen ihn innerlich

und äußerlich strahlen.

„Wo bist du gerade?", fragte Colin.

„In meinem Büro. Warum?"

„Wann ist die Mittagspause um?"

Ed schaute auf seine Uhr. „Du hast mich noch für fünfzehn Minuten." Dabei bekam er schon Schmetterlinge im Bauch. Er wusste, was jetzt kam.

„Schließ die Tür ab."

Der autoritäre Unterton in Colins Stimme hatte denselben Effekt wie immer – Eds Schwanz ging direkt in Habachtstellung. Ed schoss von seinem Stuhl hoch und quer durchs Zimmer; er schloss die Tür ab und saß innerhalb von Sekunden wieder hinter seinem Schreibtisch. Er holte ein Paar Ohrhörer aus der Schublade und stöpselte sie in sein Handy ein, wobei er die ganze Zeit grinste.

„Bist du soweit?"

Ed knöpfte sich die Hose auf, öffnete den Reißverschluss und steckte die Hand in seine Unterhose. „Oh ja." Er umfasste seinen steif werdenden Schaft. „Hast du deinen Schwanz auch draußen?" Er stellte sich Colin an seinem Schreibtisch vor, wie er seinen langen, dicken Schwanz durch seine Faust gleiten ließ.

„Wie sagtest du doch so schön? „Oh ja"."

Ed lachte in sich hinein. „Wegen dir mach' ich ganz schön schlimme Sachen, weißt du? Telefonsex während der Arbeitszeit? Aber, aber, Mr. Reynolds."

Colins Stimme war leise. „Alles deine Schuld." Er atmete immer schneller. „Ich brauch' mir nur auszumalen, wie du in meinem Bett liegst – ausgestreckt auf dem Rücken, nackt, und dein Schwanz steht stramm und wartet nur darauf, dass ich ihn reite."

„Oh, fuck", sagte Ed leise.

„Genau das hab' ich heute Abend nach dem Essen mit dir vor."

Ed stockte der Atem. „Du willst mich ficken?"

„Oh, Baby, und *ob* ich deinen süßen Arsch ficken werde." Colins Stimme war rauchig und teuflisch sexy.

„Was hab' ich dir angedroht", keuchte Ed, dessen Hand immer schneller über seinen Schwanz glitt, „wenn du nochmal „Baby" zu mir sagst?"

Colin lachte. Ed war in Gedanken schon auf Händen und Knien, und Colin rammte sich von hinten in ihn hinein. Er liebte es, wenn Colin ihn einfach *nahm*. Sein Schließmuskel zog sich zusammen bei der Erinnerung an Colins Schwanz tief in seinem Hintern, wie er ihn so völlig ausfüllte.

„Du willst das, oder?", keuchte Colin. „Du liebst es doch wenn ich dich ficke – hart und schnell."

„Scheiße, ja." Gott, er war schon *so* knapp davor.

„Eines schönen Tages lassen wir uns testen, du und ich."

„Testen?" Eds Hand kam ins Stocken.

„Gott, ja. Ich will ohne Gummi in dich eindringen und deine ganze Hitze um meinen Schaft spüren."

Scheeeeeiiiiiissseee…

„Willst du das?", fragte Colin herausfordernd. „Willst du meinen nackten Schwanz in dir spüren? Fühlen, wie ich dir meine heiße Ladung reinpumpe?"

Und plötzlich war Ed alles zu viel. Er ächzte, als seine Eier hochrutschten und schnappte sich rasch ein Papiertaschentuch von seinem Schreibtisch, um das Sperma aufzufangen, das aus seinem Schwanz spritzte. Er öffnete den Mund zu einem stummen Schrei und wölbte sich von seinem Stuhl hoch, am ganzen Körper zitternd.

„Oh Scheiße, du machst so geile Geräusche, wenn du kommst." Und dann hörte Ed Colins leisen Aufschrei, gefolgt von rauem Atmen.

Ed sackte keuchend zurück auf seinen Stuhl und hielt krampfhaft die Papiertaschentücher um seinen erschlaffenden Schwanz fest. „Gott, ich schwöre, du bringst mich jedes Mal schneller zum Abspritzen, wenn wir das machen", sagte er atemlos.

„Was meinst du, könnte ich dich in unter fünf Minuten zum Orgasmus bringen?"

Ed lachte leise. „Wahrscheinlich, so wie du rangehst, aber wo bleibt dabei der Spaß?" Er wischte sich ab und warf die Taschentücher in den Papierkorb. „Jetzt denk' ich den ganzen Tag nur noch daran, wie du mich fickst, das weißt du, oder?"

Colin lachte. „Verflixt! Du hast meinen heimtückischen Plan durchschaut." Er kicherte. „Viel Spaß heute Nachmittag."

Ed schüttelte den Kopf. „Du bist ein echter Fiesling, alles klar." Er verabschiedete sich und legte auf. Sobald er wieder ordentlich verpackt und präsentabel war, nahm er seine Tasse und verzog das Gesicht beim

Geschmack des kalten Kaffees.
Ich glaub' heute Abend drehen wir im Bett mal den Spieß um, dachte er. *Nennen wir's Rache dafür, dass mein Kaffee kalt geworden ist.*
Dann endlich kamen Colins Worte bei ihm an. *Testen.* Die Schlussfolgerung aus diesem einen Wort ließen eine Welle von Hitze durch seine Adern strömen.
Verdammt.
Ed lächelte.

„Ed, hast du mal eine Minute?"
Ed blickte von den Zahlen auf, die er gerade prüfte. Karen stand an der Tür seines Büros. „Klar, Karen. Was gibt's?"
„Meinst du, du könntest mit mir mitkommen in Blakes Büro?"
Ed legte eine Hand auf sein Herz und schnappte dramatisch nach Luft. „Was – kein Pitbull heute?" Er gluckste. *Pitbull* war der wenig schmeichelhafte Spitzname, den Karen Sam verpasst hatte.
„Sie hat heute Morgen angerufen. Anscheinend musste sie ihre Katze zum Tierarzt bringen." Karen runzelte die Stirn. „Also, kannst du jetzt mitkommen zu Blake? Es ist wichtig."
„Klar." Er stand auf und trat zu ihr. „Aber wenn Blake fragt, warum er die Monatsstatistik zu spät kriegt, geb' ich dir die Schuld." Er grinste, aber zu seiner

Überraschung reagierte Karen nicht. Er ging mit ihr zu Blakes Büro, wo sie anklopfte und eintrat, dicht gefolgt von Ed.
Blake schaute von seinem Monitor auf und lächelte. „Haben wir ein Meeting, von dem ich nichts wusste?“ Er zog die Augenbrauen hoch. „Weiß Sam davon?“ Blake deutete auf sein Sofa, und Karen setzte sich. Ed lehnte sich an Blakes Schreibtisch. Blake schaute Karen an und sein Lächeln verblasste. „Okay, irgendwas stimmt hier definitiv nicht, wenn darauf keine Reaktion kommt.“ Er drehte seinen Stuhl so, dass er ihr das Gesicht zuwandte und verschränkte die Arme vor der Brust. „Raus damit.“
Für einen Moment schaute Karen auf ihre Hände hinab, dann sagte sie: „Ihr wisst doch beide, dass ich vor ein paar Jahren mal mit einem Mann zusammen war, der mich missbraucht hat.“ Blake und Ed nickten. „Nun, nachdem ich den Scheißkerl endlich in die Wüste geschickt hatte, hat mir eine Freundin geraten, zur Psychotherapie zu gehen, und das hat mir echt geholfen. Ich habe viel gelernt. Also, ich beobachte Sam, seit sie hier angefangen hat. Und ich muss euch sagen, so langsam fangen bei mir die Alarmglocken an zu läuten, und das hat alles mit meiner Psychotherapie zu tun.“
Ed hatte keine Ahnung, wohin das führen sollte, und nach Blakes Gesicht zu schließen, ging es seinem Boss genauso. „Jetzt komm’ ich nicht mehr mit.“
Karen rang die Hände. „Okay. Meine Therapeutin hat mir aufgezeigt, wie Tom mich allmählich von meinen

Freunden und Kollegen entfremdet hat. Wenn ich mich mit jemandem treffen wollte, hat er immer darauf bestanden, dass ich bei ihm zuhause bleibe. Wenn jemand bei mir geklingelt hat, ist er an die Tür gegangen. Meine sämtlichen Anrufe liefen über ihn. Wenn Freunde mit mir ausgehen wollten, mussten sie zuerst Tom fragen. Er hat versucht, mich völlig von sich abhängig zu machen. Ein klassischer Fall von häuslicher Gewalt, hat meine Therapeutin gesagt."

„Okay, jetzt bin ich ganz durcheinander", sagte Blake stirnrunzelnd. Ed nickte. „Was hat das mit Sam zu tun?"

Karens Augen weiteten sich. „Findest du nicht, dass du gerade dasselbe erlebst?", fragte sie Blake.

Blakes Augen wurden ausdruckslos, aber Ed hatte plötzlich das bange Gefühl, zu wissen, worauf Karen hinauswollte.

„Buchstabier's ihm aus", schlug er vor.

Karen warf ihm einen dankbaren Blick zu und wandte sich dann an Blake. Sie zählte an den Fingern auf: „Niemand hat mehr ‚Zugang' zu dir – wir müssen alle erst zu Sam. Deine sämtlichen Anrufe laufen über sie. Wenn wir zu dir wollen, kriegen wir gesagt, dass du ‚nicht verfügbar' bist. Sie hält alle auf Armeslänge von dir fern. Dafür hat sie alles umorganisiert." Sie schaute Blake flehend an. „Siehst du's denn nicht? Ich hab' die Zeichen erkannt und musste was sagen. Jetzt hatte ich zum ersten Mal Gelegenheit dazu."

Blake starrte sie an. In seinem Gesicht malte sich Betroffenheit. „Karen, ich bin ja dankbar für deine

Besorgnis, aber glaube, du siehst Sachen, die nicht da sind. Sicher, Sam hat meine Arbeitsweise umorganisiert, und ich muss sagen – seither bekomme ich viel mehr erledigt."

„Lass mich raten – weil du mehr Zeit mit Arbeiten verbringst und weniger beim Kaffeeklatsch mit allen möglichen Leuten?"

Blake hob ruckartig den Kopf und starrte Ed an, was ihm sagte, dass er ins Schwarze getroffen hatte.

„Klingt das bekannt? Kann's vielleicht sein, dass du sowas schon von Sam gehört hast?" Ed presste die Lippen zusammen. „Okay, vielleicht liegt Karen ja total falsch, aber ich finde, du solltest wenigstens mal drüber nachdenken, ja?"

Blake zuckte die Achseln. „Ich kann nur sagen, danke, dass du dich gemeldet hast, Karen."

Karen stand auf. „Ich geh' dann mal wieder an meinen Schreibtisch." Sie eilte aus dem Büro und warf Ed im Vorbeigehen ein kurzes Lächeln zu. Ed sah ihr nach.

„Ich persönlich glaube ja, dass Karen sich da etwas einbildet."

Ed wandte sich seinem Boss zu. „Ach ja? Okay, dann sag' ich dir mal, wie ich das sehe, ja? Ich bin dein Büromanager, dein *Stellvertreter*, wie du mich ein paarmal genannt hast. Also steh' ich vom Rang her technisch gesehen über deiner PA. Wie kommt's dann, dass sie nicht mal *mich* in den letzten paar Wochen in dieses Büro gelassen hat?" Er schüttelte stirnrunzelnd den Kopf. „Ich mach' mir Vorwürfe, dass ich nicht schon eher was gesagt hab'. In meinem eigenen Leben war ganz schön viel los, und da hab' ich hier vielleicht was schleifen lassen, obwohl ich mich besser drum gekümmert hätte. Ich hab' mich rausgehalten, weil ich dachte, das wird schon wieder, aber nach allem, was Karen eben gesagt hat? Von jetzt an werd' ich *Samantha* sehr genau im Auge behalten, darauf kannst du wetten."

Er ging zur Tür. „Und wenn du *meinen* Rat hören willst, das solltest du auch tun."

Und damit kehrte er in sein Büro zurück. Sein Herz pochte.

Und wenn er drüber reden will, weiß er ja, wo er mich findet.

Colin ließ Ed gewähren, bis sie mit dem Essen fertig waren, aber das Schweigen machte ihm allmählich zu schaffen. „Stimmt irgendwas nicht?"

Ed blickte auf, die Stirn in Falten gelegt. „Wieso denn?" Er starrte seit mindestens fünf Minuten auf seinen leeren Teller und fuhr mit dem Finger das Muster darauf nach.

Colin stieß einen geduldigen Seufzer aus und stellte Eds Teller außer Reichweite. Er nahm Eds Hand und umschloss sie mit seiner. „Ganz offensichtlich bedrückt dich doch irgendwas. Du hast den ganzen Abend kaum ein Wort gesagt."

Eds Blick fiel auf ihre verschränkten Hände. Ein leichtes Lächeln spielte um seine Lippen. „Das ist

schön."
„Ja?" Colin massierte mit dem Daumen sanft Eds Handrücken. Ed schloss die Augen, wie verloren in der Intimität des Augenblicks. „Ed. Rede mit mir."
Ed schnaubte und öffnete die Augen. Er hob den Kopf und begegnete Colins Blick. „Mir gehen bloß ‘n paar Sachen im Kopf rum. Mach dir mal keine Gedanken deswegen."
Colin ließ seine Hand los und richtete sich auf. „Was glaubst du eigentlich, wer ich bin?"
Ed runzelte die Stirn. „Hä?"
Colin starrte ihn unbeirrt an. „Ich bin dein Lover. Der Mann, der regelmäßig sein Bett mit dir teilt. Du weißt doch, der Typ, mit dem du in einer Beziehung bist?" Er umfasste Eds Kinn und hob sein Gesicht an. „Und wenn all das bedeutet, dass du mir immer noch nicht anvertrauen kannst, was in deinem Leben so vor sich geht, dann haben wir ein Problem." Er ließ los, sammelte das Geschirr ein und brachte es in die Küche. Nachdem er es ins Waschbecken gestellt hatte, drehte er sich zur Kaffeemaschine um, fand aber seinen Weg blockiert. Ed stand da, einen gequälten Ausdruck auf dem Gesicht.
Er fasste Colin am Arm. „Tut mir leid, okay? Das hier… das ist schwierig für mich. Ich war noch nie in ‘ner Beziehung, wo ich über meine Gefühle geredet hab’, ja? Ich war der Mann, und Männer reden eben nicht über sowas."
Colin zog die Augenbrauen hoch. „Lass mich raten. In allen deinen früheren Beziehungen ging es nur um Sex,

stimmt's? Rein körperlich, ohne emotionale Bindungen?" Er lehnte sich an Ed, zog ihn enger an sich und flüsterte: „Wir haben so viel mehr als das." Er fühlte den Schauer, der Ed durchfuhr. Langsam, ganz langsam küsste Colin ihn; seine Lippen berührten Eds Mund zart wie Spinnwebfäden. Eds Bart streifte Colins Haut; er liebte dieses Gefühl. Er bewegte sich an Eds Hals entlang nach unten, ließ seine Lippen über die Haut geistern, die nach Ed roch, warm und angenehm. In den wenigen Nächten, die Ed in seinem eigenen Bett verbrachte, vergrub Colin mit Vorliebe sein Gesicht im Kissen seines Lovers, um eingehüllt von Ed einzuschlafen.

Ed stand mit geschlossenen Augen da, die Hände an den Seiten. Colin wusste, dass Ed normalerweise eine andere Art von Kuss von ihm gewohnt war. *Diese* Küsse würden später kommen, im Bett. Colin kehrte zu Eds Mund zurück und küsste ihn leicht, flüchtig, wie ein Hauch.

Ed öffnete die Augen. „Das… das war ein schönes Gefühl."

Colin lächelte. „Freut mich. Ich wollte dich schon lange mal so küssen." Er nahm Ed an der Hand und führte ihn zurück ins Wohnzimmer. Sie setzten sich aufs Sofa.

„Okay, fangen wir nochmal an." Colin streckte sich auf der Couch aus und legte seinen Kopf in Eds Schoss. Die muskulösen Schenkel gaben ein festes Kissen ab. Er blickte zu Ed auf, der lächelte, als er Colin so daliegen sah. „Ich höre."

Ed schmunzelte. „Haben wir's schön gemütlich?"
„Mmmm, sehr." Colin kuschelte ein bisschen mit den Schultern und warf Ed einen gespielt finsteren Blick zu. „Mach hin."
Ed seufzte. „In Ordnung. Zwei Sachen, genau genommen. Also erstens hat sich da bei der Arbeit was ergeben. Kann sein, dass ich Mist gebaut hab' oder sowas." Er erzählte Colin von den Befürchtungen der Rezeptionistin, Karen, im Hinblick auf Blakes neue PA. „Am meisten wundert mich, dass Blake nichts davon gemerkt hat. Und ich auch nicht." Sein Blick verriet, wie aufgewühlt er war.
„Okay, schauen wir uns das mal für einen Moment an. Zum einen sieht Karen vielleicht alles ganz falsch. Und Blake war vermutlich in den letzten paar Wochen zu beschäftigt, schließlich ist er nach einer ziemlich langen Zeit gerade erst wieder ins Büro zurückgekommen. Ich wette, dass er in Gedanken immer noch bei Will und der kleinen Sophie war." Colin hob die Hand und tätschelte Ed unter dem Kinn. „Selbst *du* bist in letzter Zeit nicht immer mit deinen Gedanken nur bei der Arbeit."
„Und wessen Schuld ist das, frag' ich mich? Wenn mich da ständig so ein knackärschiger Typ anruft und mich ganz heiß macht." Er grinste Colin an und kniff ihn sanft in die Nase. Es war eine intime kleine Geste, bei der Colin ganz warm ums Herz wurde.
„Hat Rick was bemerkt?", fragte er.
Ed überlegte für einen Moment. „Wenn ja, hat er jedenfalls nichts gesagt." Dann grinste er. „Aber da

wären wir dann auch wieder beim Thema ‚andere Sachen im Kopf'."
Colin kicherte und verschränkte die Arme. „Du hast was von zwei Dingen gesagt. Was noch?"
Ed legte Colin eine Hand auf die Brust, streichelte ihn. „Ähm, das ist 'n bisschen… persönlicher. Ich fass' gerade Mut für was Bestimmtes." Colin neigte den Kopf, um ihn eingehend zu mustern, und Ed seufzte. „Ich hab' vor, dieses Wochenende meine Mum zu besuchen. Da gibt's was, was ich ihr sagen muss."
Colin richtete sich hastig auf. Er kniete sich neben Ed auf das Sofa, den Blick fest auf sein Gesicht geheftet. „Ja?", fragte er.
Ed sagte mit einem wundervollen, zärtlichen Lächeln: „Na ja, ich hab' mir gedacht, es wird so langsam Zeit, dass sie den Mann in meinem Leben kennenlernt." Er schluckte.
Colin holte lange und tief Luft. „Gott, Ed." Sein Herz machte einen Freudensprung.
Für einen Moment sahen sie sich schweigend an, und dann machte Ed etwas sehr un-Ed-mäßiges. Er streichelte Colins Wange. Seine Finger bewegte sich über die Wangenknochen in Colins Haar.
„Lass uns ins Bett gehen."
„Ja." Colins Stimme klang rauer als beabsichtigt.
„Aber… kann ich dich 'ne Weile in den Armen halten? Ich mein', wir können schon Sex haben, aber…" Da war etwas in diesen grünen Augen, eine Sehnsucht, die Colin vorher noch nicht gesehen hatte. „Ich will dich einfach nur halten."

Colin stand auf und streckte ihm die Hand hin. „Das fände ich schön", sagte er leise.
Ed kam auf die Füße und Colin führte ihn ins Schlafzimmer und machte die Tür hinter ihnen zu. Eds sämtliche Sorgen und Ängste konnten für eine Nacht draußen bleiben.

Kapitel 19

Ed verstaute die Harley in der Garage und schloss ab. Er ging langsam auf die Hintertür zu. Er wusste, dass Mum zuhause war – er hatte sich extra vergewissert, bevor er bei Colin losgefahren war. An der Tür blieb er stehen. Colins letzte Worte hatte er immer noch im Kopf.

„Sie liebt dich, ja? Dann wird sie kein Problem damit haben. Okay, vielleicht ist es am Anfang ein Schock, aber sie wird drüber wegkommen. Und das ist meine Meinung, obwohl ich über sie nur weiß, was du mir von ihr erzählt hast. Also hab' Vertrauen, Baby."

Ed lächelte trotz aller Befürchtungen vor sich hin.

Eines Tages treib' ich ihm dieses Wort noch aus, und wenn's das Letzte ist, was ich tu'.

Das Merkwürdigste war, dass es ihm allmählich gefiel.

Er stieß die Tür auf und betrat die kleine Küche. Mum stand am Spülbecken und wusch Geschirr ab. Sie wirbelte herum und ihr Gesicht leuchtete auf.

„Was machst du denn an 'nem Samstag hier?" Ihre Augen funkelten. „Und haben wir nicht eben erst miteinander telefoniert?" Sie trocknete sich mit einem Geschirrtuch die Hände ab und breitete die Arme aus. „Komm her, du. Kannst du deine alte Mum mal drücken?"

Ed trat lächelnd zu ihr, umarmte sie fest und hob sie in die Luft. Mum lachte und gab ihm einen Klaps auf die Schulter. „Lass mich runter, du Schwachkopf."

Ed stellte sie behutsam wieder auf die Füße.

Sie maß gerade mal eins-fünfzig, also musste sie zu ihm aufsehen. Mit einer Hand rieb sie über seine bärtige Wange. „Gott, du gleichst deinem Dad von Tag zu Tag mehr." Der Anflug von Traurigkeit in ihrem Blick entging ihm nicht. Mum strich sich ihren Rock und ihre Bluse glatt, dann setzte sie Wasser auf. „Du willst doch bestimmt 'nen Kaffee?"

„Das wär' toll, Mum." Ed zog sich einen Stuhl heraus und setzte sich an den hölzernen Küchentisch, der im Laufe der Jahre so viel gesehen hatte. In der Küche besprach die Familie wichtige Dinge bei einer Tasse Tee oder Kaffee, wenn auch nie alle zugleich. Sie passten einfach nicht alle in die kleine Küche.

Mum warf ihm über die Schulter einen Blick zu. „Oh, so ist das also?" Sie hatte offensichtlich sofort erfasst, warum er in der Küche bleiben wollte. Sie wandte sich wieder ihrer Aufgabe zu. „Na, ich hab' mir schon gedacht, dass es was Wichtiges sein muss, wenn du an 'nem Samstag hier auftauchst. Habt ihr heute kein Spiel?" Ed lauschte dem Klirren von Teelöffeln in Tassen, dem Aufschrauben von Gläsern, ohne die Geräusche wirklich zu hören.

„Nee, heute nicht. Auch kein Training." Was einen geruhsamen Morgen im Bett bedeutet hatte – der plötzlich sehr un-geruhsam wurde, als Colin sich auf den Bauch gelegt und ihm seinen bereits mit Gleitgel präparierten Hintereingang präsentiert hatte. Ed versuchte das Erschauern zu unterdrücken, das ihn überlief, wenn er daran zurückdachte – er hatte seinen

Lover gefickt, bis sie sich beide heiser geschrien hatten vor lauter Lust.

Apropos Ablenkung…

Mum stellte eine Tasse mit Instantkaffee vor ihm auf den Tisch und setzte sich mit einem Tee in der Hand ihm gegenüber. Sie stützte die Ellbogen auf den Tisch und nippte an ihrem Tee.

Für einen Moment betrachtete Ed sie nachdenklich. Mum war schon immer zäh wie Leder gewesen. Sein Vater hatte einmal im Scherz gesagt, dass sie nie krank wurde, weil keine Bazille sich trauen würde, in *diesen* Körper einzudringen. Und dann gab es da noch den berühmten Spruch, dass außer den Kakerlaken nur Mum die Atombombe überleben würde.

Im Moment sah Mum müde aus. Sehr, sehr müde.

„Bist du okay, Mum?“ Ed konnte einfach nicht anders, obwohl er keine Antwort von ihr erwartete. In der Familie Fellows wurde nicht über Krankheiten gejammert.

Bei der Frage zog sie die Augenbrauen hoch.

Ed zuckte die Achseln. „Du kommst mir einfach vor… ich weiß nicht… als wärst du nicht ganz du selbst.“

Ein kurzes Zögern, dann antwortete sie: „Nein, mir geht’s gut.“ Sie musterte ihn eingehend. „Okay, raus damit“, schmunzelte sie.

Gott, die Frau kennt mich einfach viel zu gut.

Er holte tief Luft. „Okay…“

Mum hörte auf zu lächeln. Sorgenfalten gruben sich in ihre Stirn. „Oh Gott, es ist was Schlimmes, nicht? Du hast doch wohl nicht deinen Job verloren, oder?“

Ed schüttelte den Kopf. „Nein, sowas ist es nicht, Ehrenwort.“

Sie sackte in kaum verhohlener Erleichterung auf ihrem Stuhl zusammen. „In Ordnung, wenn’s nicht um deinen Job geht, um was dann?“

Verdammt, das ist schwerer, als ich gedacht hab’.

„Mum“, begann er, die Augen auf seinen Becher gerichtet, „Ich hab’… ich hab’ da wen kennengelernt.“

Es war, als wäre aller Schall aus der Küche in ein schwarzes Loch gesaugt worden.

Ed blickte abrupt auf. Mum lächelte strahlend. Sie leuchtete geradezu.

„Oh, Ed.“ Ihre Stimme war weich, und Ed wurde die Brust ganz eng bei der Liebe, die darin lag. „Du bist mein Ältester, deshalb mach’ ich um dich mehr Sorgen als um die andern, nehm’ ich an. Aber ich hatte schon Angst, du bleibst für immer allein, Schatz.“

Oh Scheiße.

Er griff über den Tisch nach ihrer runzligen Hand und nahm sie in seine. „Die Sache ist die…“ Er schluckte.

„Wie heißt sie?“, fragte Mum, immer noch mit diesem strahlenden Lächeln im Gesicht. Sie tätschelte ihm liebevoll die Hand.

Ed richtete sich auf. Mums kleine Hand verschwand geradezu in seiner Pranke. Er sah ihr direkt in die Augen. „Colin.“

Das schwarze Loch war wieder da.

Sie legte den Kopf schief. Die Fältchen an ihren Augenwinkeln vertieften sich, als sie ihn anstarrte. Mit

ihrer freien Hand fasste sie sich an den Halsansatz, und zwischen ihren Augenbrauen bildete sich eine tiefe Furche. „Ich… ich versteh' nicht."
Es seufzte. Er nahm seinen ganzen Mut zusammen, um auszusprechen, was er bisher noch zu niemandem gesagt hatte. „Ich bin schwul."
Mum zog ihre Hand weg. Sie blinzelte, schaute kurz auf die Tischplatte und dann wieder in sein Gesicht. „Schwul?"
„Naja, schwul, bi – ist egal, wie du's nennst, Mum. Viel wichtiger ist, dass ich mit einem Mann zusammen bin und dass er mich glücklich macht." Er suchte ihren Blick.
Mum nahm ihren Becher und trank einen großen Schluck. Für einen Moment studierte sie den Inhalt des Bechers. Der Klumpen in Eds Bauch wurde von Sekunde zu Sekunde größer, bis er sich fühlte, als hätte er eine Bowlingkugel da drin.
„Ich weiß nicht, was ich sagen soll", bekannte sie schließlich. „Ich meine, du hattest Freundinnen – nicht, dass ich je eine davon kennengelernt hätte, aber ich weiß, das da irgendwo welche rumgeschlichen sind." Ihre Augen wurden schmal. „Bist du sicher, dass das nichts mit deinem Boss zu tun hat? *Der* ist doch schwul, nicht?"
Darüber musste Ed lächeln. „Ja, ich bin sicher. Und ist ja nicht so, als hätte ich nie zuvor was mit ‘nem Kerl gemacht, Mum." Er versuchte, den Kloß in seinem Hals hinunterzuschlucken, als ihre Augen sich weiteten. „Ist schon lange her, aber ja, was ganz Neues

ist das nicht." Er schlürfte einen Schluck Kaffee. „Und du hast recht, Freundinnen gab's wohl. Aber der Grund, warum ich dir nie eine davon vorgestellt hab', ist der, dass sie nicht wichtig genug waren."

„Und dieser Colin ist wichtig?", fragte sie und hob ruckartig den Kopf.

Das ließ ihn stutzen. „Ja", sagte er mit einem langsamen Nicken. „Ja, das ist er."

Sie nickte, als leuchtete ihr das vollkommen ein. Dann seufzte sie.

„Ich glaub', ich wär' jetzt lieber allein, wenn's dir nichts ausmacht."

Scheiße. Er sah sie mit pochendem Herzen an. „Mum?"

Sie rang sich ein Lächeln ab. „Ist alles 'n bisschen schwer zu begreifen, wenn ich ehrlich bin." Sie stand auf und kam um den Tisch herum auf seine Seite. Sie streckte die Hand aus, wie um ihn zu berühren, zog sie aber wieder zurück. „Ich brauch 'n bisschen Zeit, in Ordnung?"

Ed versuchte, die Panik zu unterdrücken, die ihm in die Kehle stieg und ihm das Atmen schwer machte. Etwas davon musste sich auf seinem Gesicht gezeigt haben, denn sie legte eine Hand an seine Wange. „Wird schon alles gut. Nur lass mich auf meine Art damit fertig werden, in meinem Tempo, okay?"

Ed nickte. „Ja." Es kam als Krächzen heraus. Er stand auf und nahm seinen Helm, den er neben der Hintertür auf dem Boden gelassen hatte. Dann fiel ihm etwas ein. „Ist Debs da?"

„Sie ist einkaufen mit ihren Freundinnen. Gestern

hatte sie ‘n Bewerbungsgespräch, und das war ‘ne ganz große Sache, also ist sie heute ‘n bisschen Dampf ablassen gegangen.“ Sie zog die Augenbrauen zusammen. „Ich werd’ schon wieder, okay? Lass mich einfach machen, ja?“

Ed ließ seine Anspannung mit einem langen, zittrigen Ausatmen raus. „Ja, okay.“ Er ging zur Tür und blieb nochmal stehen. Als er sich umdrehte, stand sie am Spülbecken und blickte hinaus auf den winzigen Gemüsegarten hinter dem Haus. „Bye, Mum.“

Sie drehte den Kopf. Da war dieses halbe Lächeln wieder. „Bye, mein Sohn.“

Er ging aus dem Haus und hinüber zur Garage, um seine Harley zu holen. In seinem Kopf drehte sich alles.

Gott, hoffentlich hast du recht, Col.

Die montägliche Teambesprechung war beinahe zu Ende, als Rick sich zu Wort meldete.

„Ähm, könnt ihr mir alle mal für ‘ne Sekunde zuhören?“

Alle Blicke richteten sich auf ihn, einschließlich Sams.

Sie erstarrte. „Ich bin nicht sicher, ob wir dafür im Moment Zeit haben. Wir müssen noch –“

„Wir haben ganz sicher Zeit, uns anzuhören, was Rick zu sagen hat“, unterbrach Ed und schaute sie scharf an. Dann neigte er den Kopf und wandte sich an

Blake. „Stimmt's, Boss?" Er maß Blake mit festem Blick.

Blake lächelten. „Natürlich. Außerdem sollte eine Tagesordnung variabel sein und nicht in Stein gemeißelt." Er schaute Sam an und drehte sein Tausend-Watt-Lächeln voll auf. „Findest du nicht auch?"

Ed sah unterschiedliche Emotionen über Sams Gesicht huschen und fragte sich amüsiert, welche wohl gewinnen würde.

Sie lächelte Blake warm an. „Natürlich." Dann wandte sie sich an Rick. „Bitte, sprich doch weiter."

Blake warf Ed einen Blick zu, der nur *„Hab ich's dir nicht gesagt?"* heißen konnte.

Ed war nicht überzeugt, doch er schob seine Zweifel beiseite und wandte seine Aufmerksamkeit Rick zu.

„Ich weiß, das kommt jetzt ein bisschen plötzlich, aber Angelo und ich würden euch gern am Samstag zu einer Party in unsere Wohnung einladen. Ihr seid alle eingeladen, und ihr könnt auch gern eure Frauen, Männer, Partner et cetera mitbringen." Ed entging der rasche Seitenblick nicht, den Rick ihm bei diesen Worten zuwarf. „Wie wollten warten, bis Blake sich wieder ans Arbeiten gewöhnt hat. Die Party findet zur Feier von Sophies Geburt statt und ist außerdem eine verspätete Geburtstagsfeier für Will, weil's im Juni für ihn und Blake ein bisschen haarig wurde mit Krankenhaus und allem."

„Ist doch nicht schon wieder eine Mottoparty, oder?", fragte Beth mit einem Stöhnen.

Rick lachte in sich hinein. „Nein. Nicht, dass unsere letzte Mottoparty – Will's *fantastische* Dr. Who-Party – nicht toll gewesen wäre, aber das wird eine schlichte, kommt-wie-ihr-seid, bringt-was-mit-Party."

Gemurmel erhob sich im Team. Ed lächelte. Diese Truppe liebte *jede* Gelegenheit, das Tanzbein zu schwingen.

„Hey, bringst du dann deine neue Freundin mit, Ed?", rief Peter über das allgemeine Geschnatter hinweg.

Ed erstarrte. *Oh Scheiße…* Dann dachte er nochmal darüber nach. *Was hab' ich schon groß zu fürchten? Verglichen mit meiner Rugbymannschaft sind die hier doch alles Schmusekätzchen.* Und vielleicht wurde es langsam Zeit, im Büro keine Lüge mehr zu leben.

„Ja, mal sehen, was sich machen lässt", sagte er nach einem Moment.

Beth kicherte schadenfroh. „Oh, wenn's doch schon Samstag wäre. Das wird eine Spitzen-Party, das weiß ich einfach."

Ed blickte auf und stellte fest, dass sowohl Rick als auch Blake ihn amüsiert ansahen.

Oh, ihr habt ja keine *Ahnung.*

Ed stieg aus dem Taxi und wartete, bis Colin ebenfalls ausgestiegen war. Er litt unter einem *schweren* Fall von tobsüchtigen Schmetterlingen. Bis Colin den Taxifahrer bezahlt, die Tür des Taxis geschlossen und

sich zu ihm umgedreht hatte, atmete Ed bereits tief.
Colin rückte näher. „Ganz ruhig. Alles wird gut. Du schaffst das. Du hast es schon geschafft, zweimal sogar – vergiss das nicht. Das dritte Mal muss das Einfachste sein." Er beugte sich vor und küsste Ed leicht auf die Lippen.
Ed seufzte. „Mach das nochmal. Ich brauch's."
Colin lächelte. „Aber gern doch." Er küsste ihn erneut, aber diesmal ein bisschen länger. Seine Lippen lagen weich und warm auf Eds Mund. Dann wich er zurück und musterte Ed eindringlich. „Bereit?"
Ed packte die Weinflasche fester, die sie mitgebracht hatten, und nickte. „Bereit."
Sie gingen auf die Tür zu Angelos Atelier zu. Von oben hörte Ed bereits Musik und angeregt plaudernde Stimmen. „Sag mir nochmal, warum wir so spät kommen?"
Colin lachte. „Inzwischen müssten alle Gäste da sein. Also sehen uns auch alle, wenn wir da reinmarschieren. So schocken wir alle auf einmal und haben es hinter uns." Er grinste. „Wollen wir?" Er hob die Hand und betätigte die Klingel. Ed atmete gleichmäßig. Er wusste, warum er so verdammt nervös war. Er sah diese Leute an fünf Tagen in der Woche. Sie waren nicht nur seine Kollegen – das hier waren seine Freunde – und er hatte nicht die geringste Ahnung, wie sie auf so eine Veränderung reagieren würden.
Rick öffnete die Tür und grinste. „Ihr wollt einen großen Auftritt machen, was?" Er trat beiseite, um sie

einzulassen. „Schön, dich wiederzusehen, Colin."
Colin lächelte. „Gleichfalls. Und danke für die Einladung."
Rick lachte in sich hinein. „Oh, das würde ich mir um nichts in der Welt entgehen lassen. Alle sind da, und Sam ist jetzt schon blau." Er schüttelte den Kopf. „Die Frau verträgt einfach nichts." Er ging ihnen voraus durch das Atelier und die Treppe hinauf. Auf der obersten Stufe blieb er stehen. „Seid ihr bereit?"
„Warte mal 'nen Moment", sagte Colin rasch. Er nahm Eds Hand, hob sie an die Lippen und drückt einen Kuss auf Eds Finger. Die zärtliche Geste erfüllte Ed mit Wärme. Colin ließ ihre Hände sinken und fasste Eds Hand fester. „Jetzt sind wir bereit."
Rick nickte anerkennend und öffnete die Tür zu seiner und Angelos Wohnung. „Hey, seht mal wer auch endlich da ist!", rief er.
Ed betrat die Wohnung, Colin an seiner Seite, und sah sich seinen sämtlichen Kollegen gegenüber, dazu Will, Dave und Lizzie, Ricks Familie und Angelos Schwester Maria. Alle hatten sich umgedreht, um ihn zu begrüßen. Er sah die ratlosen Blicke, als sie Colin entdeckten – und dann, wie alle nach unten schauten auf ihre verschränkten Hände.
Ed hob den Kopf höher. „Hi, allerseits. Das ist Colin."
Gerade in diesem Moment endete das Musikstück und es herrschte Stille. Eds Herz hämmerte. Er konnte gar nicht mehr zählen, wie viele Unterkiefer runtergefallen waren.
Und dann machte sich ein Grinsen auf Beths Gesicht

breit. „Ed, du hinterhältiger kleiner Scheißer."

Ed bekam vor Erleichterung weiche Knie. *Oh, Gott sei Dank…*

Es war, als wären Beths Worte ein Katalysator. Will trat mit ausgestreckter Hand vor.

„Freut mich, dich wiederzusehen, Colin."

Ed erholte sich schnell und gab Colin einen Rippenstoß. „Das ist jetzt deine Chance… Babe." Er feixte.

Colin warf ihm einen Blick zu, der ihm sehr deutlich klarmachte, was ihn erwartete, wenn sie erst wieder zuhause in Colins Wohnung waren. Dann schüttelte er Will kräftig die Hand. „Ich freu' mich ja so, dich kennenzulernen. Ich weiß, das hörst du wahrscheinlich ständig, aber ich bin ein Riesenfan von dir." Will lächelte ihn herzlich an.

Dann kamen Dave und Lizzie lächelnd auf sie zu. „Haben wir uns nicht damals im Krankenhaus getroffen?", fragten sie Colin.

Colin lächelte. „Das stimmt." Er warf einen Blick in Eds Richtung. „Ehrlich gesagt, war das für uns eine ganz wichtige Nacht, stimmt's, Ed?" Seine Augen funkelten. Colin genoss das richtig – der Blödmann.

Ed hustete. Rick fing seinen Blick auf und stieß mit der Zungenspitze von innen an seine Wange.

Kleiner Drecksack…

Colin bekam das mit, und Ed war überzeugt, dass sein Lover demnächst einen Lungenflügel aushusten würde, so sehr lachte er. Anscheinend zuckte niemand auch nur mit einer Wimper, weil Ed mit einem Typ

Händchen hielt. Nun ja, *fast* niemand – Sam schien nicht gerade entzückt zu sein. Aber andererseits kannte sie Ed auch noch nicht so lange wie die anderen.
„Also ist es offiziell?“, fragte Peter grinsend. „Ihr zwei seid ein Paar?“
Ed griff nach Colins Hand und hob sie an seine Lippen. Er küsste sie sanft. „Ja, sind wir.“
Colins Augen leuchteten. Er strahlte Ed einfach nur an.
Blakes Gesicht glühte vor Stolz. „Glückwunsch euch beiden.“
Und dann gratulierten ihnen alle.
Es schnürte Ed die Kehle zu. Seine sämtlichen Kollegen umringten ihn und Colin, hoben die Gläser und schlossen sich an. Colin schüttelte jedem einzelnen die Hand.
Rick tauchte an Eds Seite auf. „Gut gemacht, Kumpel. Mit dem hast du einen guten Fang gemacht.“
Ed betrachtete seinen Lover und lächelte. „Als ob ich das nicht wüsste.“
Colin sah ihn an, als hätte er Eds Worte gehört. Er schien von innen heraus zu leuchten.
Von irgendwo in seinem Inneren breitete sich Wärme in Ed aus, erfüllte ihn bis in den letzten Winkel und brachte noch etwas mit – Erkenntnis. Zum ersten Mal in seinem Leben fand Ed sich auf völlig unbekannten Wegen wieder.
Er hatte sich in jemanden verliebt. Und er konnte kaum erwarten, zu sehen, wo der Weg als nächstes hinführen würde.

„Wo ist denn nun euer Baby heute Abend?“ fragte Sam. Sie schwankte leicht und schien sich nur mit Mühe auf ihren Gesprächspartner – Will – konzentrieren zu können.

Will lächelte sie höflich an, aber Ed wusste Bescheid. Sein ehemaliger Kollege war gereizt. „Bei einem Babysitter.“

„Is’ nich’ richtig, weissu, wenn zwei Typen’ n Kind adoptiern’n. Nich’ wenn’s da draußen so viele normale Paare gibt, die fürs Leben gern auch eins adoptier’n würden.“

Oh, Scheiße aber auch.

Da diese Party für Will und Blake war, würde Ed auf *keinen* Fall zulassen, dass der Pitbull sich einmischte und Will zur Weißglut brachte.

Nur über meine Leiche.

Als Ed näher kam, warfen ihn die Alkoholdünste fast um, die in Wellen von Sam ausgingen.

„Und was genau soll das heißen, *normale* Paare?“ fragte er stirnrunzelnd. Dann lächelte er, als sei ihm gerade ein Licht aufgegangen. „*Oooh*, schon kapiert. Du meinst *Hetero*-Paare, nicht? Also, das nächste Mal guckst du dir lieber erst mal die Fakten an, bevor du beschließt, irgendwelche intoleranten Kommentare von dir zu geben. Will und Blake haben kein Kind adoptiert – sie ist *ihre* Tochter. Sie hatten ‘ne

Leihmutter."

Sam sperrte Mund und Augen auf und starrte ihn an.

Ed fühlte Colins Hand auf seinem Arm und dann sagte Colin ihm leise ins Ohr: „Lass' es. Erstens ist sie betrunken, was heißt, dass sie sich zweitens am nächsten Montag nicht mal mehr an die Hälfte von all dem erinnern wird. Das ist es nicht wert."

Ed atmete ein und ließ sich von Colins Ruhe durchdringen. Er sah, wie Peter auf Sam zuging, die sich über die finsteren Blicke der anderen Partygäste zu wundern schien. Peter führte Sam zur Tür.

„Peter setzt Sam gerade in ein Taxi", erklärte Beth. „Ich halte das für eine gute Idee."

„Vernünftiger Mann", kommentierte Colin. Er neigte sich zu Ed und klopfte mit dem Zeigefinger an sein leeres Glas. „Ich hätte gern ein Glas Wein, wenn du dir Nachschub holst." Er lächelte Ed an.

Ed küsste ihn auf die Wange. „Na klar." Als er sich umdrehte, packte Beth Colin am Ärmel und zerrte ihn zum Sofa. „Jetzt, wo wir Ed los sind, komm und rede mit uns. Wir würden dich nur zu gern besser kennenlernen."

Das letzte, was er sah, war Colin, der mit weit aufgerissenen Augen stumm „Hilfe" mit den Lippen formte. Dann grinste er.

Kopfschüttelnd ging Ed in Richtung Küche, um zwei Gläser Wein zu holen. Er lächelte vor sich hin, als er das Geschnatter im Wohnzimmer hörte. Colin erwies sich als sehr beliebt. In der Tür blieb er stehen und drehte sich wieder zu seinen Freunden um. Er wedelte

tadelnd mit dem Zeigefinger.
„Und denkt bloß nich', ich wüsste nich', was ihr alle vorhabt. Wird euch nix nützen, wenn ihr meiner besseren Hälfte irgendwelche Würmer über mich aus der Nase zu ziehen versucht. Er weiß, was ihm blüht, wenn er was sagt.“ Er warf Colin einen gespielt finsteren Blick zu. „Oder nich'? Du kriegst deine Privilegien weggenommen.“ Ed ließ seine Augenbrauen tanzen. Japsen und ersticktes Gekicher folgten seinen Worten.
Colin grinste spöttisch. Er schaute die anderen Gäste an und zuckte die Achseln. „Ihr müsst meiner *besseren Hälfte* verzeihen“, sagte er mit einem süßen Lächeln. „Er gibt sich der Illusion hin, dass er in unserer Beziehung die Hosen anhat.“ Er begegnete mit einem boshaften Grinsen Eds Blick. „Und wir werden ja sehen, wer seine Privilegien verliert, wenn er sich heute Nacht ans Bett gefesselt wiederfindet.“ Colins Augen funkelten.
Für einen Moment herrschte Totenstille, und dann brachen Eds sogenannte Freunde vor Lachen zusammen.
„Oh Gott, Ed, ich glaube, du hast endlich deinen Meister gefunden“, sagte Will und wischte sich die Augen.
Ed warf Colin einen letzten scharfen Blick zu und setzte dann seine Jagd nach Alkohol fort, wobei er sich des johlenden Gelächters hinter seinem Rücken sehr bewusst war.
Sieht aus, als bräucht' ich das heute Abend.

Dann lachte er leise vor sich hin. Wem versuchte er hier was vorzumachen? Er amüsierte sich prächtig.

Beim Betreten der Küche bekam er gerade noch den letzten Satz eines Gesprächs zwischen Angelo und Maria mit.

„Ich sage dir, ich merke sofort, wenn ich ein Miststück vor mir habe. Die ist gefährlich. Da muss Blake aufpassen."

Ed runzelte die Stirn. *Von wem zum Teufel redet sie da?* Maria sah ihn und hörte sofort auf zu sprechen. Ed trat mit einem Lächeln zu Angelo.

„Ich hätte gern zwei Gläser Weißwein, wenn's welchen gibt."

Angelo biss sich auf die Lippe. „Wenn du noch einen Moment warten könntest, es wird gleich welcher rumgereicht. Ich muss erst noch was erledigen." Und damit schlüpfte er aus der Küche und ließ Ed und Maria zurück, die ihm beide erstaunt nachschauten.

Maria runzelte die Stirn. „Irgendwas geht heute Abend vor. Mein Bruder war den ganzen Tag schon so komisch, als hätte er Hummeln in der Hose. Ich dachte, das wäre wegen Colin und dir, aber jetzt bin ich mir da nicht mehr so sicher."

Ed nickte in Richtung des Wohnzimmers. „Lass uns reingehen und gucken, was los ist, okay?"

Im Wohnzimmer saß Colin mit Rick, Will und Blake auf der Couch und unterhielt sich mit ihnen – nun ja, vor allem mit Will. Sie diskutierten angeregt über eins von Wills Büchern. Ed trat zu ihnen und blieb hinter Colin stehen, und Blake suchte seinen Blick und verdrehte die Augen. Ed grinste. Er wusste, dass Blake das jede Mal erlebte, wenn sie zu Buchpräsentationen von Wills neuester Veröffentlichung gingen. Er sollte doch nach all der Zeit allmählich dran gewöhnt sein.

Ed beugte sich über die Rückenlehne des Sofas und drückte Colins Schulter. Colin legte seine Hand auf die von Ed und ließ sie dort.

„Darf ich um eure Aufmerksamkeit bitten?"

Alle drehten sich zu Angelo um, der neben dem offenen Kamin stand. Er fuhr sich mit den Fingern durch sein dunkles, lockiges Haar. Nach einem kurzen Blick durch den Raum winkte er Rick zu sich. Rick verdrehte die Augen. „Zeit zum Dankeschön-sagen", flüsterte er Ed zu. Dann stand er auf und trat neben Angelo.

Angelo lächelte ihn an und wandte dann seine Aufmerksamkeit wieder den Gästen zu.

„Rick und ich freuen uns sehr, dass ihr heute Abend alle gekommen seid. Es tut gut, Wills Geburtstag zu feiern – wenn auch verspätet – und die Freude über Sophies Geburt mit ihm und Blake zu teilen."

Es gab zustimmendes Gemurmel rundum.

„Und ihr seid sicher alle *entzückt*, endlich Eds geheimnisvolle Frau kennenzulernen", fuhr Angelo grinsend fort, was mit Gekicher und schallendem Gelächter begrüßt wurde. Eds Gesicht war plötzlich sehr warm. Colin drückte ihm fest die Hand. „Obwohl Colin in den richtigen Kleidern vielleicht sogar eine *sehr* hübsche Frau abgeben würde." Angelo zwinkerte seinem Publikum zu. „Natürlich bleibt es ganz und gar

ihnen überlassen, was sie in ihrem eigenen Schlafzimmer anziehen wollen."
Ed verschluckte sich fast an seinem Wein. Er starrte Angelo wütend an, und der starrte zurück, die Lippen fest zusammengepresst, da er sich offenbar mühsam das Grinsen verkneifen musste. Die Leute um ihn herum hatten da keine Bedenken. Alle lachten, manche so sehr, dass sie fast umfielen.
Na warte, wenn ich den erwische...
Angelo hob die Hand und wartete, bis wieder Ruhe eingekehrt war. Er wandte Rick das Gesicht zu und der liebevolle Blick dieser dunklen Augen war überwältigend.
„Aber ich muss gestehen, als ich Rick vorgeschlagen habe, eine Party zu geben, war ich nicht ganz ehrlich zu ihm." Rick runzelte die Stirn, und Angelo nahm seine Hände und hielt sie fest. „Rick, wir sind jetzt seit sechs Jahren zusammen, und ich habe jeden einzelnen Tag geliebt, an dem ich mein Leben mit dir teilen durfte."
Ein leiser Chor von *aaah's* brach aus.
„Jedoch hat sich etwas geändert, seit wir uns kennengelernt haben, etwas, das mir sehr wichtig ist." Angelo senkte die Stimme. „Ich lege großen Wert auf Traditionen. Du kannst nicht in einer italienischen Familie aufwachsen und das *nicht* tun." Maria schnaubte. Angelo lächelte sie an und wandte sich dann wieder an Rick. „Also darf ich jetzt, dank der neuen Gesetze dieses Landes, endlich folgendes tun."
Unter allgemeinem Luftschnappen ließ Angelo sich

auf ein Knie nieder, griff in seine Hosentasche und holte eine kleine schwarze Schachtel heraus. Ricks Augen weiteten sich und er öffnete erstaunt den Mund.

Angelo blickte zu ihm auf, die Augen unverwandt auf Ricks Gesicht geheftet. „Rick Wentworth, du hast mich während der letzten sechs Jahre zum glücklichsten Mann auf Erden gemacht. Willst du also mein Glück komplett machen und mein Ehemann werden?“

Tiefe Stille senkte sich über den Raum, während Rick seinen Geliebten anstarrte.

Ed wartete mit angehaltenem Atem auf Ricks Antwort. Colin fasste ihn an der Hand.

Ricks Gesichtsausdruck zerschmolz zu einem freudigen Lächeln. „Als ob ich da nein sagen würde.“

Angelo brach in Gelächter aus und steckte den Weißgoldring auf Ricks Ringfinger. Rick half ihm auf die Füße und zog ihn in einen innigen Kuss, in dem sie einander fest umschlungen hielten.

Und dann brach der Jubel los. Alles drängte sich um Rick und Angelo, um ihnen zu gratulieren. Ricks Eltern umarmten Angelo, und Ed konnte ihnen ansehen, wie gern sie ihren künftigen Schwiegersohn hatten. Maria fiel Rick freudestrahlend um den Hals. Blake und Will waren sofort an ihrer Seite, die Arme erst um Rick und dann auch um Angelo gelegt.

Da auf dem Sofa jetzt plötzlich Platz war, nutzte Ed die Gelegenheit, um sich neben seinen Geliebten zu setzen.

„Lass uns warten, bis die Aufregung sich ein bisschen gelegt hat, ehe wir ihnen gratulieren, ja?“, sagte Colin ruhig. Ed nickte, den Blick immer noch auf das strahlende Paar gerichtet.

„Gott, sie sehen so glücklich aus“, sinnierte er.

Colin schubste ihn mit der Schulter an. „Das tun Verliebte meistens“, sagte er leise.

Colin hatte selbst einen ganz verträumten Blick in den Augen. Ed sah ihn an.

Verliebte, dachte er.

Dann wandte Colin ihm das Gesicht zu, und Ed stockte der Atem.

Gott, wie er mich gerade anschaut…

Ed gefiel es. Es gefiel ihm sehr.

Kapitel 20

„Sam, ich muss mit Blake reden.“ Ed stützte sich mit beiden Händen auf Sams Schreibtisch und beugte sich vor. „Und sag’ mir nicht, dass er grade am Telefon ist. Den Spruch servierst du mir schon den ganzen Morgen über.“

Sam maß ihn mit kühlem Blick. „Weil er telefoniert *hat* – den ganzen Morgen über.“ Ihre Lippen verzogen sich zu einem unaufrichtigen Lächeln. „Im Moment klärt er gerade die Einzelheiten unserer Reise nach Frankfurt.“ Plötzlich überzog sich ihr Gesicht mit einem Hauch von Rosa.

Ed richtete sich auf. „Wenn du mit ihm auf die Frankfurter Buchmesse fährst, dann nimmst du besser jede Menge Energy Drinks und Koffeintabletten mit. Blake powert dort immer durch ohne Ende.“

Sam errötete. „Ich bin sicher, dass ich Blake mit allem versorgen kann, was er braucht.“

Dann kamen ihre Worte bei Ed an. „Äh, *eure* Reise nach Frankfurt? So wie du das sagst, könnte man meinen, er fährt mit dir in Urlaub. Glaub’ mir, nach der Woche bist du fix und foxi.“

Genau in diesem Moment ging die Zwischentür zu Blakes Büro auf und Blake kam heraus. Er lächelte, als er Ed sah. Sam war sofort auf den Füßen. „Kann ich dir was bringen?“

Blake warf ihr einen belustigten Blick zu. „Nein, danke. Ich wollte mir gerade einen Kaffee holen.“

„Das kann ich doch für dich tun", antwortete Sam rasch.
Blake bedachte sie mit einem Lächeln, das Ed sehr gut kannte. So lächelte er, wenn er jemandem eine höfliche Abfuhr erteilte.
„Das ist nett, Sam, aber ich brauche eine Pause. Außerdem hast du genug damit zu tun, die Reise nach Frankfurt zu organisieren. Genau genommen wollte ich dich gerade danach fragen. Hast du das Hotel schon gebucht?"
„Ja, und ich habe es geschafft, für uns zwei Zimmer direkt nebeneinander zu bekommen." Da war wieder dieses Erröten.
„Gut", sagte Blake abwesend. Er schaute Ed an. „Gehen wir zusammen einen Kaffee trinken?"
„Klar, Boss", sagte Ed mit einem breiten Grinsen, da er genau wusste, dass Sam sich darüber schwarz ärgern würde. Sie verließen Sams Büro und gingen in die Küche.
„Ich könnte schwören, ich spür's bis hier, wie sie mich von hinten mit ihren Blicken durchbohrt", flüsterte Blake, sobald sie in der Küche waren. Beim Anblick der vollen Kaffeemaschine stieß er einen zufriedenen Seufzer aus. „Gott, das brauch' ich jetzt." Er machte den Schrank auf und kramte den größten Becher heraus.
Ed lachte. „Gott, scheint so. Dann genehmigt dir Sam also deine Koffein-Dröhnung nicht?"
Blake trank einen großen Schluck Kaffee und gab einen tiefen Seufzer von sich. „Oh, tut das gut." Er

begegnete Eds Blick. „Okay, kann sein, dass ihr nicht ganz Unrecht habt, Karen und du. Seit wir neulich darüber geredet haben, fällt es mir mehr und mehr auf. Langsam habe ich den Eindruck, dass Sam glücklicher wäre, wenn sie mich den ganzen Tag in meinem Büro halten könnte."

„An der Leine", ergänzte Ed. Blake machte große Augen, und Ed lachte. „Ach, komm schon, Blake. Wenn ich nicht wüsste, dass du schwul bist, könnt' ich schwören, dass sie dich am liebsten ganz für sich behalten würde. Die hat's auf dich abgesehen."

Blake wurde blass. „Oh Gott, du machst Witze, oder?"

„Nebeneinanderliegende Zimmer im Hotel?", lachte Ed. „Hast du das überhört oder was?"

Blake wurde ganz still. „Scheiße." Er starrte für einen Moment in seinen Kaffee, dann hob er den Kopf und sah Ed an. „Aber sie weiß, dass ich schwul bin. Verdammt, sie hat Will kennengelernt."

Ed zuckte die Achseln. „Vielleicht ist sie eine von den Frauen, die denken, dass ein Schwuler nur schwul ist, weil er noch nicht die richtige Frau getroffen hat." Er konnte nicht widerstehen. „Vielleicht ist das der Grund für die Sache mit den Zimmern. Sie will dich auf den rechten Weg zurückführen." Ed zog Blake nur zu gerne auf. Nur dass er diesmal befürchtete, gar nicht so weit daneben zu liegen. Sam bereitete ihm Kopfzerbrechen.

Blake schnaubte. „Ja, klar, ich wünsch' ihr viel Glück bei *dem* Plan." Er seufzte. „Vielleicht sollte ich stattdessen lieber Will und Sophie mitnehmen." Seine

Augen leuchteten auf. „Ja, er könnte die Woche über mein PA sein."

Ed schüttelte den Kopf. „Wird nicht funktionieren, Boss. Außerdem hätte er mit Sophie alle Hände voll zu tun. Nee, du wirst dich einfach damit abfinden und das Beste draus machen müssen." Er zwinkerte. „Schließ einfach nachts die Tür gut ab, dann geht das schon."

Blake warf ihm einen finsteren Blick zu. „Nicht witzig, Ed." Er stieß einen weiteren Seufzer aus.

Ed legte den Kopf schief. „Alles okay, Blake?"

Blake musterte ihn für einen Moment schweigend, dann sagte er: „An manchen Tagen weiß ich nicht, wie Daddy das gemacht hat, weißt du. Eine Firma zu leiten und eine Familie zu haben." Dann verzog er das Gesicht. „Oh doch, ich weiß. Er hat die Firma geleitet und so wenig Zeit wie möglich mit mir verbracht. Die Firma kam immer an erster Stelle." Blakes Kinn sank auf seine Brust.

Ed fehlten vor Bestürzung die Worte. Er hatte Blake seit fast sieben Jahren nicht mehr so reden gehört. „Du hattest 'ne tolle Beziehung mit deinem Dad", sagte er schließlich.

Blake hob ruckartig den Kopf. „Du hast recht, die hatte ich – nachdem er endlich die Zügel aus der Hand gegeben und mir die Geschäftsleitung überlassen hat. In den letzten fünf Jahren war er ein ganz anderer Mann. Entspannt, glücklich…" Er sah Ed fest in die Augen. „Ich will nicht so leben, Ed. In ein paar Wochen werde ich siebenunddreißig. Ich habe einen Ehemann, den ich über alles liebe, und eine kleine

Tochter, die ich nur abends und an den Wochenenden sehe. Wenn sie ihre ersten Schritte macht, werde ich wahrscheinlich nicht da sein, um es zu sehen. Wenn sie zum ersten Mal ‚Papa' sagt, wird nur einer von ihren Papas es hören."

In diesem Moment betrat Beth die Küche, und Blake machte dicht.

„Ich bin in meinem Büro, falls jemand was von mir will", sagte er und verließ die Küche.

Ed starrte ihm verblüfft nach. Nur eine kurze Unterhaltung, doch sie erschütterte ihn bis ins Mark.

„Ist Blake okay?", fragte Beth mit besorgtem Gesicht

Ed warf ihr ein hoffentlich beruhigendes Lächeln zu. „Ja, er ist wohl nur müde, sonst nichts." Er schenkte sich einen Kaffee ein und ging zurück in sein Büro. Sein Herz war schwer. Er setzte sich an seinen Schreibtisch und trank einen Schluck Kaffee, in Gedanken weit weg – in Hackney, um genau zu sein. Mum hatte ihn immer noch nicht angerufen. Zwei Wochen waren seit ihrem Gespräch vergangen und jeder weitere Tag ohne ein Wort von ihr verstärkte nur seine Ängste. Colin hatte nichts gesagt, aber Ed wusste, dass sein Geliebter es bemerkt hatte. Trotz seiner Sorgen lächelte er in sich hinein. In Bezug auf Ed entging Colin nicht viel.

Sein Handy klingelte und schreckte ihn auf. Er starrte überrascht auf das Display. *Deb.*

Herrgott nochmal, ist heute ein Tag mit X? Seine Schwester rief normalerweise nie an.

„Hey, Schwesterherz, den Tag muss ich mir ja im

Kalender rot anstreichen. Was gibt's?"
„Ed, ich muss mit dir reden. Hast du mal eine Minute?"
Für einen kurzen Moment wurde ihm ganz eng um die Brust bei dem Gedanken, dass Mum es ihr gesagt hatte. Aber nein, Mum würde das nie tun, ohne vorher mit ihm zu reden. „Leg los."
„Ich hab' einen Job." Er konnte ihre Begeisterung durchs Telefon hören. „Bei der Weltgesundheitsorganisation. Nächsten Monat fang' ich an!"
„Oh Debs, das ist ja toll!" Ed war überglücklich für sie. „Was hat Mum gesagt? Ich wette, das hat sie umgehauen, was?"
„Oh Gott, sie redet von nichts anderem mehr, seit sie's gehört hat."
Ed kicherte. Zweifellos hatte inzwischen schon jede Firma, bei der Mum putzte, von Debs neuem Job gehört. „Also, von wo aus wirst du arbeiten? London?"
Es gab eine Pause. „Sieh mal, das ist es ja gerade. Ich werde viel rumreisen müssen."
„Okay." Ed bekam so langsam das Gefühl, als käme gerade etwas Großes auf ihn zu. Die nachfolgende Pause bekräftigte nur seinen Verdacht. „Deb, was ist los?"
„Schau, ich finde, dass Mum nicht allein sein sollte, ja? Wo sie eh schon gesundheitlich angeschlagen ist."
Was zum Teufel? „Oha, Moment mal. Mum ist krank? Seit wann?" Er dachte zurück an das letzte Mal, als er

sie gesehen hatte. Sicher, sie hatte müde gewirkt, aber sie hätte doch bestimmt etwas gesagt, wenn ihr etwas gefehlt hätte. Dann verzog er das Gesicht. Hier ging es um Mum – natürlich hätte sie *nichts* gesagt.

Deb seufzte. „Wenn du mich fragst, ist sie einfach mit ihren Kräften am Ende. Aber solange ich zuhause gewohnt hab', konnte ich ihr wenigstens hier einiges abnehmen. Ich geh' einkaufen, mach den Haushalt, du weißt schon, damit sie allgemein weniger zu tun hat." Sie machte eine Pause. „Deshalb wollte ich ja mit dir reden."

Ed hatte plötzlich ein ganz ungutes Gefühl im Bauch.

„Ich glaube, du solltest wieder zu ihr ziehen", sagte Deb mitfühlend.

Der erste Gedanke, der Ed durch den Kopf raste, galt Colin – wenn er zu seiner Mutter zog, würde das seine sämtlichen Chancen auf eine weitergehende Beziehung mit Colin zunichtemachen.

Scheiße... wenn man bei seiner Mum wohnt, ist das nicht direkt günstig fürs Liebesleben.

Ed gefiel sein Leben – verdammt gut sogar. Die meisten Nächte verbrachte er in Colins Wohnung, dazu jedes Wochenende. Seine eigene Wohnung war lediglich der Aufbewahrungsort für seine Klamotten und sonstigen Sachen.

Eds zweiter Gedanke war, dass Mum sich offensichtlich nicht für die Vorstellung erwärmen konnte, einen schwulen Sohn zu haben. Also war die Katastrophe vorprogrammiert, wenn er zuhause wohnte *und* seine Beziehung mit Colin fortführen wollte.

Und sein dritter und letzter Gedanke war, dass Deb nichts von all dem wusste und er es ihr im Moment auch nicht erzählen konnte.

„Ich weiß, die Lage ist nicht ideal“, sagte sie, „aber im Moment fällt mir nichts anderes ein.“

„Deb, ich bin sechsunddreißig. Bisschen alt, um bei Mum zu wohnen, findest du nicht?“ Bei dem Gedanken drehte sich ihm der Magen um. Ed wusste, dass es selbstsüchtig von ihm war – aber zum ersten Mal in seinem Leben hatte er jemanden, der ihm wirklich etwas bedeutete, und er wollte ihn behalten.

„Tja, hast du ‘ne *bessere* Idee?“, entgegnete seine Schwester.

Ed stöhnte. „Hör zu, Deb, das musst du schon mir überlassen, in Ordnung? Lass mich wenigstens drüber nachdenken. Und ich finde, dass wir die anderen da auch mit einbeziehen sollten.“

„Okay“, stimmte sie zu, wenn auch mit hörbarem Widerwillen.

Jaja, es würde dir das Leben so viel einfacher machen, wenn du alles schön ordentlich unter Dach und Fach hättest, nicht?

Kaum hatte er das gedacht, rügte Ed sich auch schon dafür, so über seine Schwester zu denken. Deb hatte verdammt hart gearbeitet, um ihr Schwesternexamen zu bestehen. Sie verdiente diese Chance.

„Das wird schon, Debs, wirst schon sehen“, versicherte Ed ihr mit mehr Zuversicht, als er empfand. Sie verabschiedeten sich voneinander und er legte auf.

Ed lehnte sich zurück und starrte aus dem Fenster. Er wusste, was er als nächstes zu tun hatte.
Er musste mit Colin reden.

„Hör zu, du musst tun, was du für das Beste hältst“, sagte Colin und versuchte dabei, seine Stimme so ruhig wie möglich klingen zu lassen. Ed lag auf dem Rücken neben ihm im Bett und Colin streichelte ihm langsam und zärtlich die Brust.
Innerlich war er nicht ruhig. Alles andere als das.
Er hätte am liebsten geschrien. Gebrüllt. Ed ans Bett gekettet und ihn dabehalten.
Okay, letzteres war ein bisschen drastisch, aber er konnte sich einfach nicht vorstellen, wie ihre Beziehung überleben sollte, wenn Ed wieder nach Hause zog. Vor allem, falls seine Mutter sich tatsächlich nicht damit abfinden konnte, einen schwulen Sohn zu haben.
Ja, das konnte ihnen als Paar leicht den Todesstoß versetzen…
Und er konnte *nichts* von alldem sagen. Die Entscheidung musste bei Ed liegen.
Ed gab einen Seufzer von sich. „Gott, ich hasse das.“
„Ich weiß“, sagte Colin mitfühlend. „Vielleicht ist ein offenes Gespräch mit deinen Geschwistern der einzige Ausweg.“ Weiter wollte er nicht gehen, was Ratschläge betraf.

Für einen Moment schaute Ed ihn so schwermütig an, dass es Colin fast das Herz zerriss. Was als nächstes über Eds Lippen kam, ließ sein Herz höher schlagen.
„Mach' Liebe mit mir."
Colin stockte der Atem. Er starrte diesen großen, starken Mann an, der keine Bedenken gehabt hatte, einen anderen Mann zu vögeln und sich doch mit der Erkenntnis, dass er Gefühle für einen anderen Mann entwickeln konnte, so schwer getan hatte. Eds Worte weckten etwas tief in seinem Inneren – Hoffnung.
„Ja." Mehr brauchte er nicht zu antworten.
Colin griff nach dem Gleitgel, das er unter seinem Kopfkissen hatte, und öffnete dann die Schublade, um ein Kondom herauszuholen. Die ganze Zeit behielt Ed ihn unverwandt im Blick und bewegte dabei seine Hand langsam an seinem steif werdenden Schwanz auf und ab. Colin machte zwei Finger schlüpfrig und zog sie über Eds Hodensack bis zwischen seine Hinterbacken; er liebte die Art, wie Eds aufgerichteter Penis bei seiner Berührung zuckte. Colin beugte sich vor und nahm Eds Mund in einem sinnlichen, langsamen Kuss, während er in Eds Körper eindrang, der seine Finger einsaugte. Ed stieß ein leises Stöhnen aus und ließ seine Zunge in Colins Mund gleiten. Seine Hüften hoben sich vom Bett, und er begann Colins Finger zu reiten. Colin konnte keinen Moment länger warten. Er streifte sich das Kondom über, bestrich sich flüchtig mit Gleitgel und hob dann Eds Beine an, um sie sich auf die Schultern zu legen.
Colin konzentrierte sich ganz auf Eds Gesicht,

während er behutsam in die heiße, süße Enge eindrang. Ein Stöhnen entfuhr Ed, als Colin ihn bis zum Anschlag ausfüllte. Er hielt sich an den behaarten, muskulösen Schenkeln fest und begann sich mit wiegenden, rollenden Hüften in Ed zu bewegen.

„Fühlt sich so gut an in dir", sagte Colin, die Worte ein geflüstertes Bekenntnis in der Stille seines Schlafzimmers. Er ließ seine Hüften kreisen und genoss das Keuchen, das aus Eds Mund drang. „Gefällt dir das?"

„Scheiße, ja." Ed atmete schneller. „Scheiße, das ist einfach…"

„Ich weiß." Gott, er wusste es. Colin hatte sich beim Sex noch nie so stark mit einem Partner verbunden gefühlt. Vielleicht, weil ihre Beziehung bereits über das rein Körperliche hinausging.

Es war nicht Colins Art, in der Hitze des Sex *„Ich liebe dich"* zu sagen. Aber in diesem Moment, tief in diesem Mann, den er so lange begehrt hatte, sehnte er sich zum ersten Mal danach, die Worte auszusprechen.

„Col, mach langsam, ja?", keuchte Ed. „Lass… lass es länger dauern."

Colin ließ Eds Beine von seinen Schultern gleiten und legte sie sich um die Taille, dann senkte er sich auf Ed herab. Er glitt in Eds Körper ein und aus, bewegte nur sachte die Hüften, liebte ihn langsam, zärtlich und überaus sinnlich. „Wie ist das?"

„Oh Gott, das ist perfekt", seufzte Ed. Er legte die Arme um Colin, streichelte ihm den Rücken. Seine Beinmuskeln spannten sich an, als er Colin die Fersen in den Hintern drückte, ihn noch tiefer in sich zog. „Oh *fuuuuck…*“

Colin behielt das Tempo bei, zwängte eine Hand zwischen ihre Körper, um Eds Schwanz zu streicheln, der sich an seinem Bauch rieb. Ohne Eile, ganz gemächlich, trieben sie gemeinsam lustvoll auf den Höhepunkt zu.

Und als sie ihn schließlich erreichten, unter Stöhnen und leisen Schreien, klammerten sie sich aneinander fest und ließen sich von den Wogen ihrer Orgasmen mitreißen, atemlos und vollkommen befriedigt.

Kapitel 21

„Will! Was in aller Welt machst du hier?", fragte Ed überrascht, als er Will neben Karens Schreibtisch stehen sah. Karen schäkerte gurrend mit Sophie, die Will in ihrer Babytrage umgeschnallt vor dem Körper trug.

„Ich war gerade mit Sophie bei unserer Hausärztin", erklärte Will und legte schützend seine Hand um Sophies Köpfchen. Sie kuschelte sich verschlafen an seine Brust. Ed lächelte, als er ihren mit kleinen Teddybären bedruckten Strampler sah. Dann endlich kam das Wort *„Ärztin"* bei ihm an.

Ed war augenblicklich an Wills Seite und betrachtete Sophie besorgt. „Geht's ihr gut? Was hat sie?"

Will streichelte seiner Tochter den Kopf. „Sie kränkelt schon seit ein, zwei Tagen. Gestern hat sie Fieber bekommen, und wir dachten, es wäre schon vorbei. Aber heute Morgen, als Blake schon weg war, fing es wieder an, nur dass sie diesmal auch gehustet hat und ganz heiser war." Will legte die Stirn in Falten. „Als sie dann auch noch Probleme mit dem Atmen bekam, habe ich richtig Panik gekriegt." Er drückte einen sanften Kuss auf Sophies Kopf.

„Und was hat die Ärztin gesagt?" Ed streichelte die winzige Hand, die auf Wills Brust lag, mit dem kleinen Finger.

Will lachte zittrig auf. „Sie hat gesagt, dass es Pseudokrupp ist und dass ich mir keine Sorgen machen soll. Ich kann Sophie Kinder-Paracetamol geben, das hilft ihre Temperatur zu senken. Und ich soll sie am besten aufrecht halten. Was bin ich froh, dass ich die Babytrage gekauft habe." Er streichelte ihren Kopf ganz sanft. „Und wir sollen darauf achten, dass sie genug trinkt und sie trösten, wenn sie unruhig wird."

„Und jetzt willst du Blake Bescheid sagen", schlussfolgerte Ed, „damit er sich auch keine Sorgen mehr machen muss. Ich hab' mir heute Morgen schon Gedanken gemacht, ob was nicht stimmt."

Will lächelte. „Keiner von uns hat besonders viel Schlaf bekommen, um ehrlich zu sein."

Ed tätschelte ihm den Arm. „Geh zu deinem Mann. Du musst allerdings durch Sams Büro – dein altes Büro, ja? Sag Sam einfach, dass du gleich zu Blake willst."

„Ah." Will warf ihm einen wissenden Blick zu und senkte die Stimme. „Der Pitbull."

Karen hätte fast ihren Tee durch die Nase geprustet.

Ed japste übertrieben nach Luft. „Lass sie das *bloß* nicht hören!" Dann grinste er.

Will erwiderte sein Grinsen und ging dann den Korridor entlang in Richtung von Sams Büro. Ed drehte sich zu Karen um, die gerade auf ihrem Schreibtisch Tee aufwischte. Er drohte ihr mit dem Zeigefinger, grinste aber dabei.

„Sophie ist wunderschön", seufzte Karen. „Ich habe herauszufinden versucht, wem von den beiden sie ähnlich sieht, aber das kann man wahrscheinlich jetzt noch nicht sagen. Sie ist noch nicht mal drei Monate alt."

Ed lachte leise. „Ach komm schon, mit den beiden als Eltern wird sie auf jeden Fall mal 'ne Klassefrau."

„Meint das jetzt Ed, der Freund oder Ed, der frischgeoutete schwule Mann?", neckte Karen.

Ed schüttelte lachend den Kopf. „Ooh, pass bloß auf, du."

Sie kicherte.

Wills erhobene Stimme schallte durch den Flur.

„Was zum Teufel?" Ed rannte auf Sams Büro zu, gefolgt von Karen.

Will starrte Sam zornig an, die Wangen knallrot, die Augen zu schmalen Schlitzen verengt. Sophie war aufgewacht und wimmerte kläglich.

Sam stand hinter ihrem Schreibtisch, die Lippen zusammengekniffen.

„Was geht hier vor?", fragte Ed gebieterisch.

Will ließ Sam nicht aus den Augen. „Diese… Zimtzicke will mich nicht zu meinem Ehemann lassen."

Genau in diesem Moment flog die Tür zu Blakes Büro auf. „Was zum Teufel ist hier los?" Blake bekam große Augen, als er Will und Sophie sah. Sein Ärger verflog so schnell, wie er aufgeflammt war. „Was ist? Geht's Sophie schlechter? Was fehlt ihr?" Er eilte zu ihr und betrachtete sie angespannt.

Wills Zorn war ebenfalls abgekühlt. Er fasste Blake am Arm. „Schon gut, Babe, sie wird wieder gesund. Es ist nur Pseudokrupp, hat die Ärztin gesagt."

Blake sackte vor Erleichterung sichtlich in sich zusammen. „Oh, Gott sei Dank. Ich hatte den ganzen Morgen mein Handy griffbereit, weil ich auf einen Anruf von dir gewartet habe."
Will lächelte. „Ich hab' gewusst, dass du dir Sorgen machst, und ich hab' mir gedacht, dass du sie sehen willst."
„Euch beide", korrigierte Blake, beugte sich vor und gab Will einen Kuss auf die Wange. Dann richtete er sich auf. „Kann mir jetzt bitte mal jemand erklären, warum hier draußen eben ein Wettbrüllen stattgefunden hat?" Er küsste Sophie auf den Kopf.
Wills Gesichtsausdruck wurde kalt, als er sich zu Sam umdrehte. „Vielleicht kann dir deine PA erklären, warum sie sich geweigert hat, mich zu dir zu lassen."
Blake starrte sie an. „Sam? Was hat das zu bedeuten?"
Sie schluckte. „Du hast gesagt, du bist beschäftigt. Dass ich keine Anrufe durchstellen soll."
Blakes Wangenmuskeln verkrampften sich. „Das gilt selbstverständlich nicht für meinen Ehemann und unsere Tochter."
Sam presste die Lippen noch fester zusammen.
Blake war noch nicht fertig. „Nun?", herrschte er sie an.
Will trat an ihren Schreibtisch. „Was genau haben Sie eigentlich gegen mich, Samantha?" Seine Stimme war verhalten und drohend.
Sam musterte ihn mit kaltem Blick. „Ich habe keine Ahnung, wovon Sie reden."
Will stützte sich mit einer Hand auf ihren Schreibtisch

und beugte sich vor, mit der anderen hielt er Sophie. „Ich rede von dem, was Sie vor ein paar Wochen auf Ricks Party gesagt haben. Einiges davon war sehr aufschlussreich. Gerade fällt es mir wieder ein, und ich zähle zwei und zwei zusammen." Seine Stimme wurde noch leiser. „Und das Ergebnis, zu dem ich komme, gefällt mir gar nicht. Also würde ich Ihnen raten, damit herauszurücken – und zwar sofort."

Und auf einmal ging Ed ein Licht auf.

Er trat zu Samantha, die mit verschränkten Armen hinter ihrem Schreibtisch stand. „Du magst Blake sehr gern, nicht, Sam?"

So ruckartig wie Sam zu ihm herumfuhr war Ed überrascht, dass sie sich kein Schleudertrauma einfing. „Was?" Ihr Gesicht wurde blass.

Ed sah sie eindringlich an. „Du weißt, was ich meine. Ich seh' doch, wie du ihn anguckst. Echt schade, dass er schwul ist, nicht?"

Oh ja, Sams Reaktion war nicht zu übersehen. Ihre Augen funkelten. „Halt' bloß die Klappe." Im Hintergrund hörte Ed ein leises Luftschnappen von Karen.

Ja, jetzt hab' ich dich. „Klar, vielleicht hat er ja bloß noch nicht die richtige Frau gefunden. Was Blake *wirklich* braucht, ist doch nur 'ne Frau, die ihn versteht."

„Ich hab' gesagt, du sollst die Klappe halten." Rote Flecken bildeten sich auf Sams Wangen.

„Und dass er verheiratet ist, tja, das ist doch einfach nicht richtig. Dass zwei Typen heiraten, Kinder kriegen…"

Will begriff. „Wenn die richtige Frau daherkommt, was glauben Sie, wird Blake dann tun? Seinen Mann verlassen? Seine Tochter?“ Er bedachte sie mit einem dünnen Lächeln. „Für jemanden wie Sie vielleicht?“

Sams Augen leuchteten auf. „Genau“, sagte sie triumphierend. „Jeder weiß doch, dass man nicht schwul geboren wird. Man entscheidet sich dafür.“

Ed wurde eiskalt. „Und wenn jemand zufällig die falsche Entscheidung trifft…“

„Dann hat jeder vernünftige Mensch wie ich die Pflicht, demjenigen seinen Irrtum aufzuzeigen und ihn auf den rechten Weg zurückzuführen.“ Sie lächelte spöttisch. „Nicht dass ich von dir Verständnis dafür erwarten würde. Du bist genauso verwirrt wie sie.“

Blake schnaubte. „Ed, ich nehme alles zurück, was ich zu dir gesagt habe. Das gilt auch für dich, Karen. Ihr zwei hattet sie schon vor Wochen durchschaut, und ich hätte auf euch hören sollen.“

Ed grinste. „Vergiss es, Boss. Freut mich, dass ich helfen konnte.“ Er nickte Blake zu. „Deine Entscheidung.“

Blake nickte langsam, dann wandte er seine Aufmerksamkeit wieder Sam zu. „Such deine Sachen zusammen und geh. Dein letzter Gehaltsscheck geht dir per Post zu.“ Er starrte sie an, ohne zu blinzeln. „Ich werde jetzt mit meinem Ehemann, meiner Tochter und meinem Manager in mein Büro gehen. Wenn ich wieder herauskomme, erwarte ich dich hier nicht mehr zu sehen. Ist das klar?“

„Vollkommen“, schnappte sie.

Blake lächelte. „Das freut mich sehr." Er wandte sich an Karen. „Wenn Sam soweit ist, begleitest du sie hinaus, Karen. Falls sie dir irgendwelche Schwierigkeiten macht, holst du mich bitte sofort."

Karen stand mit hocherhobenem Kopf da, den Blick fest auf Sam gerichtet. „Sicher, Blake." Ihre Miene war entschlossen.

Sams Augen blitzten. In grimmigem Schweigen begann sie ihren Schreibtisch auszuräumen.

Blake sah ihr für einen Moment dabei zu, dann wandte er sich wieder den anderen zu. „Will, Ed? In mein Büro, bitte." Blake führte sie in sein Büro und schloss die Tür hinter ihnen. Ed ließ sich aufs Sofa fallen und schüttelte leise lachend den Kopf.

Blake lehnte sich an die Tür und seufzte. „Was hab' ich nur an mir, was immer die Verrückten anlockt?"

Will lachte leise, während er die Babytrage um Sophie herum abschnallte. Er reichte Blake die Kleine. „Babe, ich habe keine Ahnung. Aber das wird ja in Zukunft kein Problem mehr sein, nicht?"

Ed runzelte die Stirn. „Hä? Was soll das heißen?" Er warf Blake einen scharfen Blick zu.

Blake schaute von Will auf das Baby in seinen Armen und seufzte. Er beugte den Kopf und küsste seine kleine Tochter auf die Wange, dann setzte er sich zu Ed auf das Sofa. Will nahm auf Blakes Schreibtischstuhl Platz.

Blake sah Ed in die Augen. „Es tut mir leid, dass ich an dir gezweifelt habe. Ich hätte es besser wissen sollen, nehme ich an. Du bist ein verdammt guter

Menschenkenner."

Ed schnaufte. „Gott, Boss, da werd' ich ja ganz rot." Er starrte bedrückt auf den Fußboden. „Naja, dann setz' ich mal am besten 'ne neue Stellenanzeige auf. 'PA gesucht'." Er schüttelte den Kopf. „Mit denen hast du einfach kein Glück, was?"

Blake lächelte. „Setz' ruhig eine Anzeige auf. Aber wir suchen keine PA für mich, sondern für dich."

Ed legte den Kopf schräg. „Versteh' ich nicht."

Blake lehnte sich zurück und wiegte Sophie in den Armen. „Kannst du dich noch an unser Gespräch neulich erinnern? Als ich gesagt habe, dass ich nicht wie mein Dad leben will?"

Ed nickte. Seine Kehle war plötzlich wie zugeschnürt.

Blakes Augen glänzten. „Also, ich bin zu einem Entschluss gekommen. Ich will meine Tochter aufwachsen sehen, ihr vielleicht sogar einen kleinen Bruder oder eine kleine Schwester geben. Ich möchte mehr Zeit mit Will verbringen. Deshalb gebe ich das Ruder ab. Trinity Publishing bleibt meine Firma, aber ich möchte, dass du sie leitest."

„Was?" Ed schluckte.

Blake lächelte. „Als ich vor all den Jahren den Verlag übernommen habe, war mir nur eins wichtig: Trinity erfolgreich zu machen. Nun, das habe ich getan. Aber dieser Mann bin ich heute nicht mehr." Er sah Ed geradewegs in die Augen. „Du bist die perfekte Wahl. Du hast die Firma geleitet, als ich nach Sophies Entlassung aus dem Krankenhaus bei ihr und Will zuhause war. Und diesen Job hast du mit Bravour gemeistert. Also möchte ich, dass du das einfach weiterhin so machst. ich werde immer noch von Zeit zu Zeit mal vorbeischauen – ich habe zu viel Zeit mit diesem Team verbracht, um es ganz im Stich zu lassen – aber anders als mein Vater werde ich dir vorher Bescheid geben, wann du mit einem Besuch von mir rechnen musst." Er zwinkerte.

Ed saß nur da und bekam den Mund nicht mehr zu.

„Und?", fragte Blake lachend. „Hab' ich einen neuen Geschäftsführer oder nicht?"

Ed holte tief Luft und sah Blake in die Augen. „Du hast einen."

Ein Grinsen breitete sich über Blakes Gesicht. „Oh, Gott sei Dank. Für einen Moment hatte ich mir schon Sorgen gemacht."

Will stand auf, kam zu Ed und streckte ihm die Hand hin. „Glückwunsch. Von jetzt an sind Blakes sämtliche Kopfschmerzen deine Kopfschmerzen." Er grinste.

Blake schnaubte. „Ganz toll, Babe. *Willst* du Ed etwa dazu bringen, dass er es sich anders überlegt?"

Will zuckte die Achseln. „Ich will ihn nur gleich richtig ins Bild setzen, sonst nichts."

Ed schnaufte. „Besten Dank auch. Ich hab' schon genug eigene Kopfschmerzen."

Will runzelte die Stirn. „Was ist denn?"

Seufzend erzählte Ed ihnen von Debs Anruf. Will und Blake hörten ihm mit ernsten Gesichtern zu.

„Darf ich was dazu sagen?", fragte Blake.

„Klar, mach nur." Ed hatte immer noch keine Ahnung, welchen Weg er einschlagen sollte.

„Falls deine Mum zu dem Schluss kommt, dass sie keinen schwulen Sohn haben will, und du dann mit ihr unter einem Dach leben musst, dann wirst du, um es mal ganz klar zu sagen, verdammt unglücklich sein."

Ed starrte seinen Boss verwundert an.

Blake fuhr fort. „Das hab' ich selbst erlebt, schon vergessen? Ich wollte Melissa heiraten, Will verlassen, ja? Das kannst du nicht machen, Ed. Überleg mal, wie du dich in den letzten paar Monaten gefühlt hast." Er starrte Ed an. „Warst du glücklich?"

Ed zögerte nicht. „So glücklich wie noch nie."

Blake nickte. „Dann wirf das nicht weg. Sag deinem Bruder und deinen Schwestern, dass du nicht mehr Single bist, sondern in einer Beziehung – in einer, aus der hoffentlich mal mehr wird." Er lächelte. „Denn das hoffst du doch, oder?"

Will räusperte sich. „Wie wichtig ist dir Colin eigentlich genau, Ed?"

Ed seufzte. „Wichtig genug, um mir klar zu machen, dass ich nicht mehr ohne ihn sein will."

Blake nickte. „Du bist hier nicht der einzige Beteiligte – das sollte die ganze Familie gemeinsam entscheiden. Als Geschäftsführer bekommst du ein höheres Gehalt. Vielleicht könntest du ja jemanden einstellen, der bei deiner Mutter lebt und ihr den Haushalt macht, sie betreut, ihr Gesellschaft leistet… Du hast jetzt ganz andere Möglichkeiten."

Dasselbe war Ed auch schon in den Sinn gekommen. Aber eins stand für ihn jedenfalls fest – was auch immer seine Familie beschloss, Eds Zukunft schloss

Colin mit ein.

Das Geschirr war gespült, abgetrocknet und aufgeräumt. Jeder hatte eine Tasse Tee oder Kaffee vor sich.

Es war Zeit, die Dinge in Bewegung zu setzen.

Mum saß in ihrem Lehnstuhl nahe dem offenen Kamin, und der Rest der Familie teilte sich die beiden Sofas oder saß auf dem Fußboden. Ed blickte sich unter seinen Geschwistern um. Wenigstens waren alle gekommen. Trotz ihrer altersmäßigen Unterschiede, und obwohl sie ganz verschiedene Berufe hatten, kamen die Fellows-Geschwister ganz gut miteinander aus. Als ihr Vater gestorben war, hatte Ed geglaubt, sein Tod würde sie näher zusammenbringen. Doch das Gegenteil war der Fall. Als wäre Dad der Leim gewesen, der sie alle zusammenhielt.

Ed wusste, wenn es zu einer Entscheidung kommen sollte, dann musste er den Ball ins Rollen bringen – und seiner Familie die Wahrheit sagen. Für einen Moment dachte er an Colin, der zuhause in seiner Wohnung auf ihn wartete. Er hatte Colin von dem Treffen erzählt. Er konnte sich nur vorstellen, was gerade in Colins Kopf vorging.

Er ist wahrscheinlich genauso nervös wie ich.

Ed räusperte sich. „Ich bin froh, dass wir alle hier sind. Es gibt da nämlich was, worüber wir uns unterhalten

müssen.“
Mum erstarrte. „Das hat was damit zu tun, dass Debs auszieht, nicht?“ Schweigen begegnete ihren Worten. Mum starrte ihre Familie an und machte ein finsteres Gesicht. „Na toll. Jetzt bin ich für meine Kinder also ‘ne verdammte Belastung.“
„Gott, Mum“, fing Yvonne an, „das sagt doch keiner, oder?“ Sie funkelte ihre Mutter an. „Also? Wer sagt das?“
„Keiner“, gab Mum widerwillig zu. Sie hob den Kopf und sah alle nacheinander an. „Aber ‘n paar von euch denken’s bestimmt.“
Tracy seufzte geduldig. „Mum, wir sind hier, weil wir dich lieben, okay? Und wenn du ehrlich wärst, würdest du zugeben, dass dir einiges nicht mehr so leicht fällt wie früher.“ Sie sah ihrer Mutter in die Augen. „Also?“
Mum rümpfte die Nase. „Kann sein.“
Ed lachte. *Das war so verdammt typisch Mum.* Phil und Tracy lachten mit ihm. Yvonnes Mann Dan war auch mitgekommen. Ed konnte verstehen, warum – Dan und Mum verstanden sich blendend. Aber Ed wusste, dass er etwas sagen musste.
„Hört mal zu, vor ‘ner Weile hab’ ich Mum was Vertrauliches erzählt. Also, ich *weiß*, dass sie’s für sich behalten hat, weil glaubt mir, andernfalls würde mindestens einer von euch jetzt drüber reden.“
Phil runzelte die Stirn. „Ist alles in Ordnung, Ed?“
Ed nickte. „Ja, aber danke der Nachfrage.“ Er lächelte seinen jüngeren Bruder voll Zuneigung an, dann wandte er sich an seine Geschwister. „Passt auf, ich

hab' jemanden kennengelernt."

Zu seiner großen Freude breitete sich auf sämtlichen Gesichtern ein Lächeln aus.

„Oooh, toll gemacht, großer Bruder!" Debs war offensichtlich glücklich für ihn.

„Klingt, als wär's was Ernstes", sagte Yvonne grinsend. „Wird aber auch Zeit."

„Ja, es ist was Ernstes", gestand Ed. „Und eben weil's so was Ernstes ist, muss ich mit euch allen drüber reden."

Schweigen kehrte ein.

Ed spürte Mums Blick auf sich ruhen. Er hätte gern gewusst, was sie davon hielt, ehe er die Nachricht verbreitete, aber jetzt war es zu spät.

„Sein Name ist Colin." Er blickte sich im Zimmer um, als Gesichter ernst wurden und Stirnen sich in Falten legten. Ed nickte. „Ist schon richtig – euer großer Bruder ist schwul." Sie starrten ihn fassungslos an. Ed machte weiter. „Wir stehen wohl noch ganz am Anfang, aber mir ist klar geworden, wie wichtig er mir ist. So wichtig, dass ich ihn fürs erste nicht mehr hergeben will."

Er sah seine Mutter an. Zu seiner Überraschung hatte sie Tränen in den Augen.

„Was musst du wegen mir alles durchgemacht haben", sagte sie leise. „Da lass ich dich so lang zappeln, weil ich's einfach nicht fassen konnte." Sie warf ihm ein halbes Lächeln zu. „Du musst diesen Mann ja wirklich sehr mögen."

„Das tu' ich, Mum", antwortete Ed ernst. „Und gerade

weil er mir etwas bedeutet, werde ich nicht wieder hier zuhause einziehen."

Mum setzte sich aufrecht hin. „Das würd' ich auch gar nicht von dir wollen. Du hast jetzt dein eigenes Leben. Wenn du mit diesem Mann was anfangen willst, kannst du nicht bei deiner alten Mutter wohnen." Sie kicherte. „Das würde dir schön die Tour vermasseln." Darüber gab es leises Gelächter. „Ich hab' euch das, glaub' ich, nie erzählt, aber als euer Dad und ich frisch verheiratet waren, haben wir bei seiner Mutter gewohnt." Sie lachte in sich hinein. „Gott, das war vielleicht furchtbar. Ich glaube, er konnte sich wirklich nicht entscheiden, zu wem er halten sollte – zu mir oder zu seiner Mutter. Als euer Dad ihr die Stirn geboten und gesagt hat, dass wir ausziehen, war das die beste Entscheidung seines Lebens, hat er immer gesagt. Danach standen sie sich sogar näher." Sie sah Ed eindringlich an. „Wär' schlimm für mich, wenn du denken würdest, dass ich mich zwischen dich und diesen…"

„Colin?", soufflierte Ed.

Ihr Gesicht entspannte sich. „Ja, diesen Colin stellen will."

Ed stand vom Sofa auf, ging zu seiner Mutter und beugte sich über ihren Sessel, um sie fest zu umarmen. Sie drückte ihre Wange an seine und flüsterte ihm ins Ohr: „Wie gesagt, du bist *genau* wie dein Dad." Sie kicherte. „Bloß dein Bart kratzt nicht so wie seiner immer."

Er lachte leise, küsste sie auf die Wange und setzte sich

dann wieder auf seinen Platz. Zu seiner Erleichterung hatte sich der Schock auf den Gesichtern inzwischen in nachdenkliche Blicke verwandelt.
„Also, red' schon weiter!", rief Phil. „Wie lang kennt ihr euch schon? Wollt ihr zusammenziehen? Läuten bald die Hochzeitsglocken? Details, Bruderherz, Details!" Er grinste.
„Hey, jetzt mach mal halblang!" Ed hob die Hände. „Immer schön eins nach dem andern. Das erzähl ich euch alles später, ja? Aber, Phil" – er warf seinem Bruder einen strengen Blick zu. „*Hochzeitsglocken?* Du lieber Himmel!" Er musste lachen. Gott, er liebte seine Familie. „Im Moment haben wir was Wichtigeres zu bereden, und das ist Mum."
„Und jetzt seht ihr mich schon wieder als verdammte Belastung an", grummelte Mum.
„Und wie wir vorhin schon gesagt haben – nie im Leben!" Yvonne wirkte schockiert.
Dan stupste sie lächelnd mit dem Ellbogen an. „Mach schon, sag's ihnen."
Yvonne strahlte ihren Ehemann an. Ed liebte es, wie ihr ganzes Gesicht einfach… leuchtete, wenn sie ihn ansah. Sie wandte sich an ihre Familie. „Wir haben uns gefreut, dass ihr alle heute hier seid. Dan und ich haben nämlich Neuigkeiten. Er hat einen neuen Job gefunden, in Kent. Eine fantastische Gelegenheit. Und… ich kriege ein Baby."
Tracy und Debs sprangen auf und fielen ihr unter lauten Begeisterungsrufen um den Hals. Ed war so glücklich. Er wusste, dass sie es schon eine ganze

Weile versuchten.

„Den Rest auch“, sagte Dan mit einem Grinsen.

Yvonne entwand sich der allgemeinen Umarmung. „Die Sache ist die, wir haben gerade ein Haus gekauft. Ein schönes, großes Haus auf dem Land, genau das Richtige für eine Familie. Und…“ Sie sah Mum mit leuchtenden Augen an. „Da gibt’s einen separaten Anbau, Mum. Auf dem gleichen Grundstück, aber eigenständig. Und wir würden uns freuen, wenn du zu uns kommen und da drin wohnen würdest.“

Mums Augen weiteten sich, und Dan sagte hastig: „Es ist perfekt. Du hättest immer noch deine Unabhängigkeit, aber wir wären nur ein paar Meter weit weg, falls du uns brauchst. Außerdem könntest du dein Enkelkind aufwachsen sehen. Yvonne würde das gefallen. Mir auch.“ Er lächelte. „Bitte sag, dass du drüber nachdenken wirst, ja?“

„Und wenn du schon dabei bist, denk’ auch gleich über den Ruhestand nach“, sagte Debs stirnrunzelnd. „Komm schon, Mum. Du brauchst nicht mehr zu arbeiten. Wir verdienen alle genug, um dafür zu sorgen. Und bevor du’s nochmal sagst, das macht dich *nicht* zu einer Belastung für uns, okay?“ Ihre Stirn glättete sich. „Du hast dein ganzes Leben lang für uns gesorgt. Du und Dad, ihr habt mit eurem bisschen Gehalt fünf Kinder großgezogen, und wenn ich mich hier so umgucke, habt ihr das echt gut gemacht. Also lass *uns* jetzt für *dich* sorgen.“

Mum räusperte sich. „Kent ist so weit weg. Wann krieg’ ich da mal den Rest von meinen Kindern zu sehen?"

Ed lachte. „Du dusselige alte Schachtel. Wir würden dich besuchen kommen. Und Kent ist ja nicht direkt aus der Welt, ja? Und außerdem", sagte er augenzwinkernd, „wär' doch schön, wenn du zu deinen Kindern auf Besuch kommen könntest, wann immer du Lust dazu hast. Ich werd' nicht immer meine pofelige kleine Wohnung haben, weißt du."

Als sich endlich ein Lächeln über Mums Gesicht ausbreitete, fühlte sich Ed, als wäre ihm eine gewaltige Last von den Schultern genommen worden. Er schaute seine Familie an und freute sich schon fast auf das Verhör, das ganz sicher gleich stattfinden würde. Aber er hatte nur einen Gedanken im Kopf – Colin nicht länger auf die Folter zu spannen.

Der geht wahrscheinlich im Moment schon die Wände hoch.

Kapitel 22

Was in aller Welt konnte so lange dauern?

Colin versuchte sein Bestes, um ruhig zu bleiben, aber sein Nervenkostüm franste mit jeder weiteren Minute mehr aus. Die Ungewissheit brachte ihn fast um.

Er machte sich keine Sorgen wegen Eds Coming-out vor seiner Familie. So wie es sich anhörte, waren sie einander eng verbunden, und selbst Ed gab zu, dass er sich da keine Sorgen machte.

Nein, was ihm am meisten Kopfzerbrechen verursachte war die Frage, welche Richtung Ed als nächstes einschlagen würde.

Was, wenn er wieder zu seiner Mutter zieht? Was dann?

Colin hörte auf, in der Wohnung herumzutigern – lange genug, um in die Küche zu gehen und sich einen Kaffee einzuschenken. Er lehnte sich an den Kühlschrank und starrte aus dem Fenster.

Ich weiß zwar nicht genau, in welcher Richtung Hackney von hier aus liegt, aber ich schick' dir positive Vibes.

Er konnte nur raten, was in Eds Kopf vorging. Sie hatten nicht viel über frühere Beziehungen gesprochen – abgesehen von der zwischen ihm und Matt – aber Colin hatte den Eindruck, dass Ed nicht viele dauerhafte Beziehungen gehabt hatte. Und doch erwartete *er* von Ed, zwischen der Betreuung seiner Mutter und einer Langzeitbeziehung mit Colin zu wählen.

Seine größte Angst war, dass Ed seine Mutter wählen

würde.
Und es war Angst, daran war nicht zu rütteln.
Ich hätte es ihm sagen sollen, dachte Colin mit einem Anfall von Bedauern. *Ich hätte ihm ganz deutlich sagen sollen, wieviel er mir bedeutet, ehe er zu diesem Scheiß-Sonntagsessen gegangen ist.*
Nur dass er insgeheim wusste, dass er das nicht getan hätte. Er dachte daran, unter welchen Druck das Ed gesetzt hätte.
Das hätte ich ihm nie antun können.
Wen Ed zurückkam und verkündete, dass er zu seiner Mutter ziehen wollte… Colin war sich nicht sicher, was er dann tun würde. Er wusste nur, dass es ihm schier das Herz brechen würde.
Die Gegensprechanlage summte. Colin ging zur Tür und drückte auf den Knopf. „Hallo?"
„Na, jetzt lass mich schon rein. Was hast du denn gedacht, wer da ist?" Ed klang fröhlich. „Es sei denn, du erwartest jemand anderen?"
Colin drückte lachend den Türöffner-Knopf. „Schaff deinen Arsch hier rauf." Aber Ed war schon weg.
Colin öffnete die Tür und lauschte auf das ruhige Surren des Aufzugs. Als Ed ausstieg, breit grinsend, musste Colin einfach lächeln.
Als Ed in die Wohnung trat, klopfte Colin auf seine Armbanduhr. „Was glaubst du eigentlich, wie spät es ist?"
Ed machte einen Schmollmund. „Ooh, hast du mich vermisst?" Er zog seine Lederjacke aus und hängte sie an die Flurgarderobe. Colin folgte ihm ins

Wohnzimmer, wo Ed sich auf der Couch ausstreckte.

„Wie lange dauert eigentlich so ein Sonntagsessen, gefolgt von einer Familienkonferenz?“ Er wollte eigentlich nicht zänkisch klingen, aber es war ein langer, stressiger Nachmittag gewesen. „Es ist fünf Uhr.“

Ed schnaubte. „Das Essen war schnell vorbei. Die Konferenz hat ein bisschen länger gedauert.“ Er winkte ihn mit dem gekrümmten Zeigefinger zu sich. „Komm her, du.“

Colin setzte sich zu ihm aufs Sofa. Ed rückte näher, umfasste seinen Hinterkopf und zog Colin in einen langen, sinnlichen Kuss, leckte mit der Zunge über Colins geschlossene Lippen. Colin öffnete den Mund und Ed tauchte sofort ein, erforschte ihn unter leisem Stöhnen, die Finger in Colins Haar.

Verdammt, der Mann kann küssen…

Als Ed sich von ihm löste und zurücklehnte, grinste Colin. „Das war mal ein Willkommen.“

Ed lächelte. „Gott, ich hab’ dich heute so vermisst.“

Colin hob die Hand und streichelte seinen weichen Bart. „Ja, ich dich auch.“ Er lehnte sich zurück. „Und… wie ist es gelaufen?“

„Also, die Hauptsache ist: Mum denkt ernsthaft drüber nach, zu meiner Schwester Yvonne und ihrem Mann Dan nach Kent zu ziehen. Die haben einen Anbau am Haus, in dem sie wohnen könnte. Oh, und sie wird Oma.“ Er strahlte.

„Das ist toll!“ Erleichterung überflutete Colin. *Oh, Gott sei Dank*. Colin fühlte sich so leicht, dass ihm beinahe schwindelig war. „Und wie ist deine große Neuigkeit angekommen?"

Ed stieß den Atem aus. „Ganz prima. Allerdings musste ich tausend Fragen über dich beantworten." Er zwinkerte. „Die können es alle kaum erwarten, dich kennenzulernen."

Colin wurde still. „Du willst mich deiner Familie vorstellen?"

Ed war plötzlich eben so still. „Natürlich." Er neigte den Kopf. „Du hast nicht die geringste Ahnung, was?"

„Wovon?" Colins Herzschlag beschleunigte sich.

Ein zärtliches Lächeln breitete sich über Eds Gesicht. „Was ich für dich empfinde."

„Das liegt wahrscheinlich daran, dass du's mir nie gesagt hast", rügte Colin. Sein ganzer Körper kribbelte.

Ed zog die Augenbrauen hoch. „Und *du* hast mir natürlich gesagt, was *du* empfindest." Heiterkeit lag in diesen hellgrünen Augen. Ed biss sich schmunzelnd auf die Lippe.

„Ach, um Himmels Willen", schnaufte Colin. „Ich hab's dir doch schon gesagt – ich will sehen, wie das mit uns weitergeht." Er sah Ed tief in die Augen. „Also sag's mir."

Ed rückte näher. „Soll das heißen, du hast noch nicht gemerkt, dass ich mich in dich verliebt hab', du Trottel?" Seine Stimme war sanft. „Ich will auch sehen, wie das mit uns weitergeht." Er nahm Colins Hand. „Die ganze Sache hat mir für eine Weile echt Kopfzerbrechen gemacht."

„Wie meinst du das?", fragte Colin erstaunt.

Ed seufzte. „Versteh mich nicht falsch. Ich hatte von Anfang an kein Problem mit dem, was wir zwei im Bett getrieben haben, ja? Ich meine, das war der *einfache* Teil."

Colin grinste. „Ja, das hab' ich gemerkt."

Ed grinste. „Frechdachs. Nee, für mich war's diese ganze Sache mit *„bin ich schwul, bin ich bi"*. Abgesehen von dem einen Jahr an der Uni, wo Derek und ich es uns gegenseitig oral besorgt haben, stand ich immer nur auf Mädels."

„Kann ich hier nur mal eben was klarstellen?", warf Colin ein. „Wenn du dir gern einen blasen lässt, heißt das noch lange nicht, dass du schwul bist. Welcher Mann lässt sich *nicht* gern einen blasen, frage ich dich? Aber Blowjobs zu *geben* – und zwar liebend gern? Das macht kein heterosexueller Mann." Er lächelte lieb.

Ed schüttelte den Kopf. „Lass mich zu Ende reden, ja? Es gab 'ne ganze Menge Mädels, okay? Aber neulich hab' ich mal ein bisschen über diese ganzen Mädels nachgedacht und bin zu dem Schluss gekommen, dass ich noch mit keiner Frau eine echte emotionale Verbindung hatte. Wir haben gebumst, wir sind zusammen ausgegangen, aber weiter ging's nie. Ich hab' mich kratzen lassen, wenn's mich gejuckt hat, und das war's." Er machte ein langes Gesicht. „Das klingt, als hätte ich ungefähr so viel Tiefgang wie 'ne Pfütze."

Colin umfasste Eds Gesicht. „Es war immer da, weißt du, ganz tief in deinem Innern. Das Wissen, dass das nicht dein wahres Ich war. Es hat nur einfach eine

Weile gedauert, bis es an die Oberfläche kam." Er küsste Ed auf die Lippen.

Ed musterte ihn aufmerksam. „Und dann tauchst du auf. Und ja, der Sex mit dir hat mich umgehauen. Wie gesagt, mit *dem* Teil hatte ich kein Problem. Was sich erst viel später für mich herauskristallisiert hat, war die Tatsache, dass ich Gefühle für einen Mann hatte." Er deutete auf seinen Körper. „Ich meine, guck' mich doch an. Riesenkerl, Rugbyspieler, total macho, stimmt's? Und doch – als ich überlegt hab', was passieren würde, wenn ich wieder zu Mum ziehen müsste?" Er schüttelte den Kopf. „Beim bloßen Gedanken daran, dich zu verlieren, hab' ich angefangen zu zittern." Er lächelte. „Und da musste ich mich dann den Fakten stellen. Was auch immer von jetzt an passiert, für mich zählt nur eins – dich in meinem Leben zu haben." Ed schluckte. „Und mehr sag' ich nicht zu dem Thema. Dieser emotionale Kram nervt mich nämlich."

Colin erwiderte sein Lächeln. „Das ist doch schon ein verdammt guter Anfang." Er beugte sich vor, bis sich ihre Stirnen berührten. „Nur damit das klar ist – ich hab' mich schon vor einer ganzen Weile in dich verliebt. Ich wollte nur warten, bis du aufholst."

Ed schloss die Augen und seufzte. Colin atmete Eds Duft ein, ließ seine Sinne davon erfüllen. Er wusste, was es Ed gekostet hatte, seine Seele so zu entblößen. Und in diesem Moment reichte das auch völlig – fürs Erste.

„Was hältst du von Pizza zum Abendessen?"

Ed öffnete die Augen und richtete sich auf. „Pizza? Du denkst jetzt an *Essen*?"

Colin lachte. „Nein, ich denke daran, uns was zum Abendessen zu bestellen, weil ich jede Sekunde, die von diesem Tag noch übrig ist, mit dir im Bett verbringen will."

Eds Augen leuchteten auf. „Das lass' ich mir gefallen." Er griff Colin in den Schritt, wo sein Schwanz die Jogginghosen ausbeulte. „Ich kann's kaum erwarten, das Monster da in mir zu haben."

Colin zog die Augenbrauen hoch. „Und was, wenn ich mich lieber von *dir* ficken *lassen* will?"

Ed senkte den Kopf und fixierte Colin mit einem Blick durch die Wimpern. „Wollen wir uns jetzt drum streiten, wer wen fickt? Ernsthaft?" Er grinste. „Dann machen wir eben Flip-Ficken." Er schoss blitzartig vom Sofa hoch und spurtete in Richtung Schlafzimmer. Für einen so großen Mann bewegte er sich erstaunlich flink. „Der Letzte wird ans Bett gefesselt!", rief er über seine Schulter.

Colin sprang auf die Füße und nahm lachend die Verfolgung auf.

Das Leben mit Ed würde nie langweilig werden, das war mal sicher.

Epilog

Ein Jahr Später

„Ist in der Küche noch Eierpunsch, Col?“, rief Ed aus dem Wohnzimmer.

„Im Schrank unter der Treppe steht noch eine Flasche“, rief Colin zurück. Er nahm die Weinbrand-Butter aus dem Kühlschrank und brachte sie zusammen mit den aufgewärmten Mince Pies ins Esszimmer, wo der Tisch sich unter dem Gewicht der weihnachtlichen Speisen bog.

Phil war blitzartig zur Stelle. „Oooh, Mince Pies.“ Seine Augen funkelten.

Colin lachte. „Phil, du hast doch sicher einen Bandwurm, so viel wie du verdrücken kannst.“ Er sah nach, ob noch etwas anderes aufgefüllt werden musste, und überließ dann Phil seinen Mince Pies. Im Wohnzimmer liefen im Hintergrund leise Weihnachtslieder. Ed schenkte fleißig Wein und andere Getränke nach. Tracy und ihr Lebensgefährte Chris saßen auf dem Boden und spielten mit ihrer kleinen Tochter Mandy. Debs sah ihnen lachend dabei zu.

Colin trat zu Eds Mutter, die neben dem offenen Kamin saß. „Alles okay bei dir, Mavis? Kann ich dir was bringen?“

Mavis blickte auf und lächelte. „Nein danke, Colin.“ Sie schaute sich um. „Mir gefällt das neue Haus sehr

gut, übrigens. Und dieser Kamin ist herrlich."
Colin seufzte. „Danke. Es gibt immer noch jede Menge dran zu tun. Ed hat mir gestern gesagt, dass er im Garten einen Whirlpool haben will – und eine Terrasse." Er verzog das Gesicht.
Mavis schnaubte. „Er ist immer so bescheiden, nicht?"
Colin drückte ihr die Schulter. „Sag mir Bescheid, wenn du irgendwas brauchst."
Er ging hinüber zum Fenster, wo Dan und Yvonne standen und in den tief verschneiten Garten hinaus schauten. Lächelnd warf er einen Blick auf ihren kleinen Sohn Ben, der gerade mal zwei Monate alt war. Ben schlief in den Armen seiner Mutter, ohne etwas von seiner Umgebung wahrzunehmen.
„Wartet nur ab bis nächstes Jahr", sagte Colin schmunzelnd. „Dann werden wir Mühe haben, ihn vom Christbaum fernzuhalten, ihr werdet schon sehen."
Yvonne lächelte. „Es war lieb von dir und Ed, uns alle zu Weihnachten zu euch einzuladen."
Colin zuckte die Achseln. „Na, das war doch das Mindeste, nachdem ihr uns letztes Jahr über Weihnachten bei euch ertragen musstet. Vor allem nach dem unglücklichen Zwischenfall mit…" Er biss sich auf die Lippen und bekam einen roten Kopf.
Dan schnaubte. „Hmm. Ich würde immer noch gern wissen, wie ihr beiden es fertig gebracht habt, das Bett zu zertrümmern." Seine Augen blitzten.
„Oh, da ruft mich doch jemand", sagte Colin rasch. Dan und Yvonne lachten.

Colin machte die Runde durchs Zimmer und vergewisserte sich, dass Eds Familie mit allem versorgt war, dann ging er seinen Geliebten suchen, der verschwunden war. Auch in der Küche und im Wohnzimmer – kein Ed. Da im Moment alle zufrieden waren, ging Colin nach oben.

Er fand Ed im Schlafzimmer, wo er hastig etwas unterm Bett versteckte.

„Was treibst du denn da eigentlich?", neckte Colin.

Ed fuhr zusammen. „Scheiße, hast du mich erschreckt. Musst du dich so anschleichen?", fragte er mit gespielt finsterem Blick. „Und warum bist du nicht unten und kümmerst dich um unsere Gäste?"

Colin stieß die Schlafzimmertür zu, trat zu seinem Geliebten und nahm ihn in die Arme. „Dasselbe könnte ich dich fragen", sagte er leise, dann küsste er Ed auf die Lippen. Unverzüglich schlang Ed die Arme um Colin und zog ihn an seinen atemberaubend schönen Körper.

„Das ist soooo verkehrt", murmelte Ed in seinen Mund. „Was, wenn wer reinkommt?"

Colin lachte leise. „Ist ja nicht so, als ob ich dir gleich die Kleider vom Leib reißen, dich aufs Bett werfen und auf der Stelle Liebe mit dir machen wollte." *Gott, aber* ist *das nicht ein herrlicher Gedanke…* Er ließ Ed widerstrebend los. „Du hast wohl recht, nehm' ich an."

Eds Augen funkelten. „Heb's dir für heute Nacht auf, ja? Wenn die anderen gegangen oder im Bett sind. Obwohl – du wirst leise sein müssen." Er feixte. „Wer

ist denn auf die tolle Idee gekommen, Mum das Zimmer direkt neben unserem zu geben?"
Colin kicherte. „Ich könnte dich ja knebeln", schlug er grinsend vor.
Eds Gesicht war sehenswert. „Du Schlitzohr." Er löste sich von Colin. „Eigentlich bin ich hier raufgegangen, um Blake anzurufen, aber das kann warten. Die zwei haben wahrscheinlich mit der kleinen Sophie alle Hände voll zu tun." Ein Schimmern trat in seine Augen. „Und mit dir hab' ich sowieso auch noch ein Wörtchen zu reden."
Colin schluckte dramatisch. „Das klingt ja fast, als krieg' ich jetzt Ärger."
Ed verengte die Augen. „Es geht um meine Weihnachtsgeschenke."
Colin riss die Augen weit auf. „Haben sie dir nicht gefallen?", fragte er unschuldig.
„Lauter Kleinkram", meckerte Ed. „Und das, nachdem ich mir so viel Mühe mit *deinem* Geschenk gemacht hab'…"
„Das du mir noch nicht gegeben hast, möchte ich hinzufügen." Colin gab einen Seufzer von sich. „Ach ja, ich *glaube*, ich könnte dir dein Geschenk jetzt geben", sagte er mit vorgetäuschtem Widerstreben.
Ed hüpfte geradezu vor Begeisterung. „Ja, bitte."
Lachend ging Colin zu der Nachttischschublade, in der Eds Geschenk versteckt war. Er öffnete sie und holte einen länglichen weißen Umschlag heraus.
„Hier, bitte", sagte er und reichte ihn Ed. Beim Anblick von Eds Gesicht musste er sich das Lachen

verbeißen.
„Das?“, fragte Ed, offensichtlich enttäuscht. Er riss den Umschlag auf und zog mehrere Gutscheine heraus. Seine Augen waren plötzlich ganz groß und rund. „Oh mein Gott. Tickets für den Rugby World Cup – in Australien?“ Ihm blieb der Mund offen stehen.
„Wir werden in einem Fünf-Sterne-Hotel wohnen, und ich hab’ uns eine Einladung zu einer Party mit der australischen Mannschaft besorgt.“ Colin hatte seine Beziehungen spielen lassen, um das zu arrangieren – mit etwas Hilfe von Blake. Der Mann schien einfach jeden zu kennen.
Ed fiel ihm um den Hals und küsste ihn auf den Mund. Colin lächelte an seinen Lippen. Er liebte es, Ed glücklich zu machen.
„Col, das ist ein hammergeiles Geschenk.“
Eds Gesichtsausdruck war Geschenk genug.
Dann lachte Ed glucksend. „Und denk’ ja nicht, dass ich den wahren Grund für dieses Geschenk nicht kenne.“
Colin runzelte die Stirn. „Wie bitte?“
Ed zog die Augenbrauen hoch. „Ach, du denkst also, ich wär’ nicht dahintergekommen, warum du damals an unserem ersten Abend Australien angefeuert hast?“ Er grinste. „Auf welchen von den australischen Spielern warst du denn nun scharf?“
Colin drückte sich eine Hand aufs Herz und seufzte. „Niemals werde ich das verraten.“ Ed prustete. Dann hielt Colin die Hand auf. „Okay, du hast dein

Geschenk – wo bleibt meins?“

Ed grinste. Er legte die Tickets aufs Bett und holte dann ein großes, ziemlich flaches Paket darunter hervor. Das legte er behutsam aufs Bett und wandte sich dann an Colin. „Fröhliche Weihnachten, Col.“

Colin stürzte sich auf das Geschenk, riss das Papier in langen Streifen ab und enthüllte…

Ihm fiel die Kinnlade runter. „Oh, mein…“

Es waren insgesamt vier Schwarzweiß-Fotodrucke, dramatisch ausgeleuchtet, die alle Ed zeigten. Einer zeigte seinen Oberkörper und seine angespannten Oberarme; sein Sixpack ließ Colin das Wasser im Mund zusammenlaufen. Ein weiterer zeigte Ed von hinten; er schaute nach links und gab der Kamera die ganze Fläche seines muskulösen Rückens bis hinunter zum Ansatz seines knackigen Hinterteils preis. Auf dem dritten trug Ed nur ein weißes Handtuch um die Hüften, unter dem sich seine Erektion deutlich abzeichnete. Doch das letzte Bild gefiel Colin am allerbesten.

Ed saß auf einem hölzernen Stuhl, diese gewaltigen Schenkel weit gespreizt. Nur ein dunkles Handtuch verdeckte seinen Schwanz. Ed saß so weit zurückgelehnt da, dass sein Gesicht nicht zu sehen war. Seine Kehle, die hochgereckten Arme, die breite Brust bildeten eine fließende Linie, die dunklen Haare auf Brust- und Bauchmuskeln hoben sich deutlich von seiner hellen Haut ab.

Colin hatte nur vom Anschauen einen Ständer.

„Die sind fantastisch“, sagte er leise und strich mit der

Hand über den abgebildeten Leib. „Wer hat die gemacht?“
„Blakes Kumpel Dave. Er ist Fotograf. Ich hab’ die gesehen, die er letztes Jahr von Blake gemacht hat. So bin ich auf die Idee gekommen, und dann hab’ ich bei ihm einen Termin gemacht.“ Er trat näher. „Gefallen sie dir?“
Colin lachte leise. „Oh, *gefallen* ist ein viel zu schwacher Ausdruck. Sie sind wundervoll.“ Er konnte die Augen nicht von den Bildern lassen.
Ed stand hinter ihm, die Arme um seine Taille. „Ich liebe dich“, flüsterte er und küsste Colin auf den Nacken. „Und du hast meinen Körper schon immer geliebt.“
Colin drehte sich in seinem Armen um und zog Ed seinerseits an sich. „Ja“, sagte er. Seine Stimme war vor lauter Gefühlen ganz weich. „Fast so sehr wie ich dich liebe… Baby.“
Eds Augen weiteten sich. „Oooh, du bettelst ja darum. Und wenn alle weg sind? Dann kriegst du’s.“
Colin grinste.
„Immer her damit.“

Ende

K.C. Wells lebt auf einer Insel vor der Südküste Englands, umgeben von der Schönheit der Natur. Sie schreibt über Männer, die Männer lieben und kann sich ein Leben ohne Schriftstellerei gar nicht mehr vorstellen.
Das Tattoo einer regebogenfarbenen Rose auf ihrem Rücken mit den Worten "Love is Love" und "Love Wins" ist ihre Art, Flagge zu zeigen. Sie hat vor, noch sehr lange über die Liebe zwischen Männern in all ihrer Vielfalt - romantisch und zärtlich, leidenschaftlich oder im Kontext von BDSM - zu schreiben.

Verfügbare Titel von K.C. Wells

Schuld
Schritt für Schritt

Dreamspun Desires
Der Verlobte des Senators
Als die Einsamkeit wich
My Fair Brady

Zum Ersten Mal Liebe
Gestern, Jetzt und Auf Ewig
Mehr als ein Sommer mit Rylan

Mord in Merrychurch
Lugen haben kurze Beine

Maine Men
Finns Fantasie
Bens Boss
Sebs Sommer

Salvation
Gebändigt

Collars & Cuffs
Herz Ohne Fesseln
Vertrauen in Thomas

Persönlich
Persönliche Entscheidungen
Persönliche Veränderungen

ehr als Persönliche
ersönliche Geheimnisse
Streng Persönlich
Persönliche Herausforderungen

Persönlich - Die Komplette Serie

Jasons Befreiung
Mein Weihnachtsgeist
Ein Weihnachtsversprechen
Das Gesetz der Wunder
Verliebt in Santa Claus
Santas Geheimnisse

Southern Boys
Truth & Betrayal
Pride & Protection
Desire & Denial

Unverhoffte Liebesgeschichten
Lehre Mich
Vertrau Mir
Sieh Mich
Liebe Mich
Unverhoffte Liebesgeschichten Vol 1

A Material World
Spitze
Satin
Seide
Jeans
A Material World Vol 1 (#1-#3)

Sonne und Schatten

Kels Hüter
Sexting mit dem Boss
Damon & Pete: Spiel mit dem Feur
Der Schöne im Zug
Bären im Wald
Sieh zu und lerne
Holy hell – Wenn Engel und Dämonen Lieben
Sein verwöhnter Prinz
Für dich da

www.ingramcontent.com/pod-product-compliance
Lightning Source LLC
LaVergne TN
LVHW091021080826
845145LV00002B/314